桑榆微澜

——章可敦论文集

章可敦◎著

浙江工商大学出版社
ZHEJIANG GONGSHANG UNIVERSITY PRESS
·杭州·

图书在版编目(CIP)数据

桑榆微澜 ：章可敦论文集 / 章可敦著. — 杭州 ：浙江工商大学出版社，2021.1

ISBN 978-7-5178-3854-8

Ⅰ. ①桑… Ⅱ. ①章… Ⅲ. ①中国文学—古典文学研究—文集②中国文学—现代文学—文学研究—文集 Ⅳ. ①I206—53

中国版本图书馆 CIP 数据核字(2020)第 245477 号

桑榆微澜——章可敦论文集

SANGYU WEILAN——ZHANG KEDUN LUNWEN JI

章可敦 著

责任编辑 杨 戈

封面设计 雪 青

责任印制 包建辉

出版发行 浙江工商大学出版社

(杭州市教工路 198 号 邮政编码 310012)

(E-mail:zjgsupress@163.com)

(网址:http://www.zjgsupress.com)

电话:0571-88904980,88831806(传真)

排 版 杭州朝曦图文设计有限公司

印 刷 杭州高腾印务有限公司

开 本 710mm×1000mm 1/16

印 张 15.5

字 数 245 千

版 印 次 2021 年 1 月第 1 版 2021 年 1 月第 1 次印刷

书 号 ISBN 978-7-5178-3854-8

定 价 45.00 元

序 1

“老当益壮，宁移白首之心”，这是章可敦先生给我的深刻印象。我对章老师的近距离接触和了解是从编纂校志时开始的，章老师是台州学院的老领导，又是我主持编纂《台州学院志》时分任副主编而朝夕相处的“合伙人”。在校志出版十年后的今天，章老师把他的《桑榆微澜——章可敦论文集》书稿发与我，要我为之作序。这不禁令我想起在大学读书时，数闻郭在贻先生讲起从前学者不轻着笔著书，要等学问深湛再说，并以章太炎与弟子黄侃的交情为例，称黄侃学问如此高深之人，尚且五十之年未出书。此事虽距今将近四十载，而当时师言情景犹在眼前。章老师做了一辈子教师，以文学教学为主，传道授业解惑，对于中国文学源流，上溯下求，探讨商榷，积有岁时，深造有得。但到如今方才将发表于各报刊的文章遴选沙汰，结集一书，拟将付梓行世，以为平生研磨文学的印记。虽自谦为“习作”“敝帚自珍”，而其不轻言著述，必待心情散淡，思虑澄澈而后可，不亦与前贤慎重著书之旨有暗合之处吗？

校志出版后，我与章老师的联系也减少了，但因校志后续工作，校史编余史料编辑以及台州学院办学旧址保护诸事，亦有机会相聚晤面。尤其是其间我几次腰椎颈椎病发作，章老师经过我办公室，仔细询问情况，嘱我注意养生康复事项，言语温谆，情意温殷，令我难忘。退休后的章老师仍然一如既往，尽心尽力，保持着积极乐观的精神风貌。近来修改《临海市志》中的台州学院校志稿，他与校老领导夏崇德先生一起任副主编，帮我分担工作，看来文字之缘分不浅啊。今拜读章老师的书稿，在回顾与章老师交游的同时，让我加深了对章老师的印象。他的书稿收录文章三十余篇，二十多万字，非妙手偶得，而是砥砺自青灯黄卷，教学相长，持续研磨之中。孟子曰：“浩然有归志。”归志者，远志也。此书的付梓，是著者浩然之志的自然流露，必将为传承先贤，诱启来昆，提供范型。

是为序。

胡正武

2019 年 5 月 8 日

序 2

收录到这本书里的文章，总共三十多篇，绝大部分是中国古代文学的研究论文，其中研究《诗经》的占了一半；有三篇是赵树理小说《小二黑结婚》中的人物形象分析。这些文章基本上是作者在21世纪初在台州师专(后升格为台州学院)工作的前十年里的教学与研究的成果。它们见证了作者执着、勤奋的治学精神，这是值得我们称道和学习的。

说到《诗经》，我的脑海里立马闪现出年轻时在课堂里听讲的情景。当年在杭州大学读书时给我们讲《诗经》的是刘操南教授。记得当时在阶梯大教室里，他戴着眼镜站在讲台上讲《诗经》，其间时不时地眯着眼睛、陶醉地背诵《诗经》里的篇章，让我们听得着了迷。在半个多世纪之前，我们都非常赞赏刘老师等老一辈教授那种堪称经典的教学或研究的方法。

我们知道，《诗经》是我国最早的一部诗歌总集，是我国古代诗歌乃至古代文学的源头，距今已有二三千年的历史了。后人关于《诗经》的研究成果已不计其数，可谓浩如烟海。但研究仍在继续，而且时时新见迭出。自20世纪80年代以后，人文学科的研究界掀起了一股“新方法论”的热潮，研究方法从过去比较单一的政治社会学的研究法，逐渐地得到拓展，出现了许多新的研究方法。本书的作者显然也受到了这股“新方法论”热潮的影响，从不同的角度，不同的方面，开展了对我国古代文学特别是《诗经》的研究。比如，从经济学的角度来研究阐述《诗经》的内涵，挖掘其所蕴含的市场意识与区域经济意识等，其中的三篇文章：《儒家文化的经济学初探——以〈诗经〉为例》《〈诗经〉经济意识解读》

《〈诗经〉经济思想管见》，一看题目，便十分明显。又如，运用对比研究的方法，将《诗经》与《楚辞》《古诗十九首》《两汉乐府诗》等联系起来，或就其思想内涵意义，或就其艺术风格技巧，予以更加深入的论述。在三篇赵氏小说的人物分析中，作者则从心理学的角度予以阐述，揭示人物的心理轨迹与心理特点，其中《论三仙姑和蘩漪的性爱错位》一文则更为大胆，将不同体裁（小说与剧本）作品中的人物性格心理予以对照，揭示其相同之处。总之，采用这些新的方法，就使得本书在问题的研究上具有了超越以往传统研究的特点，因而在一定程度上呈现了一种与众不同的“新意”。

我与本书的作者都工作在同一所学校，低头不见抬头见，还是比较熟悉的。退休以后，我们又经常在老校区里相遇，并各自负责着学校离退休工作的一个方面，而且我们的办公室还曾在同一个楼层。我觉察得出，他的工作是认真负责，井然有序的。但当他传给我这三十几篇电子文稿的时候，我感到有些意外，竟不知道他曾发表过这许多论文。他要我为之写篇序文，说实在的，我感到很难发表一些对于本书的具体评论，因为我长期以来所任教的是现当代文学，不仅学科相异，而且又退休了多年。于是我就只能写了以上的这些话。

是为序。

夏崇德

2019 年 4 月 22 日

自　序

退休后有空闲，我把以前所写的文字，整理出版，也算朝花夕拾。此等文章，绝非经国之大业，更非不朽之盛事。一则盘点文字，二则聊以自慰。古稀出书，陋笔小篇，故名之曰“桑榆微澜”。

我家祖上三代都是农民。父亲小学毕业，当过民兵队长，参加过村里土地改革，因为是独子，没有出去工作。我算是家里第一代文化人。我小学毕业时，恰逢三年严重困难时期，全家八口全靠父亲一人养活。家庭经济拮据，生活困难。父亲想让我辍学，对我说：“不读书了，我们一起建设家园吧。”我当然服从父亲的安排。但是我姑妈坚决反对，她是20世纪50年代初天台简师毕业的小学老师，主张我继续读书，说我还有点天资，读好书以后能有出息，有困难她帮助。后来我在姑父姑妈的资助下继续求学。

童年是难忘的。童年是一本书，是沧桑人生的一本《幼学琼林》。我的童年，对现在的孩子来说，是不可思议的，甚至是天方夜谭。

一、快乐淘气忆童年

到了读书的年龄，父亲带我到自己村里的小学报名。老师看我瘦高的个子，很胆小，一直躲在父亲的身后不敢说话，就对我父亲说：“太小了，明年来读吧。”就这样，我读小学的年龄比别人大了一岁。读了鲁迅的《故乡》后，我才知道，我和父亲都是闰土。

小学是放飞的童年，愉快而难忘。没有作业，没有压力，无忧无虑。虽吃无山珍，穿无绫罗，却犹如天马行空，自由自在。周日，牧童无邪，拉牛尾以渡河，骑牛背以奔跑，不慎掉下，跌断手骨；游泳跳水，差点溺毙，幸同伴拉起，得以苟活；五年级时，下课尿急，从二楼柱子溜下，恰被校长抓住，惩罚读背《小学生守则》。外婆家是童年的乐园，离我家很近，凡有空即往那跑。有七八个同班同学，志趣相投。虽今访旧半为鬼，然纯洁的同学情谊，至今尚存于心。玩得最多的是上树掏鸟蛋，碰到过毒蛇；下湖捉鱼虾，被王八咬住。暑假在外婆家和同伴到溪里嬉戏，把别人的竹排拉出来，结果横撞桥桩，拦腰折断，响声震耳欲聋。翌日，外婆向母亲告状，我被打了一顿还赔了钱，从此，野性略有收敛。

孔子云十五而有志于学，童年过后是少年，正是求学的年龄。

二、求学艰难终不悔

那时读书辛苦，但绝非精神压力，主要是因为生活艰难。读小学，逢雨雪，踩木跷到半山的学校，亦乐在其中；读初中，正是长身体的年纪，然食不果腹，少年不知愁；读高中，粗布衣，不以为耻；读大学，已为人父，没有皮鞋，没有手表，日子照过。人生能有几回搏？求学艰难终不悔。

三年初中，在临海一中（现在的台州初级中学）顺利接受正规教育。当时国家学习苏联，教学俄语。学习认真刻苦，冬天，迎刺骨之朔风，跑完两千米，早读四十分钟，然后早餐。中午习大字，晚上夜自修，雷打不动。我为农村孩子，比较听话，单纯朴实，当了3年劳动委员。每周半天劳动，任务分工，农具借还，由我安排，俨然一个生产队长。勤工俭学，学校养猪，砍柴割草，各有任务。建造操场，搬石运土。勤恳努力，身体力行。班主任评我“任劳任怨”，雷锋故事耳熟能详，雷锋日记如数家珍。每学期都被评为“三好”学生，操行手册珍藏至今。

初中毕业升入同校高中部。临海一中为省重点中学，18个班级的规模，初中有4个平行班，高中有2个平行班，都是从台州各县市录取来的。按当时情况，毕业后大部分能考上大学。然而读完高一，“文革”来临，大家都辍学了，上大学的美梦破灭了。

时运不齐，命途多舛。好运气总不会时时眷顾你。

在当民办教师期间，我有三次被推荐上大学的机会（1971年同济大学建筑系；1973年浙江大学电机系；1975年台州师专中文系）。1971年公社第一次推荐我上同济大学建筑系，区教办和平公社领导来中学考察，要我谈谈家庭社会关系和对上大学的认识。我家成分贫农，社会关系清白。我说能当中学老师已很知足，至于上大学，有机会就上，没机会不悔，很淡然。后来，每次都是领导来了解考察，甚至填好了表格，以为大学美梦能成真，但终因父母是农民，没有一点社会关系，大学梦最后全都破灭了。

“文革”结束，国家恢复高考。在学校老师鼓励下，我在考试前一个月报名。没有时间，没有教材，没有资料，没有辅导，没有压力，也没有请过一节课的假。

命运安排我在台州师专中文专业读书。由于历史的原因，班里有三分之一和我一样负箧曳屣、拖儿带女的“老大哥”。度过三年艰难的求学日子，生活全靠父母接济。我省吃俭用，带咸菜以下饭，回家 28 里，安步以当车。有好几次，中途遇雷雨，成了落汤鸡。后有幸在城关职工夜校教学，一晚 2 节课挣 1 元 2 角，贴补家用。家里还有 3 个人的责任田要耕种，开头几年在别人的帮助下勉强经营，后来没有办法就转租给别人了。

孔夫子说三十而立，可我 30 岁才真正读书，何立之有？《学记》云：“学然后知不足，教然后知困。知不足，然后能自反也；知困，然后能自强也。”当过民办教师，深知功底不足，不能“以其昏昏，使人昭昭”。我决心努力自反自强。后来我任班级学习委员，我进图书馆机会就多了。我不断读书明理，读懂了王国维先生的人生“三境界”。等毕业时，我竟然获得学校首届奖学金，分配在台州地区教师进修学院。为提高学历，三个暑假我在金华浙师大“充电”进修。

毕业后工作比较顺利。我在进修学院四年，任负责人，1988 年评上讲师。在台州市教育局，任普教科长。在临海师范，任校长，评上高级讲师。学校合并到台州师专后，任副校长，评上副教授。

三、上京见到毛主席

“文革”开始时，学校停课。放下课本，参加“革命”。当上了红卫兵，成了“保守”派。经历过“四大”(大鸣、大放、大字报、大辩论)，抄写过大字报，练了毛笔字。参加了大串联，乘火车上北京，徒步下福州。北上目标是北京，一定要见到毛主席。挤上了从上海至北京的火车，车上人满为患，水泄不通。经 4 天 4 夜，早晨 6 点到北京。

1966 年 10 月 12 日到北京，和北方学生同住大教室。

终于等到 10 月 17 日。凌晨 3 点，广播响了：毛主席今天要接见我们了！顿时，教室沸腾，心情激动。接待站发给每人 2 个面包、2 个鸡蛋，2 个苹果，1 个咸大头萝卜。身上的所有硬物全部上交，轻装上阵。一路小跑到天安门长安街两边等待。解放军带领大家读毛主席语录，唱语录歌。从太阳出来，一直等到下午 2 点多。突然天安门上空响起了《东方红》的乐曲。警车开道，声势浩大。第一辆是毛主席一人乘坐的敞篷车。后面每辆车上都站着国家主要领导人。毛主席身材高大，满面红光，神采奕奕，不停地向红卫兵挥动帽子。长安街两边人声鼎沸，高呼毛主席万岁！车队过去，心情久久不能平静。旁边一个工人告诉大家说，要记住，这是一生最难忘的时刻：下午 2 点 43 分。50 多年过去了仍记忆犹新！后来到了湖南，长沙、韶山冲、清水塘、橘子洲头、长沙第一师范，我至今还珍藏着所到之处的纪念印章。

四、当上农民苦磨练

串联结束，回家务农四年。日工分从 8 分到 10 分，摸爬滚打，学会了所有农活，达到合格。一个十足分的农民，必须具备三项本领：一挑担，150 多斤的担子，一人挑一段路，能够接传，不得停歇；二会犁田，水田旱地都要会，能驾驭任何水牛黄牛，第一次犁田，碰巧是生产队里最难使唤的强壮水牯牛，这天下午筋疲力尽，浑身泥浆，最后终于把它驯服，别人说我是“学剃头碰到络腮胡”；三会插秧，而且要插得快插得直，行距株距要对应，秧苗多少要匀称，开始几个小妇女欺我一介书生，插得比我快，想把我关在里面，羞辱我，一趟下来，我累得腰酸腿涨，未让其得逞。除上述三项，还要白天会做砖瓦，又多又快；晚上会烧土窑，通宵达旦。每年盛夏“双抢”(抢收抢种)季节，凌晨 3 点下地，晚上 8 点收工。

农村生活是艰苦的，当时农民的出路只有当兵。一次偶然机会，我毫不犹豫地报了名。

五、青年梦断从军路

20 岁那年，我报名从军，有幸合格。体检时，主检医生看到我高中毕业，非常兴奋，如获至宝。公社为大家披红戴绿，敲锣打鼓送到县里。新兵文化水平较低，数我文化最高，被钦定为班长。从临海到上海，横穿渤海，经大连到达沈阳，成了沈阳部队空二师空军地勤部队一名新兵。经一个多月新兵磨练，总以为能成为扛枪卫国的战士，想不到复检时，因北方严寒，鼻炎严重，无法生活，一个美梦破灭了。

回到家乡，农业学大寨，参加工作队。1969 年，我被推选为生产大队革命领导小组副组长，老支书说，以后村里的担子就让我来挑，顿感肩上的压力。

广阔农村，大有作为。借助下放青年到农村，村里成立文艺宣传队，我成了负责人。我们组织下放青年和回乡青年，白天在村里墙壁上写大幅标语，画宣传画。晚上学习唱歌，学习京剧样板戏，大家热情洋溢，兴趣盎然，我们村宣传队是全公社最好的。当时最流行的几部京剧样板戏如《红灯记》《沙家浜》《智取威虎山》都能全场演下来。还经常到各村巡回演出，我在后场拉京胡。至今，我还能吟唱好多经典唱段。

当教师，这不是我的梦想，一辈子也没想到，一个农民儿子，竟然当上了中学教师。尽管当时说“七讨饭八教书”，教师是臭老九。

六、民办教师心有愧

我参加公社“革宣队”，进驻各村搞宣传，历时半年。1969 年夏天，县工作队准备发展我入党并谈了话，因为 8 月份就要到中学当教师了，领导建议还是到学校解决为好，结果一搁就是 10 多年。

我轻轻松松进中学当了民办教师，后来又调到“五七”高中任教。近 10 年教龄，教过小学、初中、高中，教过语文、数学、唱歌。月薪也从 30 元涨到 32 元。自己高中都没毕业，却要当中学老师，匪夷所思，误人子弟，不堪回首！

当民办教师那段时光，是最快乐最自由的时光。没有中考压力，没有质量排名，没有教学检查，凭良心工作。幸有大田区中学、临海城关中学老师下放到这里，他们言传身教。我不断努力走上正轨，还在全公社上过两次公开课，反映良好。

我们的中学是大田区比较好的公社中学，教育质量和综合水平仅次于大田中学和东塍中学，特别是运动会成绩和文艺演出的水平，名列全区前茅。平日里校园歌声嘹亮，球场上龙腾虎跃。每周有正规的周前会议，雷打不动，政治学习，老师住校，坐班备课，定期家访，还组织学生下村巡回演出。我学会了唱歌，学会了拉二胡。

七、执教杏坛一辈子

师专毕业后我被分配到台州地区教师进修学院（后改为台州师专进修部，最后并入台州师专）工作，负责为学院编辑《函授通讯》，从稿件的采集，修改排版，校对付印，邮寄分发，包揽整个流程。后来我到杭州大学教育系进修半年，回单位后担任教育学教师。在进修部四年，曾任副主任，1988年评上讲师。

调到台州地区文教办（文化教育办公室即后来教育局），任教育科长。这四年，是我参加工作以来最繁忙的年头。教育科（现在称基础教育科）是教育局事务最多最忙的一个科室。当时没设高教科、职教科和师范科，从幼儿园、中小学、师范、高校、职教，甚至聋哑学校，都要管。当时正是普及九年制义务教育的关键时刻，大部分时间都在各县市跑学校，还有各种会议，撰写材料，忙得不亦乐乎。有时上次出差还没回来，下次出差任务又来了，疲于奔命。记得1985年召开全地区三门教育大会，所有的材料，都是我和另一同志组织，白天黑夜，加班加点，逐一修改，逐一落实，最后大会领导说，我们的材料是全地区所有大会组织得最好的一次。因此受到领导表扬，文教办主任李相缪说我“呕心沥血”。他也因此从文教办主任晋升到行署副专员。一次，我父亲病重，已在弥留之际，周六深夜我从丽水赶回家里，第二天上午父亲就去世了，令我遗憾终生。

从事行政工作，年轻人比较喜欢，出差机会多，走南闯北多，升迁的机会多，但对有家庭、子女幼小的我来说，却有诸多困难。因此，我萌发了当教师的念头。不惑之年，我到临海师范从事教学和管理工作。当了近10年的民办教师，13年的师范教师，13年的高校教师，直到退休，一直从事教学和管理工作，从未离开过讲台，在台州学院学生评教中多次获得好评。2003年，我领到了30年教龄证书。

八、退而不休发余热

2009年9月我退休，翌年返聘成人教育学院，任执行院长，直到2016年主动辞职。

二次退休后，被学校聘为两届教学督导。主要工作是加强对教风、学风的督查，确保正常教学秩序。重点做好学生评教中问题突出教师的跟踪督导和整改帮扶工作。听课查试卷，参与课程建设，组织学生评课。

任学校关工委副主任。配合学校党委，抓好宣传活动，搞好“五老”队伍建设。疏通工作渠道，搭建工作平台，让更多的老同志在自愿的原则下参加到关心下一代的工作中来，不断壮大工作队伍。给新生上始业教育课，讲述校史校风，带领学生干部到仙居办学旧址参观考察，进行革命传统教育。

参与《台州学院志》的编辑工作，担任副主编。上南京去晓庄寻找郭凤韵，到仙居上广度重走办学路，赴绍兴到诸暨找到老校长，自驾车觅校友搜集同学录。历经数载，洋洋大观，终成大业。

现任台州市直老年体育协会理事，台州学院老年体育协会会长，带领学校离退休老师，积极开展老年体育健身运动。2015年学校获批“台州市老年体育活动中心”，本人于2019年获“台州市老年体育贡献奖”。

执教杏坛一辈子，躬耕陇亩三十年。人近桑榆再伏枥，挂帆济海发微澜。老冉冉兮年不多，红叶煮酒度逍遥。但愿老当益壮，不移白首之心，老且益坚，不坠青云之志。

章可敦
2020年2月

目 录

1. 论《诗经》战争诗与农耕文化

摘要：古希腊史诗《伊利亚特》歌颂、肯定了战争的伟力，反映了战争的掠夺性质。古印度的史诗《摩诃婆罗多》则写班度和俱卢两族争夺王位的斗争。两者对战争场面都有浓墨重彩的描写。《诗经》中的战争诗却完全不一样，没有直接描写战争的场面，而是用军威震慑、道德感化敌方，这一奇特的文学现象体现了周代统治者敬德保民的思想，而出现这一文学现象的根本原因就是中国古代的农耕文化。

关键词：诗经；战争诗；敬德；保民；农耕文化

所谓《诗经》中的战争诗，是指《诗经》中描写战争的诗篇。《诗经》305 篇诗中，据统计，直接描写战争的有 10 多篇。周宣王时期是集中产生战争诗的年代，但保存在《诗经》中的此类作品却只有 5 篇，且几乎没有一篇是正面描写战争的。这些诗歌大多是在戎旅中产生的，其作者可能都是随军出征的将士。诗歌大多集中在《雅》部中。春秋战国时期是我国由奴隶制社会转变为封建制社会的急遽变化的时期，也是中国历史上战争最频繁的一个朝代。“当时，各诸侯国之间战争频仍，互相攻伐兼并。几百个小国家逐渐归并为几个大国，逐步孕育着封建的萌芽，各民族的联合，也都为建立统一的多民族封建国家创造了条件。自西周末年至战国初年，革命运动风起云涌，日益高涨，终于摧垮了腐朽的奴隶制。”“各诸侯国之间互相侵凌争夺，兵连祸结，广大人民群众妻离子散，家破人亡，受尽苦难。社会经济也受到严重破坏。”[1]但是反映周初至春秋中叶这 500 年间周代人的生活、文化、军事和政治的主要文学成果《诗经》，却对这一重大现象，只是轻描淡写地一笔带过。这些诗歌虽名为战争诗，但实际上并没有直接描写战争，更没有那种厮杀格斗、血雨腥风、杀声震天的残酷景象。和基本上处于同一时期的古希腊的史诗《荷马史诗》和古印度的史诗《摩呵婆罗多》等对战争的描写也完全不一样。《诗经》中战争诗篇数量少，也没有直接描写战斗的场面，是文学上一个奇特的现象。这和中国的农耕文化有密切的关系。

《小雅·出车》叙述北方玁狁进犯周疆，周宣王派大将南仲领兵出征，击退强敌，班师回朝的过程。“出车彭彭，旂旐央央。天子命我，城彼朔方。”写了出征时战车的轰响和旌旗迎风飘荡的壮大声势。“赫赫南仲，玁狁于襄”“赫赫南仲，薄伐西戎”。南仲先征玁狁，后伐西戎，军队威仪赫赫。最后一句“赫赫南仲，玁狁于夷”。这是一场大战，但没有一句写到敌军，没有一句写到厮杀。仿佛在南仲赫赫军威震慑下，就平定了玁狁。

《小雅·六月》叙述另一次北伐玁狁的战役。诗中写道：“四牡骙骙，载是常服。”诗的作者全副武装，乘着四匹黑色健壮的公马驾的战车，以每日 30 里的速度开赴前线。“四牡既佶，既佶且闲。”四匹公马强壮威武，步伐整齐且脾性驯服。这完全是军威的显示。

《小雅·采芑》写的是方叔率领军队南伐蛮荆之武功。“其车三千，旂旐央央”“如霆如雷，显允方叔”，方叔率兵车三千辆，军旗迎风飘扬。写方叔英明又诚信，军威远震如雷霆。最后“征伐玁狁，蛮荆来威”，以方叔征讨玁狁立了大功，威服蛮荆而宣告胜利。这完全是统帅方叔威仪的昭示。

《大雅·江汉》记叙了召穆公奉宣王之命平定淮夷之事。“江汉汤汤，武夫洸洸。”以长江、汉水滔滔洋洋起兴，表现出战士雄赳赳、气昂昂、勇武不可战胜之气概，极言军队之威武。

《大雅·常武》写的是周宣王亲率大军伐徐的经过。着重写了周宣王军队的强大。“赫赫明明，王命卿士”，“赫赫业业，有严天子”，“如飞如翰。如江如汉，如山之苞。如川之流，绵绵翼翼”。周宣王的军队，军威赫赫，迅如鸷鸟，飞掠高翔。有如长江汉水之浩荡，又如大山之坚不可摧。

另外还有《邶风·击鼓》《秦风·无衣》《豳风·破斧》《豳风·东山》《小雅·采薇》等，有的写了奴隶们对战争的态度，有的同样只显示了军队的声势而都没有战斗场面的描写。

这些诗歌都不直接描写战争场面，而是多写军威声势和对气氛的渲染，多写道德感化和军事震慑。这就是《诗经》中战争诗的特点。

再看古希腊的史诗《荷马史诗》中的《伊利亚特》最精彩的一段“赫克托耳之死”的描写：

“阿喀琉斯王子趁赫克托耳向他冲上来的当儿，就拿他的矛子向那一点戳进去，矛尖笔直插进赫克托耳颈上的嫩肉，只是那沉重的铜头并没有把他的气管戳穿，所以他还能够对他的征服者说话。”“然后他把铜枪从尸体里拔出来，放它在地上。他就动手从赫克托耳身上剥下那套血污的铠甲，同时其他的阿开亚人也跑着围上来了。”[2]

阿喀琉斯杀死赫克托耳以后，无情地每天拖着赫克托耳的尸体绕战友的坟墓 3 圈，并要斩杀 12 个特洛亚贵族子弟为朋友报仇。

《荷马史诗》充满了肯定战争伟力的思想，反映了战争的掠夺性质。在荷马时代，国家还没有形成，部落管理实行的是军事民主制。当时争夺财产和以财产为基础的权势斗争日益激烈，正如恩格斯所指出的：“古代部落对部落的战争，已经开始蜕变为在陆上和海上为掠夺家畜、奴隶和财宝而不断进行的抢劫，变为一种正常的营生。”[3]史诗描写的战争，是原始氏族公社逐步解体时期的战争，是相互掠夺的战争。在《伊利亚特》中，我们可以清楚地看到战争的目的是掠夺财富、女奴和奴隶。而《荷马史诗》中的战争、征服和英雄主义的主题，也可以说是欧洲各民族史诗的共同主题。虽然在欧洲各民族的历史演进中有侵略与反侵略的区别，但真正体现欧洲精神的，正是与英雄主义、冒险精神相伴的征服和扩张。可以认为，《荷马史诗》中已体现出这种所谓海洋文化的特点。欧洲从好奇、冒险、航海，到侵略、扩张、占领，再到持续不已的海外殖民活动，其实就是荷马史诗精神和克里特文化的继续。

《摩诃婆罗多》描写班度和俱卢两族争夺王位的斗争，“大战进行了 18 天，经过反复的激烈较量，俱卢族全军覆没。眼看班度族大功告成。没想到俱卢族残剩的三个战士竟在夜间偷袭酣睡的班度族全部将士”[4]。战斗场面充满残酷和血腥，有的场面惨不忍睹。

欧洲史诗中那种只求财富和英雄冒险的主题，对掠夺战争的颂扬，在我国是见不到的，即使是后来的边塞诗，也是反战的色彩要重于对战争的歌颂。二者所体现的人文思想，有天壤之别。

《诗经》中的这种现象，是中国文化的人文精神的体现，即肯定人生的价值，重视道德的生命。这与古希腊所建立的以物为主的“物文化”和古印度所建立的以神为主的“神文化”，有很大的不同。“神本文化认为上帝或神创造了宇宙万物和人类，并主宰人生的一切。物本文化则认为人只是天地万物之一，与一般动物无别，必须仰赖万物才能生存，天地万物之理，便是人的道理。物能左右人生，只要物质环境有了改变，人的一切生活将受其影响而随之改变。神本、物本二者都否定了人的独立性和自主性。”[5]

一、《诗经》中的这种现象，是周人敬德思想的体现

《诗经》产生于西周初年到春秋中叶。因此，《诗经》中所表现出来的民族精神，与这一时期的统治者所提倡的文化精神很有关系。

《孟子·公孙丑上》：“以力假仁者霸，霸必有大国，以德行仁者王，王不待大，汤以七十里，文王以百里。以力服人者，非心服也，力不赡也；以德服人者，中心悦而诚服也。”[6]“以德服人”，“仁者无敌”，“保民而王”，“行不忍人之政”，在于“不忍人之心”，这些都是孟子政治学说的中心思想，一切以道德为前提，实施德化人治，推崇贤人政治。这才是中国文化的理想政治，也才合乎人文精神。

孔子说：“殷因于夏礼，所损益可知也；周因于殷礼，所损益可知也；其或继周者，虽百世可知也。”[7]说明了夏商周三代上层建筑领域的政教制度及意识形态等是递相承袭而又有所变易的；而周代的政教制度意识形态，必将久远地影响于它以后的历史。孔子说：“周鉴于二代，郁郁乎文哉！吾从周。”[8]即由于周代借鉴了夏商二代的历史成就和经验教训而又有所改进，在文化礼教方面特别“郁郁乎文”地出色，所以为孔子所推重和向往，认定周文化对后世的影响必将久远。从历史看，孔子这些话是对的。

《尚书》中可以看到周“因于殷礼”及其所损益的情况；再从《尚书》的流传递变嬗易中，又可看到“继周者”的“百世损益”情况。顾颉刚先生说过，《尚书》一书可说牵涉全部中国古代史，以至影响全部中国史。他的话可以说是道出了《尚书》的特点。历代的政教特点及居统治地位的思想，都是可以从《尚书》研究

中看到的。

西周王朝的建立，它既要“因于殷礼”，又要有“所损益”。王朝初建，自然首先重要的是“因于周礼”，才能有利于国家机器的建立。但在其后形成的“周政”，在历史上具有周代特色，则“损益”是主要的方面，因袭殷礼是次要方面。如周人修正天命观，提出敬德思想，提出重民思想，提出体制礼乐建设，即所谓“制礼作乐”，用以维系宗法社会和巩固分封制。这些，大都由周公在他所讲的诰词中提出。敬德思想方面，周人因为感到天命之有穷，才提出敬德以济之。如：

《尚书，召诰》:“王其德之用，祈天永命。”(君王还是要施行德惠，祈求上天降赐永久的福命)

就是要用德来祈求得到永久的天命。他们认为周王朝是因文王之德而获得永延天命的。在《尚书》西周各篇中，处处充满着重德的文句，突出了德治的思想，彰显祖宗的德业。这些大都是周公讲的，是周公政治哲学的中心范畴。还如：

《康诰》:“丕显考文王，克明德慎罚。”(父亲文王，能遵循美德，谨慎用刑罚。)

《酒诰》:“祖考之彝训越小大德。”(要明白倾听祖辈的遗训，发扬大大小小的各种美德。)“天若元德。”(上天赞赏的大德)“经德秉哲。”(民众依德行事，保有智慧。)

《梓材》:“先王既勤用明德。”(先王已经勤勉地施行清明的德政。)“王惟德用。”(周王要想法推行德政。)

《召诰》:“王敬作所，不可不敬德。”(君王要谨慎举止，不可不慎重自己的德行。)“惟不敬德，乃早坠厥命(指夏、殷)。”(只是因为不谨慎他的德行，就早早丧失了他的国命。)“王其疾敬德，王其德之用，祈天永命。”(君王还是迅速敬德吧，君王还是要施行德惠，祈求上天降赐永久的福命。)

《洛诰》:“公称丕显德。”“惟公德明光于上下。”“万年厌于乃德。”(您称颂祖先显著的美德。您的德惠昭著，光耀天上人间。永远使人的品德完美无缺。)

《多士》:“非我一人奉德不康宁。”“予一人惟听用德。”(不是我一人不奉行德政。我一人也要听从任用有德之人。)

《无逸》:“皇自敬德。”(文王就更加自觉重视自身的品德。)

《君奭》:“嗣前人,恭明德。”(继承发扬前人那恭敬圣明的德行。)“惟文王德。”(考虑继承父王的功德)“罔不秉德明恤。”(没有谁不保有美德、明了忧难。)

《多方》:“罔不明德慎罚。”“克堪用德。”(没有那个君王不勤于德政,慎于刑罚的。都能奉行德政。)

《金縢》:“今天动威,以彰周公之德。”(如今上天显示神威,来表彰周公的厚德。)[9]

周人翻来覆去地强调敬德、奉德、明德、用德,这在商代甲骨文中是没有的,《商书》各篇原来文字中也是没有的。周人企图用德来保住天命,所以《周书》曰:“皇天无亲,惟德是辅。”[10]这是周人惩于殷代唯恃天命,不知敬德,而致覆亡所得出的宝贵心得,也是他们历史性的倡导,成为周代的特点。

就连西方人莱布尼兹也说:“如果任用哲人担任裁判,不是裁判女神的美,而是裁判人民的善,他一定会把金苹果奖与中国人。”[11]这颇能代表西方人的看法。

二、《诗经》中的这种现象,是周人重民思想的体现

世界文化大致可分为三大类型:一是以神为本,认为神是宇宙、人类的主宰,如基督、天主、回教、佛教等宗教信仰;二是以物为本,认为物质是人类生存不可或缺的东西,一旦物质、经济有了变动,一切都将随之而变化,如马克思列宁主义、共产主义思想;三是以人为本,中国文化强调以人为本,认为能主宰人类自己的,还是人的本身,当然也并不反对物的重要性,只不过不能先否定自己而受制于外在的物而已。中国的民本思想,就是以人为本的具体表现。只要翻开中国历史,就可以发现,所谓德政就是能顾及百姓的利益和幸福的政治主张。简单地说,必须让“八口之家”衣食无缺,生活安乐,才算做到仁的基本要求。所以孟子强调“保民而王”,“不嗜杀人者能一之”。

原在《商书》中已有对待人民的议论,其统治者已知考虑本阶级的整体利益,提出不能无穷极地剥削小民的主张,在《盘庚》篇中甚至说奉上帝复高祖之

德，恭承民命。对民要“无尽刈”，[12]即不要杀得无孑遗，还有奉畜众庶的话等。其主要用意只是希望适当抑制统治阶级这种杀鸡取卵的行为。

在《周书》中，首先在精神上与商代统治者大不相同，特别注意了“敬天”之外还要“保民”的思想。如：

《大诰》：“迪民康。”(引导百姓生活安康。)

《康诰》：“用康保民。”(保护人民生活的安定。)“若保赤子，惟民其康乂。”(像保育孩童那样，民众就将安定。)

《梓材》：“子子孙孙永保民。”(能子子孙孙永远统治万民。)

《洛诰》：“诞保文武受民。”(保佐文王、武王接受的天赐臣民。)

《无逸》：“能保惠于庶民。”(能爱护施惠给平民百姓。)“怀保小民，惠鲜鳏寡。”(既爱护小民百姓，也善待施惠于鳏寡孤苦之人。)

《文侯之命》：“惠康小民。”(要爱护小民百姓，使他们安康生活。)[13]

其之所以这样反复申说，是因为看到专恃天命的商王朝虐用人民，致其天命不保的结局，因此在《诏诰》篇中提出：“欲王以小民受天永命。”这就表明了天命之能否承受和保住，取决于民意，靠小民来“受天永命”。在已失传的讲述周武王伐纣的《太誓》里说：“天视自我民视，天听自我民听。”[13]又说：“民之所欲，天必从之。”[14]

还有写成于春秋战国时期，保存了不少西周原始资料的《皋陶谟》也说：

“天聪明自我民聪明，天明畏自我民明畏。”[12]

他们这样强调了天意来自民意，对人民的力量已有如此认识，所以不断提出了不能不畏惧人民的警告，如：

《召诰》：“用顾畏于民。”(要畏惧人民的反对。)

《无逸》：“治民祗惧。”(治理人民要敬慎畏惧。)

《酒诰》：“人无于水鉴，当于民鉴。”[9](不要用水当镜子，要以人民当镜子照自己。)百姓的好君主，千万不能像商纣那样暴虐于民，自致灭亡。周公是周初年的大政治家、思想家，是中国儒学的先驱者。在殷、周王朝更迭的历史变化中，周公亲眼看到了这一变革的全过程，观殷之所以灭亡，周之所以兴起，不能不引起他的思考。特别是牧野之战，殷纣军队七十万人阵前倒戈，成为殷纣灭亡的直接原因。周公又亲率大军东征，平定管、蔡、武庚之乱。历史与现实的经验，都促使周公对下层之民的力量的认识达到前人所未有的高度。他提出“敬德保民”“明德慎罚”[15]的政策，就是崇尚德行，保障人民的生命安全，使其生活充裕；惩罚人民要慎重，不要随意杀戮。周公的这种观点，既是历史经验的总结，也是民本思想的重要实践。

这些都是周代统治者吸取商王朝败亡的经验教训，所提出的改进统治方法的思想，目的还是希望通过对人民的重视，取得人民的拥护和服从，来长久地保住它的统治权赖以维持的天命。

三、周人的这种敬德重民思想，来自中国古代农耕文化

中国地广人多，自古以来，大多数人从事农耕业，因此，中国的农耕社会与中国文化的类型息息相关。唐君毅在其《中国文化精神》一书中说：“希腊文化始于商业殖民，而中国文化则始于农业安土。”[5]

中国古代农业社会，本身生产作物，可以自给自足，又因作物经耕耘下种以后，必须等待一段时间才会有收获，因此不事向外发展，所以有人说农业社会的缺点是安而不强，足而不富。但它却是最正常、最基本的文化。孟子《梁惠王·上》篇说：“五亩之宅，树之以桑，五十者可以衣帛矣！”“百亩之田，勿夺其时，八口之家，可以无饥矣！”[16]“八口之家”“百亩之田”“可以衣帛”“可以无饥”，就是美满生活，也是善政的象征。可见农业社会的百姓多么容易满足。

农业耕种需投入大量人力，所以“多子多孙”也成为中国人福气的象征。但是在播种、收获的农忙季节，靠自家人力还是不够，必须仰赖邻里、亲朋和族人帮忙，所以平时敦亲睦邻是相当重要的；又因为平时劳动在一起，彼此忧乐与共，感情融洽，于是婚丧喜庆，送往迎来，至为频繁，这是中国农村人情味浓厚的一面，到处一片温馨。这就形成了一种人与人之间亲善友好的关系。

周人因经营农业，在日常生活里，常与大自然为伍，大自然的安详与宁静容易启人灵机，原野的宽广易使人心胸开阔；又从作物的生长，体会出天地“向生向阳”“生生不已”的仁心。再如农村是以五谷蔬菜为主食，所以民性较为温和。又因农耕需靠多人的通力合作，大家不分彼此，而悟出“四海之内皆兄弟”的道

理。无所谓名利的冲突，也就没什么好争的了。人人洞达人生，礼尚往来，稳健圆融。

自古以来，中国人爱好和平是个不争的事实。如在中国历史上很少主动去攻击他国，人民所崇拜的也都是能为万世开太平的圣君贤臣。这虽然是中国人天生的民族性，但绝对与中国的农耕和家族生活有关。一般中国人认为只要能守住祖先的产业，便是好子孙，不到万不得已，绝不外出谋生，由于民族性内向不求扩张，当然养成了爱好和平的美德。孙中山先生就说："中国自有历史以来，以和平为民族之特色，有时不幸遇着其他民族的侵略，方不得已而抵抗。例如殷以前的獯鬻，周之猃狁，汉之匈奴，都因为他们无故侵边，才出兵征伐。又如东晋之五胡，北宋之女真，或则分裂中国，或则将中国抢去了大半，才要合中国人来驱除他。又如南宋末之蒙古，明末之满洲，并吞中国，才要合中国人来光复。我们根据历史，可以确确实实地说，如果别人不欺负中国，中国决不欺负别人的。再拿一个例来说，印度和中国之交通，自东汉时代已经开始，彼此以和平相往来，做学问思想的交换，彼此何等互相钦敬，互相爱慕，何尝有些冲突。更可证明中国的民族是和平的，不是空言，是可以将历史的事实来说明的。"[5]这是孙中山先生对中国自古以来民族特性最生动深刻的概括。

中国农业一直是家庭式的经营方式，亲族间关系的维系，要靠感情，要靠理性，于是发自人性的人伦常道就格外地受到重视。甚至有人认为尊卑的划分也起于岁时贡献农功的多少。又因经营农业，长期与大自然接触，而体会出"有天地然后有万物"的道理，日往月逝，植物生生不息，大地充满生机，这是天地的大仁、大德，所以道德是因天地而生，至高无上，不是随时可以变易的。这就是中国人的道德观，也是从农业生产中体会出来的。

土地是农业社会的根本，所以中国人特别重视乡土。一遇农忙，大家相互关照，因为中国古代农业机械不发达，纵使一小块土地，也要投入大量时间和人力，非仰赖多人协作不可。因此在不知不觉中，给农村带来了一分浓郁的情感。村庄中的每户人家，来往亲密，就像一个大家庭，不但在农忙时可相互支援，平时红白喜事更是忧乐一体，对村里长幼父亲的称呼，均以辈分为准则，除冠以名字外，其叫法与家中亲属的称呼完全相同。这也是中国农业家庭社会发展起来的一大特色。

总之，农耕文化形成了周人敬德、保民的思想，而敬德、保民的思想又导致了《诗经》战争诗中无残酷战争场面的奇特文学现象。

参考文献

[1] 袁梅. 诗经译注[M]. 青岛：青岛出版社，1999.
[2] 周煦良. 外国文学作品选：第一卷[M]. 上海：上海译文出版社，1979.
[3] 马克思恩格斯选集：第四卷[M]. 北京：人民出版社，1972.
[4] 郑克鲁. 外国文学史[M]. 北京：高等教育出版社，1999.
[5] 李威熊. 中国文化精神的探索[M]. 台北：黎明文化事业股份有限公司，1985.
[6] 朱熹. 四书集注[M]. 成都：巴蜀书社出版社，1986.
[7] 朱熹. 四书集注[M]. 成都：巴蜀书社出版社，1986.
[8] 朱熹. 四书集注[M]. 成都：巴蜀书社出版社，1986.
[9] 刘起釪，古史续辨[M]. 北京：中国社会科学出版社，1991.
[10] 左丘明. 左传[M]. 北京：燕山出版社，2001.
[11] 莱布尼兹. 十八世纪中国与欧洲文化的接触[M]. 北京：商务印书馆，1991.
[12] 尚书[M]. 北京：华龄出版社，2002.
[13] 朱熹. 四书集注[M]. 成都：巴蜀书社出版社，1986.
[14] 左丘明. 左传[M]. 北京：燕山出版社，2001.
[15] 谢祥皓，刘宗贤. 中国儒学[M]. 成都：四川人民出版社，1998.
[16] 朱东润. 中国历代文学作品选[M]. 上海：上海古籍出版社，1979.

（本文发表于《广西社会科学》2004 年第 8 期）

2. 论《诗经》战争诗所折射的人文精神

摘要:《诗经》305 篇中,战争诗不多。这些诗歌大都正面描写磅礴的气势,显赫的威仪而没有战斗场面的描述。形成这种独特文学风貌的原因诸多,主要有:孔、孟"仁政""民本"思想的影响,周统治者"敬德保民"和"明德慎罚"思想的实践,周人威仪外显的特点,诗歌作者本身是文武兼备的复合型人才。

关键词:诗经;战争诗;民本;敬德保民;明德慎罚;威仪;文武兼备

胡适先生的《中国哲学史大纲》在中国哲学研究上具有划时代的意义,其对当下《诗经》学习亦有深刻的影响。该书导言指出:"古代的书,只有一部《诗经》可算得是中国最古老的史料。"该书的第二编第一章《中国哲学结胎的时代》则引用《国风》及《小雅》中众多诗篇,并由此推断出那时代(公元前 8 世纪到公元前 6 世纪)的大概情形为:战祸连年,百姓痛苦;贫富不均;政治黑暗,百姓愁苦。[1]按照胡先生的说法,那个时代战争是很频繁的,但《诗经》305 篇作品中,反映战争的内容并不多,约计 10 多篇,几乎没有一篇是描写正面战场的。周宣王时期是集中产生战争诗篇的年代,保存在《诗经》中的相关作品共有 5 篇。

《小雅 · 出车》叙述北方玁狁进犯周的边疆,周宣王派大将南仲领兵出征,击退强敌,班师回朝的过程。"出车彭彭,旂旐央央。天子命我,城彼朔方。"写了出征时战车的轰响和旌旗迎风飘荡的壮大声势。"赫赫南仲,玁狁于襄","赫赫南仲,薄伐西戎"。南仲先征玁狁,后伐西戎,军队威仪赫赫。最后一句"赫赫南仲,玁狁于夷"。这是一场大战,但没有一句写到敌军,没有一句写到厮杀。仿佛在南仲赫赫军威震慑下,就平定了玁狁。

《小雅 · 六月》叙述另一次北伐玁狁的战役。诗中写道:"四牡骙骙,载是常服。”诗的作者全副武装，乘着四匹黑色健壮的公马驾的战车，以每日 30 里的速度开赴前线。“四牡既佶，既佶且闲。”四匹公马强壮威武，驯服整齐，这完全是军威的显示。

《小雅·采芑》写的是方叔率领军队南伐蛮荆之武功。“其车三千，旂旐央央”，“如霆如雷，显允方叔”，方叔率兵车三千辆，军旗迎风飘扬。写方叔英明又诚信，军威远震如雷霆。最后“征伐猃狁，蛮荆来威”，以方叔征讨猃狁立了大功，周朝威服蛮荆而宣告胜利。整个战斗过程既没刀光也没血影。

《大雅·江汉》记叙了召穆公奉宣王之命平定淮夷之事。“江汉汤汤，武夫洸洸。”以长江、汉水滔滔洋洋起兴，表现出战士雄赳赳、气昂昂，群英勇武不可战胜之气概，极言军队之威武。

《大雅·常武》写的是周宣王亲率大军伐徐的经过。着重写了周宣王军队的强大。“赫赫明明，王命卿士”，“赫赫业业，有严天子”，“如飞如翰。如江如汉，如山之苞。如川之流，绵绵翼翼”。周王的军队，军威赫赫，迅如鸷鸟，飞掠高翔。有如长江汉水之浩荡，又如大山之坚不可摧。

另外还有《邶风·击鼓》《秦风·无衣》《豳风·破斧》《豳风·东山》《小雅·采薇》等，也都同样只显示了军队的声势而没有战斗场面的描写。

以上这些作品尽管都是写战争的诗篇，但从内容来看，都没有直接描写战斗，既没有血雨腥风、刀光剑影的战斗经过，也没有血流漂橹、堆尸成山的残酷结局。写的都是雄壮的军威：蔽日的军旗、雄壮的战马、锐利的武器、高涨的士气和神威的统帅。这些诗歌，无处不折射出浓浓的人文精神。看看与《诗经》稍后的其他诗歌，如屈原的《九歌》中的《国殇》，直接描写了战斗场面的残酷：“操吴戈兮被犀甲，车错毂兮短兵接。旌蔽日兮敌若云，矢交坠兮士争先。凌余阵兮躐余行，左骖殪兮右刃伤。霾两轮兮絷四马，援玉枹兮击鸣鼓。天时怼兮威灵怒，严杀尽兮弃原野。”再看看李华的《吊古战场》，这些诗歌和《诗经》的战争诗形成多么鲜明的对比！

为什么《诗经》中的战争诗，只写军队的威仪而没有直接描述残酷的战斗场面？究其原因，主要有四：

一、孔子“仁”的思想和孟子的“民本”“仁政”“王道”思想的深刻影响

孔子说：“仁者爱人。”“仁”是孔子思想体系的核心，“仁”的内涵非常丰富。许慎在《说文解字》中对“仁”做了解释：“仁，亲也。从人，二。”段玉裁于注中引《中庸》曰：“仁者，人也。”又曰：“人也，读如‘相人偶’之人。”[2]就是说，“仁”的基本含义正是指人与人的关系。孔子还说：“为政以德，譬如北辰，居其所而众星共之。”德治，是孔子所认为的理想的治国手段，认为如果用德行来引导，以礼制为准则，人民不但可以免于刑罚，而且会有高尚的道德观念。

民本、仁政、王道，三位一体，构成孟子相当系统完整的政治观：以民为本的理论基础，以仁政为治政方针，从而实现王道之治的政治目标。孟子说：“民为贵，社稷次之，君为轻。”（《孟子·尽心下》）“恻隐之心，人之端也。”“无恻隐之心，非人也。”（《孟子·公孙丑上》）孟子还说：“以力服人者，非心服也，力不赡也；以德服人者，中心悦而诚服也。”（《孟子·公孙丑上》）作为政治思想学说，它延续发展了孔子的“德政”“礼治”思想，特别是“民本”“仁政”的理论阐述，大大补益了孔子思想学说的不足。民本、仁政、王道三位一体，是中国儒家王道政治的典型代表。孟子的这种思想体系对后世产生了巨大的影响。

二、周公对“敬德保民”“明德慎罚”思想的实践

“敬德保民”“明德慎罚”[3]就是崇尚德行，保障人民的生命安全，并使其生活充裕；惩罚人民要慎重，不要随意杀戮。周公是周代初年的大政治家、思想家，是中国儒学的先驱者。在殷、周王朝更迭的历史变化中，周公亲眼看到了这一变革的全过程，观殷之所以灭亡，周之所以兴起，不能不引起他的思考。特别是牧野之战，殷纣军队七十万人阵前倒戈，成为殷纣灭亡的直接原因。周公又亲率大军东征，平定管、蔡、武庚之乱。历史与现实的经验，都促使周公对下层

之民的力量的认识达到前人所未有的高度。周公的这种观点，既是历史经验的总结，也是民本思想的重要实践。

三、“威仪”是周代人外显的“人格美”

周代人所崇尚的“人格美”表现在“致礼以治躬则庄敬，庄敬则威严”(《礼记·祭义》)。在周代，这种“人格美”的外在表现被称为威仪。昭显威仪，便是把象征尊者等级地位的外物展示给人看，引起人们心理上的尊敬、畏惧，行为上的恭顺、服从。周代人这种“人格美”理想在《诗经》中得到鲜明的表现。《小雅·采芑》是以抗拒外患为背景的作品。诗中所歌颂的元老方叔曾经征伐猃狁，后来又率军出征荆楚，是当时王朝的栋梁之臣和扶倾救危的英雄。他的仁足以怀百姓，勇足以安危国，信足以结诸侯，强足以拒患难，威足以率三军。因此《小雅·采芑》的作者将描绘的重点集中于方叔的威仪上。因为“在当时人看来，某些人在战场上取得胜利，主要的原因并不取决于他们是否具备独特的军人的素质，而取决于他们是否具备较高的礼的修养”[3]。

把威信、威仪包括服饰、仪仗等，作为周代贵族“人格美”理想的载体和外部标志，象征性地将其运用于文学艺术创作之中，借以表现诗人对社会生活、对现实的人的审美评价，表现自己的生活理想与感情，这是西周初年至春秋时代文学思想的重要特征。这种思维方式和艺术定式在《诗经》的很多作品中都有不同程度的表现。

四、诗歌作者本身就是文武兼备的复合型人才

从抽象意义上说，“文”和“武”是对立的，二者的指向相反。《国语·楚语上》记载，楚国申叔时谈到对贵族子弟的教育时指出：“明昭利以导之文，明除害以导之武。”[4]文的核心是利人及物，武的宗旨是除暴去害。这样一来，文武兼备的人才必然形成两种相反的心理素质和价值取向：一方面具有参战的热情和

能力，另一方面施爱惠人。《诗经》反映战争的篇章出自文武兼备者之手，他们的表现对象具备同样的属性。因此，在描写战争场面，刻画将士形象时，能够将两种相反的心态和价值取向进行调和，选择带有互补性质的侧面加以表现，形成作品内在的独特风貌。

战争是残酷的，难免要有斩伐杀戮。“文”以惠爱为本，常怀怜悯之心。对于“文”和“武”的这种差异，《逸周书·谥法解》也做了揭示：“民惠礼曰文”，“克定祸乱曰武，刑民克服曰武”。武士置身于刀光剑影之中，经常目睹鲜血淋漓、尸骨堆积的景象。他们必须适应这种环境才能克敌制胜。对于多数文士来说，战争造成的惨象却是他们心理难以承受的，当然更不愿意把它形成文字。《孟子·尽心下》记载，《周书·武成》记述了周武王克商战役中，有“血流漂杵”之语。孟子认为这种材料不可靠，不能信以为真。孟子是从性善的观点出发，否定牧野之战中伏尸流血的历史事实，这固然带有主观臆断的倾向，同时也说明他对战争的残酷性怀着拒绝心理，采取回避态度。而《诗经》反映出这些战争诗的创作主体是文武兼备的复合型人才，他们具有英雄气概，敢于正视战争的残酷性；同时，流血牺牲的战地景象，也在他们心灵上投下了阴影，产生了压抑感。在这种心理张力的作用下，《诗经》战争诗的描写虽然是纪实的，却不是自然主义的，而是有所选择和侧重，尽量避免暴露战争的残酷性，淡化它的恐怖气氛。《诗经》也展示格斗厮杀场面，但很少出现血肉模糊的惨象，遇到这种情况，都用极其简洁的笔法予以交代。如《大雅·常武》叙述征伐淮夷的战争，只用“仍执丑虏”四字对战争结果进行概括。

下面，对《诗经》中的部分战争诗的作者做简单的分析。

《小雅·出车》写周宣王给南仲下达命令的同时，还指派诗的作者在北方筑城，可见他是位级别较高的出征将领。陈子展先生论及此诗时指出：“南仲奉命为将，北攘猃狁，西伐西戎，随征将士描述此一战役本末而作。”[5]《小雅·六月》叙述的是另一次北伐猃狁的战役，不过军队的统帅不再是南仲而是尹吉甫，从“来归自镐，我行永久”看，作者随军出征时间很久，返回镐京后才写了这首诗。《小雅·采芑》写方叔领兵讨楚，写将士们在采摘芑菜时见到了统帅方叔，显然这首诗也是随军将士所作。《大雅·江汉》反映的是召虎征伐淮夷的事件，战争胜利后得到天子的赏赐。郭沫若《表铜时代·周代彝器进化说》一文，根据传世的《召伯虎簋铭》推断,《江汉》这首诗就是召虎所作。此外,《诗经》中战争诗题材作品还有《邶风·击鼓》《秦风·无衣》《豳风·破斧》《豳风·东山》《小雅·采薇》等,这些诗篇也都采用第一人称来写,也都是出征将士所作。

参考文献

[1]张燕琴,吕薇芬.先秦两汉文学研究[M].北京:北京出版社,2001.

[2]谢祥皓,刘宗贤.中国儒学[M].成都:四川人民出版社,1998.

[3]许志刚.诗经论略[M].沈阳:辽宁大学出版社,2000.

[4]左丘明.国语[M].北京:华龄出版社,2002.

[5]陈子展.诗经直解[M].上海:复旦大学出版社,1985.

(本文发表于《吉林教育学院学报》2005 年第 10 期)

3.《诗经》

——中国古典现实主义之滥觞

摘要：由于古代中国和古希腊进入文明的途径不同，致使这一时期的文学观念和文学形态的各异。中原地区低下的劳动生产力和封闭的农业经济孕育了古典实现主义作品——《诗经》。宗法社会秩序和宗法思想的约束，使《诗经》表现出强烈的实用功利性和政治功利性，成为宗法观念有力的载体和礼治统治的辅助工具。

关键词：诗经；古典现实主义；史诗；采诗；宗法社会

在文学还不自觉的时代，社会意识形态诸如文学、艺术、宗教、哲学等是浑然一体的，表现出对社会历史的极大的被动依附性，往往在同一观念产品中，各种意识形态同时萌芽，相互间能和谐地共处一体，没有排他性，亦不存在特殊的质的规定。所以这时期的文学艺术观念总是通过非文学艺术形态的社会化功能得以体现。由于处于社会意识形态不自觉阶段的文学艺术具有被动依附社会历史的特点，所以世界各民族的文学艺术在这个阶段都表现出惊人的相似之处。尽管地理环境、自然条件不同造成的各民族心理、气质上的差异，使各民族早期文学艺术呈现出各自的独特性和差异性，但他们几乎都经历了从带有原始巫术意味的形象模拟、形象再现到观念物态化的抽象表现，从情感炽烈的动态的舞蹈形态到充满象征的静态的线条艺术，从与生活发生直接联系的劳动歌谣到对整个民族具有高度概括意义的神话、史诗等过程。黑格尔把这种“艺术前的艺术”称为“象征型艺术”，认为象征包括两个因素：“第一是意义，第二是这意义的表现。意义就是一种观念或对象，不管它的内容是什么，表现是一种感性存在或一种形象。”[1]《诗经》是我国古代最早的诗歌总集，这种文学也是我国古典现实主义的滥觞。

本文旨在探讨古典现实主义在先秦时期的产生和发展。

一

我们先把古希腊和古代中国跨进奴隶制的情形做一番比较。古希腊从原始氏族公社向奴隶制过渡时，奴隶主土地私有制代替了原始氏族公有制，地域性社会结构代替了以血缘关系为核心的社会结构。中国古代社会与古希腊不同，土地所有制仅仅是从原始的氏族公社变为国有（即奴隶主最高统治者所有），保留了“千耦其耘”的大土地生产方式，以氏族血缘关系为核心的社会结构在新的形势下因人为地强化而获得了新的生命力。夏商两朝，历时1000多年，生产力相对低下，商品生产和交换不发达，个体私有经济和自由民阶层十分薄弱，城市和乡村不可分割地统一在一起。这种状况，造成了中国早期历史的特殊性，使中国的宗法制度和宗法观念比世界上任何一个民族都更完备、丰富和烦琐。

中国古代社会和古希腊两种情况和产生的后果，侯外庐先生在论述“亚细亚的古代”和“古典的古代”（即古代中国和古希腊）进入文明的途径时曾有一段相当精辟而生动的论述：“如果我们用‘家族、私有、国家’三项来做文明路径的指标，那么‘古典的古代’是从家族到私产再到国家，国家代替了家族；‘亚细亚的古代’，是由家族到国家，国家混合在家族里面，叫作‘社稷’。因此，前者是新陈代谢，新的冲破了旧的，这是革命的路线；后者却是新陈纠葛，旧的拖住了新的，这是维新的路线。前者是‘人惟求新，器亦求新’；后者却是‘人惟求旧，器惟求新’”。[2]“求旧”，可算是对这一历史时期最简明生动的概括。它适应了中原地区低下的社会生产力、封闭的农业经济体系和无险峻奇诡的山川地理环境，保障中华民族在漫长的历史进程中稳步前行。

因此这一时期的文学不仅没有相对独立的形态和目的明确的审美追求，表现出创作上的盲目性、偶然性和对社会历史的被动依附性，而且在宗法社会秩序和宗法思想的约束下，表现出强烈的实用功利性和政治功利性，成为宗法观念的有力载体和礼治统治的辅助工具。产生于这一时期的《诗经》就是这一有力载体和辅助工具的代表形式。《诗经》从三个方面成为古典现实主义的起源和发端。

第一，对原始先民创作的文学作品，依据礼治统治的需要进行淘汰和改造。神话的历史化和史诗的神圣化是这一改造过程中最为有声有色的部分。中国神话的历史，是史家、思想家们自觉或不自觉的行为。中国神话的散失，正如司马迁所说："其文不驯雅，缙绅先生难言之。"[3]相当一部分神话因触犯了理性化原则而被删削了。神话历史化的另一个方法就是对神话进行歪曲的解释，使其成为某种现实事件，从而成为构筑远古历史的一块基石。这种例子在儒家传统典籍中比比皆是，宋代罗泌所作的《路史》便是集大成之作。改造的结果是使神话大量消亡，历史向前延伸，各氏族的谱系更加严密。神话本是原始先民在社会实践中创造出来的，它的内容涉及自然环境和社会生活的各个方面，既包括世界的起源，又包括人类的命运，努力向人们展示"自然与人类命运的富有教育意义的意象"。[4]中国古代的神话是丰富的，辉煌的，不仅想象奇瑰，而且气魄非凡，如女娲补天、夸父逐日、嫦娥奔月、大禹治水、精卫填海等，都足见原始先民在大自然面前的雄豪和浪漫。当它那自由无羁的想象和处处是规范的宗法观念相冲撞时，人为的改造湮灭了它的丰采，神话中的血缘繁衍序列被连接在现实君王血缘繁衍序列之前，神话中的英雄人物被说成是帝王的祖先，戴上了神仙帝王的桂冠。生动感人的文学形象蜕变成板起面孔的偶像。"怪、力、乱、神"等巫史文化的核心或被排斥，或在新的诠释中披上了政治家的外衣，如黄帝有四张面孔和三百年寿命的传说变成了"黄帝取合已者四人，使治四方，此谓之四面也"(《太平御览》卷七十九)。四张面孔被解释为四个人面朝四个方向，"黄帝四面"的神话就变成了一个有关治理天下的史实。另一则有关夔的神话，在孔子那里也遭到了同样的命运。中国历史上没有出现如《荷马史诗》这样的鸿篇巨制，并不意味着中华民族不曾经历过史诗般的历史阶段。在《诗经》中的《玄鸟》《生民》《绵》《公刘》《皇矣》《大明》等篇中，可以明显地看出史诗从民间走进庙堂后的遗迹。于是文化渐进发展的历史被截断，巫史文化在社会进入文明时代后，尚未来得及自由发展，便被改造成宗法文化的组成部分。这一过程历时

1000 多年，它所形成的心理惯性遂成为人们在文学进入自觉时代后仍难以克服的心理障碍。

第二，以非文学的眼光对待新生的民间文学，建立了与之适应的采诗制度。《汉书·艺文志》："古有采诗之官，王者所以观风俗，知得失，自考正也。"[5]又《春秋公羊传注疏》卷十六"宣公十五年"，何休注云："男女有所怨恨，相从而歌，饥者歌其食，劳者歌其事。男年六十，女年五十无子者，官衣食之，使之民间求诗，乡移于邑，邑移于国，国以闻于天子。故王者不出牖户，尽知天下之苦；不下堂，而知四方。"[6]以此看来，采诗不是对民间文学的重视，其目的不是愉悦和欣赏，也不是"知天下之苦"，而是从维护宗法统治出发对全社会的窥视、透视和监督，带有十分鲜明的政治功利性和敌对意识。这也是对文学遗产的损害和糟蹋，不知有多少因这一政治功利标准而没有被采集进来的优秀作品流落于荒野而被湮没，成为千古遗憾。"《诗经》中的作品，最初主要用于典礼、讽谏和娱乐，是周代礼乐文化的重要组成部分，是实行教化的重要工具。"[7]如果我们把它和古希腊伯利克里时代奖励学术、提倡文艺、给公民发观剧津贴的情形相比较，便可以看出东西方在进入文明社会后对文学的态度是大相径庭的。前者高高在上，俯视人间，表现出家族在社会中的绝对权威性；后者在一定范围内追求群体的和谐，表现出个人对阶层的依赖和笼络，散发出较浓的人文气息。采诗制度的建立，反映了统治阶级对文学特质认识的片面性，也是宗法统治的有机构成之一。

第三，在对巫史文化的改造完成之后，统治阶级创造了旨在维护宗法社会秩序和强化宗法观念的正统诗歌。它在内容上可分为两大类，即祭颂诗和刺怨诗。祭颂诗是配合尊祖先、祭祖庙的制度，对先王列祖、社稷山川表示崇高敬意，并祈求保佑的诗歌。在这类诗歌中，歌功颂德是主要目的。统治阶级往往把现实政治的需要托于祖先神的意旨，通过塑造古典膜拜，达到控制现实的目的。这些诗歌直接反映了周代的礼乐之盛，洋溢着礼乐文化的精神。刺怨诗在表面上和祭颂诗处于对立的地位，实际上并无根本的冲突。无论赞颂还是刺怨，都建筑在宗法伦理原则的基石之上，如《诗经》中的《文王》《大明》《民劳》《板》《荡》《节南山》《正月》《雨无正》等。朱熹在《诗经集传》中说："昔周盛时，上自郊庙朝廷，而下达于乡党闾巷，其言粹然，无不出于正者，圣人固已协之声律，而用之乡人，用之邦国，以化天下。”又说：“是以其政虽不足以行于一时，而其教实被于万世，是则诗之所以为教者然也。”[8]这充分说明了经过改造和附会后的《诗经》隐含政治功利性目的。所以，祭颂诗和刺怨诗所表达的思想感情虽不可谓不丰富，但其赞之唯恐不高、怨之绝不逾度的思想导向和与国家兴衰有比较直接的联系的题材，都限制了它自身的表现力，并成为后世古典现实主义文学的创作范本。

中国古代社会进入文明的特殊途径，既延迟了社会意识形态自觉时代的来临，又造成意识形态各构成因素的不平衡发展。大致说来，带有浓厚的政治色彩的宗法意识空前发展，取得了强有力的统治和支配地位。文学因尚未形成自身质的规定性，更缺乏与之抗衡的社会条件和历史土壤，被迫走上了一条向其靠拢的斜线发展之路。当新的历史时期来临时，惯性的力量已挡不住它的脚步，古典现实主义由此开始了它从理论到现实的系统发展历程。

二

《诗经》的编纂成集是古典现实主义传统产生的标志，宗法思想家孔子从实践出发，对“诗三百”所做的诠释，则在理论上为古典现实主义构筑起了基本的框架。

司马迁在《史记·孔子世家》中曾论及孔子编纂《诗经》时的两条宗旨：一是“去其重”；二是“取可施于礼义”。前者是对古代典籍的整理，后者是宗法思想家插在文学领域里的大旗。尽管三百零五篇诗并非“施于礼义”四个字所能概括的，其中《郑风》《卫风》的许多篇章还表现出与宗法教义的对立，但孔子一概视而不见，“诗三百，一言以蔽之，曰：思无邪”。人为的同一性掩盖了风、雅、颂的丰富性和不可调和性。从学者的角度看，我们甚至可以说孔子没有读懂“诗三百”，因为他的概括是如此的牵强；从政治家的角度看，我们又不得不承认孔子的良苦用心，因为“诗三百”的编纂本来就不是对过往历史的学者式的反思和总结，而是着眼于未来的政治家的手段和借题发挥。它的目的不是告诉人们过去曾发生了什么，而是为未来怎样做提供了标准和范本。所以，一篇对异性姣好之态充满赞赏的美人赋《硕人》被孔子曲解为“绘事后素”，强行拉入人品修养、文质关系之中；一篇表现男女思恋情感的《关雎》，也硬用“乐而不淫，哀而不伤”将其纳入儒家中和之美的轨道。

在对待诗歌性质的总体认识上，孔子单方面强调诗的政教功能，继《尚书·尧典》首次提出“诗言志”之后，进一步将其明确为“思无邪”。“言志”，已包括了诗歌的内容要合于礼教规范，具有从思想感情上影响人和对人进行道德教育的力量；“无邪”，则从另一角度为之划定了更为明晰的界限。何为“无邪”？宋张戒《岁寒堂诗话》有一段绝妙的阐释：“余尝观古今诗人，然后知斯言良有以也。……自建安七子、六朝、有唐及近世诸人，思无邪者，惟陶渊明、杜子美耳，余皆不免落入邪思也。六朝颜、鲍、徐、庾，唐李义山，国朝黄鲁直，乃邪思之尤者。鲁直虽不多说妇人，然其韵度矜持，冶容太甚，读之足以荡人心魄，此正所谓邪思也。”[9]“荡人心魄”，自然不会再记得什么“礼”，什么“仁”，将其归入“邪思”，应该说是比较符合孔子原意的。后世文人对汉大赋的责难，对艳体诗的挞伐，都是基于儒家对诗歌的这一总体认识。

关于诗歌的社会作用，孔子有比较系统的理论表达。首先，孔子强调了诗歌的政治功利性，“诗可以兴，可以观，可以群，可以怨。迩之事父，远之事君”。孔子在对诗歌的发挥的社会作用做了这一番内涵虽丰富而终不免简单、模糊的界定以后，却立刻以内涵和外延都十分明确的“迩之事父，远之事君”，对“兴、观、群、怨”加以概括和统摄。文学表现人内在的自由品格的本质被抹杀，成为维护宗法伦理道德规范、宗法等级制度的工具和“礼、义、仁”的间接表现形式。其次，孔子强调诗歌的实用功利性，“诵诗三百，授之以政，不达；使之四方，不能专对；虽多，亦奚以为”。“不学诗，无以言。”“多识于鸟兽草木之名。”诗歌成了骑士的佩剑和外交家的语言辞典，成了认识自然景观的教科书。实用功利性虽然随着战国特殊的历史环境的消失而未在后世产生直接的重大影响，但它以实用主义观点对待精神产品的方法，在民族心理上投下了浓重的阴影。

此外，在诗歌与创作者的关系上，孔子强调道德修养在创作中的重要性；在文质关系上，主张“文质彬彬”，尤其强调思想内容在文学批评上的决定性作用，倡导中和之美，确立了从实践理性精神出发的“乐而不淫，哀而不伤”的批评鉴赏原则；在语言运用上，反对“巧言令色”，主张“辞达而已”。这一切，集中反映了孔子在“思无邪”和“事父、事君”基本原则下对文学特质的探讨结果。由此构成的理论框架，遂成为后世古典现实主义的纲领。

第一个对孔子思想发挥、补充的是孟子。他提出来的“不以文害辞”“以意逆志”“知人任世”等观点，对艺术美学特征的认识，较孔子又前进了一步。孔孟时期，理性主义盛行，诗的时代被散文时代所代替。古典现实主义文学理论主要是建立在前代诗歌的阐释和总结上。而没有新的文学创作为基础，理论本身是难以继续发展的。所以，古典现实主义文学理论在相对沉寂了一段时间后，直到汉朝大一统社会的建立，荆楚文化系统和中原文化系统合流，恢宏巨丽的汉赋取代四言诗占据正统文坛时，才又获得了新的生机。

参考文献

[1]黑格尔.美学：第二卷[M].北京：商务印书馆，1979.

[2]侯外庐，等.中国思想通史：第一卷[M].上海：古籍出版社，1972.

[3]司马迁.史记[M].北京：台海出版社，2002.

[4]雷·韦勒克，奥·沃伦.文学理论[M].刘象愚，等，译.北京：生活·读书·新知三联书店，1984.

[5]班固.汉书：卷十三[M].北京：中华书局，1962.

[6]十三经注疏[M].北京：中华书局，1980.

[7]袁行霈.中国文学史：第一卷[M].北京：高等教育出版社，1999.

[8]朱熹.诗经集传[M].长春：吉林人民出版社，1999.

[9]张葆全.中国古代诗话词话辞典[M].桂林：广西师范大学出版社，1997.

（本文发表于《青海师专学报》2009 年第 2 期）

4. 试论《诗经》战争诗的独特文学风貌及其成因

摘要：《诗经》中战争诗不多，这些诗歌大都正面描写朝廷军队磅礴的气势、显赫的威仪而没有战斗场面的具体描绘。形成这种独特文学风貌的原因诸多，主要有周礼的影响，周统治者敬德、保民、惠民思想的体现，周人威仪外显的特点以及诗歌作者本身是文武兼备的复合型人才。

关键词：诗经，战争诗，敬德保民，裕民惠民，威仪，文武兼备

西周是中华民族文化传统形成时期，也是中国文学的民族性特征确立的时代。周代是中国古代诗歌创作的第一个繁荣的时代，这个时代诗歌创作的成果集中在《诗经》中。《诗经》中有不少是贵族创作的诗篇，这些诗歌形象地表现了周统治者在特定历史条件下形成的内心世界：他们的个性与思想感情，他们与外在环境的和谐、矛盾与冲突，他们对人生与生活的追求，以及他们对待战争的态度。

春秋战国时期是我国由奴隶制社会转变为封建制社会的急遽变化的时期，也是中国历史上战争最频繁的一个朝代。"当时，各诸侯国之间战争频仍，互相攻伐兼并。几百个小国家逐渐归并为几个大国，逐步孕育着封建的萌芽，各民族的联合，也都为建立统一的多民族封建国家创造了条件。自西周末年至战国初年，革命运动风起云涌，日益高涨，终于摧垮了腐朽的奴隶制。""各诸侯国之间互相侵凌争夺，兵连祸结，广大人民群众妻离子散，家破人亡，受尽苦难。社会经济也受到严重破坏。"[1]

周宣王时期是集中产生战争诗的年代，但保存在《诗经》中的相关作品只有5篇，这些诗歌好多是在戎旅中产生的，且大多集中在《雅》诗中。

《小雅·出车》叙述北方猃狁进犯周疆，周宣王派大将南仲领兵出征，击退强敌，班师回朝的过程。“出车彭彭，旂旐央央。天子命我，城彼朔方。”写了出征时战车的轰响和旌旗迎风飘荡的壮大声势。“赫赫南仲，猃狁于襄”，“赫赫南仲，薄伐西戎”。南仲先征猃狁，后伐西戎，军队威仪赫赫。最后一句“赫赫南仲，猃狁于夷”。这是一场大战，但没有一句写到敌军，没有一句写到厮杀。仿佛在南仲赫赫军威震慑下，终于平定了猃狁。

《小雅·六月》叙述另一次北伐猃狁的战役。诗中写道：“四牡骙骙，载是常服。”诗的作者全副武装，乘着四匹黑色健壮的公马驾的战车，以每日 30 里的速度开赴前线。“四牡既佶，既佶且闲”。四匹公马强壮威武，整齐驯服，这完全是军威的显示。

《小雅·采芑》写的是方叔率领军队南伐蛮荆之武功。“其车三千，旂旐央央”，“如霆如雷，显允方叔”，方叔率兵车三千辆，军旗迎风飘扬。写方叔英明又诚信，军威远震如雷霆。最后“征伐猃狁，蛮荆来威”，以方叔征讨猃狁立了大功，周朝威服蛮荆而宣告胜利。全诗主要在昭示方叔的威仪。

《大雅·江汉》记叙了召穆公奉宣王之命平定淮夷之事。“江汉汤汤，武夫洸洸。”以长江、汉水滔滔洋洋起兴，表现出战士雄赳赳、气昂昂，群英勇武不可战胜之气概。极言军队之威武。

《大雅·常武》写的是周宣王亲率大军伐徐的经过。着重写了周宣王军队的强大。“赫赫明明，王命卿士”，“赫赫业业，有严天子”，“如飞如翰。如江如汉，如山之苞。如川之流，绵绵翼翼”。周王的军队，军威赫赫，迅如鸷鸟，飞掠高翔。有如长江汉水之浩荡，又如大山之坚不可摧。

另外还有《邶风·击鼓》《秦风·无衣》《豳风·破斧》《豳风·东山》《小雅·采薇》等，也都同样只显示了军队的声势而没有战斗场面的描写。

战争这么频繁而残酷，反映这一题材的作品却是这样的少，而且都没有正面战斗的描写，既没有血雨腥风、刀光剑影的战斗经过，也没有血流漂橹、堆尸成山的残酷结局。写的都是雄壮的军威：蔽日的军旗，雄壮的战马，锐利的武器，高涨的士气和神威的统帅。这不能不说是一种特殊的文化现象。这些诗歌，无处不折射出浓浓的人文精神。这是周礼的影响和束缚，是周统治者敬德保民、明德慎罚思想的体现，也是由周统治者本身的素质决定的。

一、周礼的深刻影响

"制礼作乐",这是周公建设周王朝经国济世的具体措施。从《尚书》中有关周公的篇章可以看出,礼在周初便显示了强大的制约力。《左传·文公十八年》说:"先君周公制周礼。"即指周公制定了周代各种政治和社会的制度、公共守则、伦理规范等。这些制度、守则、规范就是周礼,具体是指确立了君位的传子制度,建立了完整严密的宗法制度,还有由宗法制度产生的许多礼节性制度和伦理规范,还提出了他自己的政治哲学思想,主要有敬德保民和明德慎罚思想。敬德保民就是指崇尚德行,保障人民的生命安全,并使其生活充裕;明德慎罚是指惩罚人民要慎重,不要随意杀戮。《国语·周语》还说:"立无跛,视无还,听无耸,言无远;言敬必及天,言忠必及意,言信必及身,言仁必及人,言义必及利,言智必及事,言勇必及制,言教必及辩,言孝必及神,言惠必及和,言让必及敌。"[2]从中可以看到,周人在日常生活中,连立、视、听、说等行为都有严格的要求,当然,在行军作战时,也会以礼的标准来约束自己。《礼记·表记》所说的"周人尊礼尚施",就是对周人政策特点的概括。因此,《诗经》中的战争诗,也无不打上了周礼的烙印。

二、周代统治者实行敬天保民政策的体现

《诗经》中有"天生烝民"(《大雅·烝民》)和"立我烝民"(《周颂·思文》)之句。天帝就是烝民的宗主。天选择有道之君,把人民和疆土交给他,让他代天保民。所以文王自称受天之命而保民,实行了重农节俭,施惠于民的政策,如《诗经》里所歌颂的"辞(政治)之辑(缓和)矣,民之洽矣"(《大雅·板》),"维命君子,媚(爱)于庶人"(《大雅·卷阿》),做到了"宜民宜人"(《大雅·假乐》)。周天子这种代天保民思想,反映了对劳动力的重视和保护,也给这种新的生产关系蒙上了一层"保民"的面纱,成为促进生产力发展的因素之一。

保民思想还直接体现在反对残杀劳动者上面。商代的奴隶主可以任意残

杀奴隶用于祭祀或殉葬。到了春秋时代，杀人祭祀的现象已不复存在，杀人殉葬之风，也已不多见，且已遭到社会的非议，被视作悖礼行为。《秦风·黄鸟》反映了群众对子车三兄弟为秦穆公殉葬的痛悼和惋惜，并对人殉制度表示了强烈的不满："彼苍天兮，歼我良人！如可赎兮，人百其身。"这种奴隶制度下杀殉的遗毒，在《诗经》中已经开始被否定并给予严厉的批判。春秋战国时期，儒、墨学派都坚决反对杀殉，墨翟在《节葬》中称这种直接残杀社会劳动力的制度为"寡人之道"，呼吁彻底废除人殉，保护劳动力的再生产，实行"众人之道"。不能说保民思想对战争诗没有影响。

三、周代统治者裕民、惠民思想的体现

裕民、惠民思想在《尚书》中初见于《皋陶谟》："安民则惠，黎民怀之。"[3]意思是能安定民众，就是对民的惠爱，民众就会来归附了。虽然《皋陶谟》亦系战国时代作品，是后人述古之作。但其中的裕民、惠民思想，实际是西周时代思想的反映。在《尚书》中，裕民、惠民思想大量见诸周初的文诰。如：

《康诰》："汝亦罔不克敬典，乃由裕民。"（你可不要不敬谨于法规，方能求裕民之道。）

《洛诰》："彼裕我民，无远用戾。"（要能惠裕我的庶民，则远方之民无不来归附。）

《无逸》："能保惠于庶民，不敢侮鳏寡，……怀保小民，惠鲜鳏寡。"（能保护并施惠于庶民，连孤苦无依的人也不敢欺侮，……关怀和爱护民众，施惠于孤苦无依的人。）

《大克鼎》："惠于万民。"（使庶民得到恩惠。）[4]

这些为西周统治者所大力宣扬的裕民、惠民政策，就其内容来说，主要是对民的种种物质利益给予关注。《国语·吴语》载：越王勾践"轻其征赋，施民所善，去民所恶，身自约也，裕其众庶，其民殷众"。[5]《国语·越语》也云："去民之所恶，补民之不足。"[6]越王勾践的裕民之道是减轻征赋。周统治者是否有减轻征赋的措施，难以考证，但就《尚书》所见，周初统治者的裕民、惠民政策还是存

在的，主要表现在：一方面不没收殷民的田宅财产；另一方面则是鼓励殷民从事农业和工商业等，以充裕民的物质财富。如：

《无逸》："相小人，厥父母勤劳稼穑。"（你看那些小民百姓，他们的父母种庄稼多么辛苦。）

《酒诰》："纯其艺黍稷，奔走厥考厥长，肇牵车牛，远服贾，用孝养厥父母。"[7]（让他们专门从事各种农作物的种植，勤勉地侍奉他们的父母和尊长，并可以驾着车，牵着牛，到远处去经商，来孝养他们的父母。）周初的统治者提出这些裕民、惠民的政策，主要是总结了商纣王"暴殄天物，害虐烝民"，失去民众支持，因而国破身亡的教训，认识到民最关心的是自己的切身利益，统治者必须关注民的利益，以赢得民心，才能有效地巩固自己的统治。所以《周书·蔡仲之命》说："皇天无亲，惟德是辅，民心无常，惟惠是怀。"（上天并无私亲，只是辅佐有德的人。）《周书·文侯之命》说："柔远能迩，惠保小民。"（使远处和近处安定，使小民得到恩惠和安乐。）

周公是周初年的大政治家、思想家，是中国儒学的奠基人。在殷、周王朝更迭的历史变化中，周公亲眼看到了这一变革的全过程，观殷之所以灭亡，周之所以兴起，不能不引起他的思考。特别是牧野之战，殷纣军队七十万人阵前倒戈，成为殷纣灭亡的直接原因。周公又亲率大军东征，平定管、蔡、武庚之乱。历史与现实的经验，都促使周公对下层之民的力量的认识达到前人所未有的高度。他提出"敬德保民""明德慎罚"的思想[8]就是崇尚德行，保障人民的生命安全，并使其生活充裕；同时认识到惩罚人民要慎重，不要随意杀戮。周公的这种观点，既是历史经验的总结，也是民本思想的重要实践。

周初统治者就是以裕民、惠民政策作为怀柔殷民的统治手段，引导民众生财求富，使之受惠感恩，不生叛逆之心，从而达到巩固其统治的目的。

四、周人敬德思想的体现

《诗经》产生于西周初叶到春秋中叶五六百年间。因此，《诗经》中所表现出来的民族精神，与这一时期的统治者所提倡的文化精神很有关系。

《孟子·公孙丑上》:"以力假仁者霸,霸必有大国,以德行仁者王,王不待大,汤以七十里,文王以百里。以力服人者,非心服也,力不赡也;以德服人者,中心悦而诚服也。"[9]"以德服人","仁者无敌","保民而王","行不忍人之政",在于"不忍人之心",这些都是孟子政治学说的中心思想,一切以道德为前提,实施德化人治,推崇贤人政治。这是中国文化的理想政治,也合乎人文精神。

孔子说:"殷因于夏礼,所损益可知也;周因于殷礼,所损益可知也;其或继周者,虽百世可知也。"[10]说明了夏商周三代上层建筑领域的政教制度及意识形态等是递相承袭而又有所变易的。孔子说:"周鉴于二代,郁郁乎文哉!吾从周。"[11]即由于周代借鉴了夏商二代的历史成就和经验教训而又有所前进,在文化礼教方面特别"郁郁乎文"的出色,为孔子所推重和向往。

《尚书》中可以看到周"因于殷礼"及其"所损益"的情况,再从《尚书》的流传变易中,又可看到"继周者"的"百世"损益情况。顾颉刚先生说过,《尚书》一书可说牵涉全部中国古代史,以至影响全部中国史。他的话可以说是道出了《尚书》的特点。历代的政教特点及居统治地位的思想,都是可以从《尚书》研究中看到的。

周王朝建立,它既要"因于殷礼",又要有"所损益"。如周人修正天命观,提出敬德思想,提出重民思想,提出体制礼乐建设,即所谓"制礼作乐",用以维系宗法社会和巩固分封制。这些大都由周公在他所讲的诰词中提出。如敬德思想方面,周人因为感到天命之有穷,才提出敬德以济之。如:

《尚书·召诰》:"王其德之用,祈天永命。"(君王还是要施行德惠,祈求上天降赐永久的福命。)

就是要用德来祈求得永久的天命。他们认为天不可信赖,周王朝是因文王之德而获得永延的天命。在《尚书》有关西周的各篇中,处处充满着重德的文句,突出了德治的思想,彰显祖宗的德业。这些大都是周公讲的,是周公政治哲学的核心。如:

《康诰》:"丕显考文王,克明德慎罚。"(父亲文王,能遵循美德,谨慎用刑罚。)

《酒诰》:"聪听祖考之彝训越小大德。"(要明白倾听祖辈的遗训,发扬大大小小的各种美德。)"经德秉哲。"(民众依德行事,保有智慧。)

《梓材》:"先王既勤用明德。"(先王已经勤勉地施行清明的德政。)"王惟德用。"(周王要想法推行德政。)

《召诰》:“王敬作所,不可不敬德。”(君王要谨慎举止,不可不慎重自己的德行。)“惟不敬德,乃早坠厥命(指夏、殷)。”(只是因为不谨慎他的德行,就早早丧失了他国命。)“王其疾敬德,王其德之用,祈天永命。”(君王还是迅速敬德吧,君王还是要施行德惠,祈求上天降赐永久的福命。)

《洛诰》:“公称丕显德。”(您称颂祖先显著的美德。)“惟公德明光于上下。”(您的德惠昭著,光耀天上人间。)“万年厌于乃德。”(永远使人的品德完美无缺。)

《多士》:“非我一人奉德不康宁。”(不是我一人不奉行德政。)“予一人惟听用德。”(我一人也要听从任用有德之人。)

《无逸》:“皇自敬德。”(文王就更加自觉重视自身的品德。)

《君奭》:“嗣前人,恭明德。”(继承发扬前人那恭敬圣明的德行。)“罔不秉德明恤。”(没有谁不保有美德,明了忧难。)

《多方》:“罔不明德慎罚。”(没有那个君王不勤于德政,慎于刑罚的。)“克堪用德。”(都能奉行德政。)

《金縢》:“今天动威,以彰周公之德。”[12](如今上天显示神威,来表彰周公的厚德。)

周人翻来覆去地强调敬德、奉德、明德、用德,这在商代甲骨文中是没有的,《商书》各篇原来文字中也是没有的。周人企图用德来保住天命,所以周书曰:“皇天无亲,惟德是辅。”[13]这是周人惩于殷代唯恃天命,不知敬德,而致覆亡所得出的宝贵心得,也是他们历史性的倡导,成为周代的特点。

就连西方人莱布尼兹也说:“如果任用哲人担任裁判,不是裁判女神的美,而是裁判人民的善,他一定会把金苹果奖与中国人。”[14]这很能代表西方人的看法。

五、周人“人格美”的外显

《诗经》中的战争诗不描绘战斗的残酷,还因为周代人崇尚“人格美”。这表现在“致礼以治躬则庄敬,庄敬则威严”。(《礼记·祭义》)“治躬”,就是修身。治躬的成效就在于显示他的声威。在周代,这种“人格美”的外在表现被称为威仪。昭显威仪,便是把象征尊者等级地位的外物展示给人看,引起人们心理上的尊敬、畏惧，行为上的恭顺、服从。周代人这种“人格美”理想在《诗经》的一些形象中得到鲜明的表现。《小雅·采芑》是以抗拒外患为背景的作品。诗中所歌颂的元老方叔曾经征伐猃狁，后来又率军出征荆楚，是当时王朝的栋梁之臣和扶倾救危的英雄。他的仁足以怀百姓，勇足以安危国，信足以结诸侯，强足以拒患难，威足以率三军。因此《小雅·采芑》的作者将描绘的重点放在方叔的威仪上。因为“在当时人看来，某些人在战场上取得胜利，主要的原因并不取决于他们是否具备独特的军人的素质，而取决于他们是否具备较高的礼的修养”[15]。

把威信、威仪包括服饰、仪仗等，作为周代贵族“人格美”理想的载体和外部标志，象征性地将其运用于文学艺术创作之中，借以表现诗人对社会生活，对现实的人的审美评价，表现自己的生活理想与感情，这是西周至春秋时代文学思想的重要特征。这种思维方式和艺术定式在《诗经》的很多作品中都有不同程度的表现。

六、诗歌作者本身是文武兼备的人才

从抽象意义上说，“文”和“武”是对立的，二者的指向相反。《国语·楚语上》记载，楚国申叔时谈到对贵族子弟的教育时指出：“明昭利以导之文，明除害以导之武。”[16]文的核心是利人及物，武的宗旨是除暴去害。这样一来，文武兼备的人才必然形成两种相反的心理素质和价值取向：一方面具有参战的热情和能力，另一方面施爱惠人。《诗经》反映战争的篇章出自文武兼备者之手，他们的表现对象具备同样的属性。因此，在描写战争场面、刻画将士形象时，能够将两种相反的心态和价值取向进行调和，选择带有互补性质的侧面加以表现，形成作品内在的独特风貌。

战争是残酷的，难免要有斩伐杀戮。“文”以惠爱为本，常怀怜悯之心。对于“文”和“武”的这种差异，《逸周书·谥法解》也做了揭示：“民惠礼曰文”，“克定祸乱曰武，刑民克服曰武”。武士置身于刀光剑影之中，经常目睹鲜血淋漓、尸骨堆积的景象。他们必须适应这种环境才能克敌制胜。对于多数文士来说，战争造成的惨象却是他们心理难以承受的，当然更不愿意把它形成文字。《孟子·尽心下》记载，《周书·武成》记述了周武王克商战役中，有“血流漂杵”之语。孟子认为这种材料不可靠,不能信以为真。孟子是从性善的观点出发,否定牧野之战中伏尸流血的历史事实,这固然带有主观臆断的倾向,但也说明他对战争的残酷性怀着拒绝心理,采取回避态度。而《诗经》反映出这些战争诗的创作主体是文武兼备的复合型人才,而且可能大都是贵族或随军出征的将士。他们具有英雄气概,敢于正视战争的残酷性;同时,流血牺牲的战地景象,也在他们心灵上投下了阴影,产生压抑感。在这种心理张力的作用下,《诗经》战争诗的描写虽然是纪实的,却不是自然主义的,而是有所选择和侧重,尽量避免暴露战争的残酷,淡化它的恐怖。《诗经》也展示格斗厮杀场面,但很少出现血肉模糊的惨象,遇到这种情况,都用极其简洁的笔法,予以交代。如《大雅·常武》叙述征伐淮夷的战争,只用"仍执丑虏"四字对战争结果进行概括。

以上这些思想,无不影响《诗经》的作者和后来的整理者,使他们有了一种宗法伦理道德思想的武装、一种先进的文化观、一种积极的人文精神,并在《诗经》战争诗中流露出来。

参考文献

[1]袁梅.诗经译注[M].青岛:青岛出版社,1999.

[2][5][16]左丘明.国语[M].北京:华龄出版社,2002.

[3]尚书[M].北京:华龄出版社,2002.

[4][7]巫宝三.先秦经济思想史[M].北京:中国社会科学出版社,1996.

[6]朱东润.中国历代文学作品选:上编第二册[M].上海:上海古籍出版社,1979.

[8]谢祥皓,刘宗贤.中国儒学[M].成都:四川人民出版社,1998.

[9]朱熹.四书集注[M].成都:巴蜀书社出版社,1986.

[12]刘起釪.古史续辨[M].北京:中国社会科学出版社,1991.

[13]左丘明.左传[M].北京:燕山出版社,2001.

[14]莱布尼兹.十八世纪中国与欧洲文化的接触[M].北京:商务印书馆,1991.

[15]许志刚.诗经论略[M].沈阳:辽宁大学出版社,2000.

(本文发表于《西北民族大学学报》2005年第1期)

5. 儒家文化的经济学初探

——以《诗经》为例

摘要：以前人们侧重于从政治、思想、伦理和哲学方面研究《诗经》，其实从《诗经》中能解读出较明显的经济意识：生产力和生产关系意识，农时意识，劳动力意识，市场意识和区域经济意识。

关键词：诗经；经济；意识；生产力；农时；劳动力；市场；区域经济

《诗经》"除少数作品为当时统治阶级及其知识分子所写外，大多数可以从内容上明显地看出是'饥者歌其食，劳者歌其事'的劳动人民口头文学创作，是民歌"。[1]研究《诗经》中经济意识和现象，了解周代的经济社会和百姓的经济意识，对中国经济思想史学科的建设来说，具有重要意义。所谓经济意识，是社会生产关系和生产力在意识形态领域的直接反映。在《诗经》中，蕴藏着极为具体的经济意识和观点。

生产力和生产关系意识

要了解《诗经》时代的情况，必须首先分析其生产力的发展程度和生产关系的状况。马克思在《资本论》中指出："各种经济时代的区别，不在于生产什么，而在于怎样生产，用什么劳动资料生产。劳动资料不仅是人类劳动力发展的测量器，而且是劳动借以进行的社会关系的指示器。"[2]

生产工具是生产力发展水平的具体标志。"耒耜"，是古代农具的总称，在

《诗经》的不少诗篇中，可以看出西周时的“耜”大致是金属生产工具。在《周颂·良耜》中，除了讲到用耜进行耕种外，还讲到“其镈斯赵，以薅荼蓼”。“镈”，从金，是金属制成的短柄锄头。说明了那时农民一方面用耜种地，一方面用镈除草。《周颂·臣工》说：“命我众人，庤乃钱镈，奄观铚艾。”“钱”是金属制成的铲子，长柄，是用来锄草的农具。“铚”，是一种短小的镰刀。“艾”，刈之借，是一种芟草的大剪刀。“钱”“铚”“镈”这三个字的偏旁都从金，证明在西周时的一些主要农具，包括耜，都是金属制成的。《大雅·公刘》中就记载了“取砺取锻，止基迺理”的内容，也提示周初使用铁器的信息。再则，诗中在用到“耜”时，均加了一个形容词，诸如“覃耜”“有略其耜”“畟畟良耜”等。“覃”通“剡”，锐利之意；“略”，按《毛传》，“利也”；“畟畟”，据《尔雅·释训》郭璞注，“言严利”。这都说明，耜是金属制成的农具，它非常锋利。这样的生产工具，比西周之前的殷商时代的石器生产工具，不知要进步多少。

《周颂·噫嘻》《周颂·载芟》还为我们展示了农业生产中“十千维耦”“千耦其耘”的宏大场面。其中的“耦耕”，即两人并耕的意思。耦，《说文》中为“耒广五寸为伐，二伐为耦”。又《周礼·考工记·匠人》：“耜文五寸，二耜为耦。”耦，即二人为一组，各持农具(耒耜)进行耕作。十千耦，合二万人。[3]极言生产工具之先进和劳动场面之宏大。

牛耕之用于农业，也是当时社会经济生活的一个特点。商代不用牛来耕地，而是在祭祀时把牛杀掉作为祭品。《小雅·大田》说：“以其骍黑，与其黍稷，以享以祀。”说明周代在祭祀活动时，不是屠杀大量的耕牛来做牺牲，而只宰一头牛，另宰一两头猪或羊，同时还敬献黄米、高粱，表示丰收。《豳风·七月》说：“献羔祭韭。”“朋酒斯飨，曰杀羔羊。”说明在祭礼时，有只用羊而不用牛的情况。有些祭祀，甚至不用牺牲而专设酒食。如《周颂·载芟》及《周颂·丰年》说：“为酒为醴，烝畀祖妣。”说明耕牛在生产中已开始发挥作用。

西周的土地所有制形式，据《小雅·北山》说是“溥天之下，莫非王土；率土之滨，莫非王臣”。说明周天子的权力范围之广。但周代对土地实行的是层层分封的办法，即周天子把一部分王畿之外的土地分给诸侯和卿大夫，诸侯和卿大夫再把一部分封地赐给他的臣属。《周颂·噫嘻》有“骏发尔私，终三十里”之句，是说奴隶们的私田，有三十多里之广。姚氏《诗经通论》：“……‘骏发尔私，终三十里’,《毛传》曰,‘私,民田也,言上欲富其民而让于下,欲民之大发其私田耳。终三十里,言各极其望也’。”[4]尽管奴隶和统治者之间具有严格的人身隶属关系,但他们已不像更早时期的奴隶那样一无所有。他们有自己的妻子儿女,还有茅屋,如“嗟我妇子,曰为改岁,入此室处”(《豳风·七月》);有自己的家庭副业,“八月载绩,载玄载黄”(《豳风·七月》);还有自己的生产工具,“以我覃耜”(《小雅·大田》),“有略其耜”(《周颂·载芟》)。

《小雅·大田》的“雨我公田,遂及我私”之句,就说明公田是属于领主的,私田是奴隶只有耕种权利的土地。奴隶在种完领主的公田后,再去耕种自己的小块“自留地”。

农时意识

农时意识是中国古代极具特色的世界观和方法论。从传说中的黄帝到明清时代的农书,随着适应、利用和改变农时的知识不断丰富,农时意识成为中国传统农学最重要的组成部分。《诗经》就提出了掌握季节变化、不违农时的重要性。

《豳风·七月》是《诗经》中的农事诗,描述了古代农民受尽剥削压迫的悲惨生活,也叙述了一年每个月的农事活动,有很明显的农时意识:“一之日(农历十一月)觱发”,“二之日(农历十二月)栗烈”,“三之日(正月)纳于凌阴”,“四之日(二月)其蚤,献羔祭韭”,“蚕月(三月)条桑”,“四月秀葽”,“五月斯螽动股”,“六月莎鸡振羽”,“七月流火”,“八月剥枣”,“九月肃霜”,“十月陨萚”。按照时令,还可以看到农民每个月的农事活动:“一之日于貉”,“二之日其同,载缵武功”,“三之日于耜”,“四之日举趾”,“蚕月条桑”,“四月秀葽”,“六月食郁及薁”,“七月亨葵及菽”,“八月其获”及“萑苇”,“载绩”,“九月筑场面圃”及“叔苴”,“十月获稻”,“纳禾稼”及“涤场面”。《周颂·载芟》还反映了在农忙时节,农民全家不分男女老少“侯主侯伯,侯亚侯旅,侯强侯以”(不分年龄大小,体力强弱)都一齐出动,抢收抢种,紧张得顾不上休息,连饭也是农妇送到田边来吃的。对于这首诗,清人姚际恒在《诗经通论》中曾评论说:“鸟语虫鸣,草荣木实,似月令。妇子入室，茅锏升屋，似风俗书。……其中又似采桑图、田家乐图、食谱、谷谱、酒经，一诗之中，无不具备。”方玉润在《诗经原始》中则说：“今玩其辞，有朴拙处，有疏落处，有风华处，有典核处，有萧散处，有精致处，有凄婉处，有山野处，有真诚处，有华贵处，有悠扬处，有庄重处，无体不备，有美必臻。”[4]虽然，古人这些议论虽未必尽当，但也能解读出诗中的一些经济意识和经济现象。

劳动力意识

要发展封建经济，面临一个现实的问题，就是如何加强对劳动力的保护。周统治者实行的“敬德保民”政策，就是这一思想的具体化。《大雅·烝民》说“天生烝民”，《周颂·思文》说“立我烝民”，天帝就是烝民的宗主。上天选择有道之君，把人民和疆土交给他，让他代天保民。所以，文王自称受天之命而保民，实行了重农节俭、施惠于民的政策。《大雅·板》中的“辞（政治）之辑（缓和）矣，民之洽矣”，《大雅·卷阿》中的“维君子命，媚（爱）于庶人”，均做到了“宜民宜人”（《大雅·假乐》）。周天子这种代天保民的思想，反映了封建制度下对劳动力的重视和保护，使这种新的生产方式，蒙上了一层“保民”的面纱，成为促进生产力发展的因素之一。保民思想还直接体现在反对屠杀劳动者上面。商代的奴隶主可以任意屠杀奴隶用于祭祀或殉葬。到了春秋时代，杀人祭祀现象已不复存在，杀人殉葬之风，也已不多见，且已遭到社会的非议，被视作悖礼行为。《秦风·黄鸟》就反映了群众对子车氏三兄弟为秦穆公殉葬的痛惜，并对殉葬制度表示了强烈的不满：“彼苍天兮，歼我良人！如可赎兮，人百其身。”这种奴隶制度下杀殉的孑遗，在《诗经》中已开始被否定并给予严厉的批判。春秋战国之时，儒、墨学派都坚决反对杀殉，以保护劳动力的再生产。

周代统治者推出的这些宽惠的政治经济政策，对于缓和矛盾，稳定民心及促进生产力的发展，都起了一定的作用。正如《大雅·文王》所说：“侯服于周”（对周称臣，不要违抗），“殷士肤敏”（归降殷商的诸侯，勤快而且敏捷）。《大雅·文王有声》中的“自西自东，自南自北，无思不服”之句，表明国家实现了政治上的统一与安定。同时在生产上，“厌厌其苗，绵绵其麃。载获济济，有实其积，万亿及秭”(大片的庄稼,长得整整齐齐,耘田之人众多,绵绵不断。秋收时节,五谷丰登。露天的粮食堆积如山,只好用千用万来计算)(《周颂·载芟》)。“黍稷茂止,获之挃挃,积之栗栗。其崇如墉,其比如栉,以开百室,百室盈止。(收获的粮食堆积如山,整齐地排列,像墙垛那样高高耸起,又像梳齿那样密密排列。建成了成百的粮仓,成百的粮仓都装得满满盈盈)”(《周颂·良耜》)由此,出现了生产发展,经济繁荣的景象。史称:“兴正礼乐,度制于是改,而民和睦,颂声兴。”(《史记·周本纪》)西周的成康盛世,正是反映了新兴封建领主阶级的德治思想在政治经济上取得的成就。

市场意识

在周代,随着农业和手工业生产的不断发展,商业也逐渐发达起来。《诗经》对商业活动虽有所描写,但由于当时发展的是农业经济,商业多为官商,而从事私人商品交易活动的范围也很有限。《陈风·东门之枌》说:“不绩其麻,市也婆娑。”这里所说的“市”,即市场。赵浩如先生说:“宛丘这个地方,在聚会的日子同时有集市”,“这种古代集市聚游的风俗很多地方都有”。[5]说明由于农业、手工业的发展,在西周的国都中,已经形成了进行商品交换的固定的市场了。《卫风·氓》的“氓之蚩蚩,抱布贸丝”句,是《诗经》中对商品交换现象较为直接的叙述。这里的“布”,即代表货币的布帛。周时叫“布泉”,即葛、麻等织物的统称,为古时钱币,周时曾一度作为货币之用。《周礼·载师》云:“凡宅不毛者有里布。”汉郑玄作注:“里布者,布参印书,广二寸,长三尺,以为币,贸易物。《诗》云‘抱布贸丝’,抱此布也。”但从字面看,“氓”不可能抱着这么多的“货币”——里布去买丝,当指抱着布匹去进行以物换物的交易。《邶风·谷风》谈到男子喜新厌旧,怨妇控诉丈夫不知其德时,以“贾不用售”四字来形容自己好像一个商品,是不能随意就卖出门的。由上述可知,《诗经》已把商品交换关系用来比喻人或讽刺事,说明当时商业活动已趋发达,商品交换观念也逐步渗透到政治领域和家庭生活中去了。

区域经济意识

《大雅·公刘》描述了公刘带领周人自邰迁豳的过程。那么周人为什么要迁居呢?《毛诗大序》曰:“文王之时,西有昆夷之患,北有猃狁之难。”[6]“其在西戎,不敢宁居。”[7]一般来说,人类都选择在倚山面水、背风向阳的地方居住,既要考虑避风、向阳、安全、有水,同时更要考虑经济社会的发展和人口的扩张。“于胥斯原,既庶既繁,既顺乃宣,而无永叹。陟则在巘。复降在原。”朱熹说:“公刘至豳,欲相土以居。”“逝彼百泉,瞻彼溥原,乃陟南冈。”朱熹进一步说:“此章言营度邑居也。自下观之,则往百泉而望广原;自上而观之,则陟南冈而觏于京。于是为之居室,于是庐其宾,于是言其所言,于是语其所语,无不于斯焉。”[8]说公刘精心察看过百泉汇集的地方,又去视察平原大地,还登上南面冈陵。“既景乃冈,相其阴阳,观其流泉”,他既测日影,又登山冈,既要考虑南北阴阳,又要考虑灌溉之利。经过公刘认真的考察,精心的测量,综合的权衡,最后确定在豳地定居。而公刘这种综合的考虑,更多是出于经济发展的需求。如“相土以居”是考察土地的肥沃程度,是否适宜农作物的栽种;“相其阴阳”是考察光照时间的长短,是否适宜于农作物的生长;“观其流泉”是考察水流的分布,是否有利于农作物的灌溉。最后,“乃觏于京,京师之野”,经过考察,公刘找到了宜作为国都的豳地,准备在此广建楼宇,发展城市。这说明公刘是相当有经济头脑和发展眼光的人。

周是兴起在渭水中游黄土高原上的一个古老部落。“渭水有很多支流,漆水、沮水之间,土地肥沃,物产丰饶。这种优越的自然条件,是周能够勃兴的一个重要因素。”[9]

参考文献

[1][5]赵浩如.诗经选译[M].上海:上海古籍出版社,1980.

[2]马克思恩格斯全集:第23卷[M].北京:人民出版社,1972.

[3][4]袁梅.诗经译注[M].青岛:青岛出版社,1999.

[6]徐中玉.大学语文[M].上海:华东师大出版社,2001.

[7][8]朱熹.诗经集注[M].长春:吉林人民出版社,1999.

[9]翦伯赞.中国史纲要[M].北京:人民出版社,1979.

(本文发表于《西北民族大学学报》2006 年第 3 期)

6.《诗经》经济意识解读

摘要：可以说《诗经》是关于周代的一部小百科全书，以前人们侧重于从政治、思想、伦理和哲学方面研究《诗经》，其实从《诗经》中能解读出较明显的经济意识。如生产力和生产关系意识、农时意识、保护生产力意识、市场经济意识、区域经济意识和公平分配意识。

关键词：诗经；经济；意识；解读

所谓经济意识，是社会生产关系和生产力在意识形态领域的直接反映。《诗经》中的许多经济意识，就是作者通过折射的方式表达出来的。在《诗经》大量的经济史料中，蕴藏着极为具体的经济意识。

古代没有独立的经济学科，经济意识往往从思想家关于哲学、政治、伦理等方面的论述中体现出来，并且是在综合论述这些问题时体现出来的。经济问题往往是被连带论述或当作个别的具体来论述的。如古希腊的柏拉图是个著名的哲学家，他不是研究经济问题的，但在他的著作《理想国》中，却有关于分工问题的卓越论述。亚里士多德是一个知识广博的思想家，他的著名的货币学说却是在他的伦理和政治学著作中作为一个具体问题论述的。古代中国经济意识也是在与此相同的模式中出现的。

儒家思想学说是中国文化的主体。尽管儒家文化基本上成了中国文化的代名词，是属于哲学、政治、伦理等意识形态范畴的内容，但它仍然体现了古代的经济思想意识。《诗经》是我国最早的诗歌总集，也是先秦时期儒家重要的典籍。可以说关于周代的小百科全书，“除少数作品为当时统治阶级及其知识分子所写的以外，大多数可以从内容上明显地看出是‘饥者歌其食，劳者歌其事’

的劳动人民口头文学创作，是民歌。”[1]《诗经》时代虽然没有明显的经济思想和观点，但我们仍然能从中解读出其较强烈的经济意识。

以前人们对《诗经》有关文学方面的成就分析挖掘得比较多，而在经济意识和经济现象方面则涉及较少或者不深。其实，《诗经》虽然大多数是民歌，但人们仍然能从中解读出社会经济意识和经济现象的。中国自古以来以农业立国，在《诗经》这部古代文献中，就突出体现了重视农业经济的思想意识。

解读之一——生产力与生产关系意识

解读《诗经》的经济意识，首先必须分析《诗经》时代生产力的发展程度和生产关系的状况。马克思在《资本论》中指出：“各种经济时代的区别，不在于生产什么，而在于怎样生产，用什么劳动资料生产。劳动资料不仅是人类劳动力发展的测量器，而且是劳动借以进行的社会关系的指出器。”[2]《诗经》中有大量诗歌表述当时生产力发展水平和生活关系状况。

生产工具是生产力发展水平的具体标志。

耒耜，是古代农具的总称，在《诗经》不少诗篇中，可以看出周时的耜大致属于金属生产工具。在《周颂·良耜》中，除了讲到用耜进行耕种外，还讲到“其镈斯赵，以薅荼蓼”。“镈”，从金，是金属制成的短柄锄头。说明了那时农民一方面用耜种地，一方面用镈除草。《周颂·臣工》说：“命我众人，庤乃钱镈，奄观铚艾。”“钱”是金属制成的铲子，长柄，是用来锄草的农具。“铚”，是一种短小的镰刀。“艾”，乂（刈）之借，是一种芟草的大剪刀。“钱”“铚”“镈”这三个字的偏旁都从金，证明在西周时的一些主要农具，包括耜，都是金属制成的。《大雅·公刘》中就记载了“取砺取锻，止基迺理”的内容，也提示周初使用铁器的信息。再则，诗中在用到“耜”时，均加了一个形容词，诸如“覃耜”“有略其耜”“畟畟良耜”等。“覃”通“剡”，锐利之意；“略”，按《毛传》，“利也”；“畟畟”，据《尔雅·释训》郭璞注“言严利”。这都说明，耜是金属制成的农具，它非常锋利。这样的生产工具，比周代之前的殷商时代的石器生产工具，不知要进步多少。

《周颂·噫嘻》《周颂·载芟》还为我们展示了农业生产中“十千维耦”“千耦

其耘”的宏大场面。其中的“耦耕”，即两人并耕的意思。耦，《说文》中有“耒广五寸为伐，二伐为耦”之句。又《周礼·考工记·匠人》：“耜文五寸，二耜为耦。”耦，即二人为一组，各持农具（耒耜）进行耕作。十千耦，合二万人。[3]极言生产工具之先进和劳动场面之宏大。据《经义丛钞·牛耕说》考释：“合人耕，则牛耕可知。闾师掌六畜之数。郑注：掌六畜者，农事之本。窃思牛之为牲，非庶民燕祭所得用；而大车之载，亦庶民家得用之；可悟周时已有牛耕之制。”《小雅·黍苗》在赞美召穆公经营谢邑、治理原野和土地时，就写道：“我任我辇，我车我牛”。

牛耕之用于农业，也是当时社会经济生活的一个特点。商代不用牛来耕地，而是在祭祀时把牛杀掉作为祭品。《小雅·大田》说：“以其骍黑，与其黍稷，以享以祀。”说明周代在祭祀活动时，不是屠杀大量的耕牛来做牺牲，而只宰一头牛，另宰一两头猪或羊，同时还敬献黄米、高粱，表示丰收。《豳风·七月》说：“献羔祭韭。”“朋酒斯飨，曰杀羔羊。”说明在祭礼时，有就只用羊而不用牛的情况。有些祭祀，甚至不用牺牲而专设酒食。如《周颂·载芟》及《周颂·丰年》说：“为酒为醴，烝畀祖妣。”以上说明耕牛在生产和运输中已开始发挥它的作用。由此可见，铁制农具和耕牛的使用，对农业生产的发展起到了极大的促进作用。

土地历来是农民的命根子，也是农民最主要的生产资料。周代的土地所有制形式，据《小雅·北山》说是“溥天之下，莫非王土；率土之滨，莫非王臣”。说明周天子的权力范围之广。但周代的土地实行层层分封的办法，即周天子把一部分王畿之外的土地分给诸侯和卿大夫，诸侯和卿大夫再把一部分封地赐给他的臣属。《周颂·噫嘻》有“骏发尔私，终三十里”之句，是说奴隶们的私田，有三十多里之广。姚氏《诗经通论》：“……‘骏发尔私，终三十里’，《毛传》曰，‘私，民田也，言上欲富其民而让于下，欲民之大发其私田耳。终三十里，言各极其望也’。”[4]由于土地世代相传，就使被封赐的土地成为各级封建领主世袭所有了。《诗经》中的“曾孙”“公子”“君子”等人，即指这些统治阶者；被人称为“农人”“农夫”，又称“庶人”“庶民”的，则是农业生产的主要承担者。尽管农奴和统治者之间具有严格的人身隶属关系，但他们已不像更早时期的奴隶那样一无所有。他们有自己的妻子儿女、家室茅屋，如“嗟我妇子，曰为改岁，入此室处”（《豳风·七月》）；有自己的家庭副业，“八月载绩，载玄载黄”（《豳风·七月》）；还有自己的生产工具，“以我覃耜”（《小雅·大田》），“有略其耜”（《周颂·载芟》）。

《小雅·大田》的“雨我公田，遂及我私”之句，就说明公田是属于领主的，私田是属于农奴自己且只有耕种权利的土地。农奴在种完领主的公田后，再去耕种自己的小块“自留地”。

解读之二——农时意识

恩格斯说：“农业是整个古代世界的决定性生产部门。”因而，主张把发展农业放在经济工作的首位。《诗经》正是最早体现这种“重本”思想的经书。天时观念是中国古代极具特色的世界观和方法论，而且从传说中的黄帝到明清时代的农书，关于如何适应、利用农时的知识不断积累，极为丰富，构成中国传统农学最重要的组成部分之一。《诗经》就指出了掌握季节变化、不违农时的重要性。

《豳风·七月》是《诗经》中的农事诗，概括地写出了古代农民受尽剥削压迫的悲惨生活，也叙述了一年每个月的农事活动。该诗有很明显的农时观念：“一之日（农历十一月）觱发”，“二之日（农历十二月）栗烈”，“三之日（正月）纳于凌阴”，“四之日（二月）献羔祭韭”，“蚕月（三月）条桑”，“四月秀葽”，“五月斯螽动股”，“六月莎鸡振羽”，“七月流火”，“八月剥枣”，“九月肃霜”，“十月陨萚”。按照时令，还可以看到农民每个月的农事活动：“一之日于貉”，“二之日其同，载缵武功”，“三之日于耜”，“四之日举趾”，“蚕月条桑”，“四月秀葽”，“六月食郁及薁”，“七月烹葵及菽”，“八月其获”“萑苇”及“载绩”，“九月筑场圃”及“叔苴”，“十月获稻”“纳禾稼”及“涤场”。《周颂·载芟》还反映了在农忙时节，农民全家不分男女老少“侯主侯伯，侯亚侯旅，侯强侯以”（不分年龄大小，体力强弱）都一齐出动，抢收抢种，紧张得顾不上休息，连饭也是农妇送到田边来吃的。对这首诗，清人姚际恒在《诗经通论》中曾评论说：“鸟语虫鸣，草荣木实，似月令。妇子入室，茅绹升层，似风俗书。……其中又似采桑图、田家乐图、食谱、谷谱、酒经，一诗之中，无不具备。”方玉润在《诗经原始》中则说：“今玩其辞，有朴拙处，有疏落处，有风华处，有典核处，有萧散处，有精致处，有凄婉处，有山野处，有真诚处，有华贵处，有悠扬处，有庄重处，无体不备，有美必臻。”[5]古人的这些议论虽未必尽当，但也能解读出诗中的一些经济意识和经济现象。

诗经《大雅·生民》也说：“诞后稷之穑，有相之道。茀厥丰草，种之黄茂。”“有相之道”即视察土地之道。在这方面，《大雅·公刘》则说得更具体：“笃公刘！既溥既长，既景迺冈；相其阴阳，观其流泉。其军三单，度其隰原，彻田为粮。”“相其阴阳，观其流泉”，“度其隰原”，就是观测地势高低向背，判断农作物能否得到充足的阳光，还要看附近有没有水泉溪流，以得其灌溉之利。这些大概就是关于地宜的最早的知识。

从《诗经》中已看出人们对优良作物品种的重视。《大雅·生民》：“诞降嘉种，维秬维秠。维穈维芑。恒之秬秠，是获是亩。恒之穈芑，是任是负。以归肇祀。”“秬”是黑色的黍；“秠”也是黑色的黍，一粒谷子结两粒米；“穈”是红色的黍；“芑”是白色的黍。它们都是后稷培育的优良品种（“嘉种”），“恒之秬秠”，“恒之穈芑”这些良种都得到了广泛的采用。“是获是亩”，“是任是负”正是对高产丰收景象的生动描绘。《大雅·生民》讴歌了周祖先后稷的伟大贡献。

农业生产应重视和研究作物的平面布局，这一点在现在看来似乎是理所当然的。但是在农业发展的早期阶段，在科学和生产工具都极端粗陋的条件下，认识到这一点很不容易。我们的祖先不仅率先注意到这个层面，而且创造了不少既能增产量，又能节省人力、物力的平面作物布局法，把开发利用土地的纵横两个方面紧密结合起来。“中国农学在这一领域的成就，与中国古代发达的整体系统思维是分不开的。”[6]《大雅·生民》写后稷“诞实匍匐，克岐克嶷，以就口食。蓺之荏菽，荏菽旆旆。禾役穟穟，麻麦幪幪，瓜瓞唪唪”。据《毛传》，“役，列也”。作者描述后稷从小擅长稼穑，说他种的大豆，像旗帜一般成队成行地扬起（“荏菽旆旆”“禾役穟穟”），粟株整齐排列，十分繁茂。表明至少在传说中的后稷时代，即原始社会的后期，行列种植已经作为先进技术被提出来了。

解读之三——保护生产力意识

无论是古代还是现代,人都是最宝贵的资源。要发展封建经济,面临一个现实的问题,就是如何加强对劳动力的保护。周统治者实行的“敬德保民”政策,就是这一思想的具体化。《大雅·烝民》所说的“天生烝(众)民”和《周颂·思文》所说的“立我烝民”,意指天帝就是烝民的宗主。上天选择有道之君,把人民和疆土交给他,让他代天保民。所以,文王自称受天之命而保民,实行了重农节俭,施惠于民的政治。这种思想在《大雅·板》的“辞(政治)之辑(缓和)矣,民之洽矣”和《大雅·卷阿》的“维君子命,媚(爱)于庶人”中均有体现,并产生“宜民宜人”(《大雅·假乐》)的效果。周天子这种代天保民的思想,反映了封建制度下对劳动力的重视和保护,使这种新的生产方式,蒙上了一层“保民”的面纱,成为促进生产力发展的因素之一。保民思想还直接体现在反对屠杀劳动者上。商代的奴隶主可以任意屠杀奴隶用于祭祀或殉葬。到了春秋时代,杀人祭祀现象已不复存在,杀人殉葬之风,也已不多见,且已遭到社会的非议,被视作悖礼行为。《秦风·黄鸟》就反映了群众对子车氏三兄弟为秦穆公殉葬的痛惜,并对殉葬制度表示了强烈的不满:“彼苍天兮,歼我良人! 如可赎兮,人百其身。”这种奴隶制度下杀殉的恶劣风气,在《诗经》中已开始被否定并给予严厉的批判。春秋战国之时,儒、墨学派都坚决反对杀殉,保护了劳动力的再生产。

周代统治者推行这些宽惠的政治经济政策,对于缓和矛盾,稳定民心及保护生产力的发展,都起了一定的作用。正如《大雅·文王》所说的“侯服于周”(对周称臣,不要违抗),“殷士肤敏”(降殷的贵族,勤快而敏捷);而《大雅·文王有声》的“自西自东,自南自北,无思不服”,则表明当时国家已实现了政治上的统一与安定。同时在生产上,“厌厌其苗,绵绵其麃。载获济济,有实其积,万亿及秭(大片的庄稼,长得整整齐齐,耘田之人众多,绵绵不断。秋收时节,五谷丰登。露天的粮食堆积如山,只好用千用万来计算)”(《周颂·载芟》)。“黍稷茂止,获之挃挃,积之栗栗。其崇如墉,其比如栉,以开百室,百室盈止。(收获的粮食,堆积如山,整齐地排列,像墙垛那样高高耸起,又像梳齿那样密密排列。

建成了成百的粮仓，成百的粮仓都装得满满盈盈)”(《周颂·良耜》)由此，出现了生产发展，经济繁荣的景象。史称“兴正礼乐，度制于是改，而民和睦，颂声兴”(《史记·周本纪》)。西周的成康盛世，正是反映了新兴封建领主阶级的德治思想在政治经济上取得的成就。

解读之四——市场贸易意识

随着农业、手工业的繁荣，商业也应运而生，成为不可缺少的社会经济部门。西周的商业，也是为奴隶主贵族所操纵，为贵族的需要服务的。因为商品交换日益频繁，所以在城市中出现了市场，且有市场管理官员(质人)。当时的商品有奴隶、牛马、兵器、珍宝及其他，其中奴隶的价格最低贱。《周礼·地官》所载“质人掌城市之贷贿，人民、牛马、兵器、珍异，凡买者，质剂焉”可资佐证。郭沫若先生据西周孝王《鼎》铭文考证，“实物交易时五个人抵‘一匹马，一束丝’，用准货币交易时，一个人仅值二十锊，合五铢钱四十六文”。“人价既贱于马价，仅及五分之一的光景，马都可以任意屠杀，难道比这更贱的人还不可以任意屠杀吗?”《诗经》对商业活动虽有所描写，但由于当时发展的是农业经济，商业多为官商，而从事私人商品交易活动的范围也很有限。《陈风·东门之枌》说：“不绩其麻，市也婆娑。”这里所说的“市”，即市场。说明随着农业、手工业的发展，在西周的国都中已经形成了进行商品交换的固定市场了。《卫风·氓》的“氓之蚩蚩，抱布贸丝”句，是《诗经》中对商品交换的较为直接的叙述。这里的“布”，即代表货币的布帛。周时叫“布泉”，即葛、麻等织物的统称，为古时钱币，周时曾一度作为货币之用。《周礼·载师》云：“凡宅不毛者有里布。”汉郑玄作注：“里布者，布参印书，广二寸，长三尺，以为币，贸易物。《诗》云‘抱布贸丝’，抱此布也。”但从字面看，“氓”不可能抱着这么多的“货币”——里布去买丝，当指抱着布匹去进行以物换物的交易。《邶风·谷风》谈到男子喜新厌旧，怨妇控诉丈夫不知其德时，以“贾不用售”四字来形容自己好像一个商品，是不能随意就卖出去的。由上述可知，《诗经》已把商品交换关系用来比喻人或讽刺事，说明当时商业活动已趋发达，商品交换观念也逐步渗透到政治领域和家庭生活中去了。

解读之五——区域经济意识

区域经济是现代经济社会发展的一个专用名词,是讲区域环境与经济发展两者相互影响而产生的相辅相成的作用。《诗经》时代虽然还没有较为明晰的区域经济的思想或观点,但区域环境对经济发展的影响与作用,即区域经济的意识已经产生。《大雅·公刘》就是周人歌颂公刘开国殊勋的长篇叙事诗,它描述了公刘带领族人自邰迁豳的过程。那么周人为什么要迁居呢?《毛诗大序》记载,"文王之时,西有昆夷之患,北有猃狁之难"[7]。除了"其在西戎,不敢宁居"[8]外,主要原因还是和经济发展有关。如果经济发达了,人民富裕了,那么军事力量也就强大了,也就不怕外族西戎干扰了,西戎也不敢来欺负你了。可见,当时的经济发展状况并不乐观。所以,为了避开外族的干扰,有一个和平的发展环境,周人还是决定迁居。一般来说,人类都选择在倚山面水、背风向阳的地方居住,既要考虑避风、向阳、安全、有水,同时更要考虑经济社会的发展和人口的扩张。"于胥斯原,既庶既繁,既顺乃宣,而无永叹。陟则在巘。复降在原。"朱熹说:"公刘至豳,欲相土以居。"①"逝彼百泉,瞻彼溥原,乃陟南冈。"朱熹进一步评说:"此章言营度邑居也。自下观之,则往百泉而望广原;自上而观之,则陟南冈而觏于京。于是为之居室,于是庐其宾,于是言其所言,于是语其所语,无不于斯焉。"[9]说明公刘精心察看过百泉汇集的地方,又去视察平原大地,还登上南面冈陵。"既景乃冈,相其阴阳,观其流泉",他既测日影,又登山冈,既要考虑南北阴阳,又要考虑灌溉之利。经过公刘认真的考察、精心的测量、综合的权衡,最后确定在豳地定居。而公刘这种综合的考虑,更多地还是出于经济发展的需求。如他"相土以居"是考察土地的肥沃程度,是否适宜农作物的栽种;"相其阴阳"是考察光照时间的长短,是否适宜于农作物的生长;"观其流泉"是考察水流的分布,是否有利于农作物的灌溉。最后,"乃觏于京,京师之野",经过考察,公刘找到了宜作为国都的地方,准备在此广建楼宇,发展城市。这说

① 朱熹.朱熹集注[M].长春:吉林人民出版社,1999,p253。

明公刘是相当有经济头脑和发展眼光的人。

周是兴起在渭水中游黄土高原上的一个古老部落。“渭水有很多支流，漆水、沮水之间，土地肥沃，物产丰饶。这种优越的自然条件，是周能够勃兴的一个重要因素。”[10]

解读之六——公平分配意识

《诗经》以大量篇幅揭露了统治者残酷的经济剥削和政治压迫，其中最突出的，就是劳动者对于分配不公所造成的贫富悬殊现象的不满。《诗经》在描述了“溥天之下，莫非王土”(《小雅·北山》)和“于疆于理，至于南海”(《大雅·江汉》)的土地占有制形式以外，又刻画出地主阶级对土地及其产品的贪得无厌。最典型的是《魏风·伐檀》，诗歌描写了一群伐木奴隶替奴隶主砍伐檀木制造车子时，联想到主子不种庄稼，不打猎，却巧取豪夺，占有着大量财富，过着不劳而获的寄生生活，因而非常愤怒地责问：“不稼不穑，胡取禾三百廛兮？不狩不猎，胡瞻尔庭有县貆兮？彼君子兮，不素餐兮！”《诗序》说：“《伐檀》，刺贪也。在位贪鄙，无功而受禄。”《大雅·瞻印》控诉了统治者强占别人土地的罪行：“人有土田，女(汝)反有之，人有民人，女复夺之。”在这种土地占有制下，农奴们终年劳动，以自己的汗水浇灌出“黍、稷、重、穋、禾、麻、菽、麦”，但是，“黍稷彧彧”“曾孙之穑”(《小雅·信南山》)，这些长得茂盛的庄稼，都被“曾孙”占有了。《周颂》的《载芟》《丰年》《良耜》都对这种产品分配的不合理现象进行了揭露。《丰年》说：“丰年多黍多稌，亦有高廪，万亿及秭。”《载芟》曰：“载获济济，有实其积，万亿及秭。”劳动人民用汗水换来的农产品，都源源不断地交到封建统治者的手里，到处都是储存粮食的仓廪，囤积了千万亿万斤粮食。《良耜》说得更具体：“积之栗栗，其崇如墉(城墙)，其比如栉，以开百宝，百室盈止。”虽然他们剥削的农产品已经到了无处容纳的地步，但是仍不满足，希望剥削得越多越好。《小雅·甫田》揭露了他们这种贪婪之心：“曾孙之稼，如茨(屋顶)如梁，曾孙之庾(谷堆)，如坻如京(丘)。”粮食虽已堆积如山，剥削的本性还驱使他们“乃求千斯仓，乃求万斯箱”，仍奢望占有更多的剩余产品，甚至还祈求这种不平等的分配制度“振古如兹”(《周颂·载芟》)地永世长存。《小雅·大东》把剥削者对人民的压榨描写得更为深刻。作者将统治者比作“箕星”和“北斗”,说他们像簸箕一样,永远缩着舌头,张大血口,要吞掉人们生产的粮食,又像勺柄永远掌握在统治者手里那样,要舀尽人民的一切财富。

苦菜分配的不均,也必然导致两极分化,造成人民贫富悬殊。富者“燕燕居息”“湛乐饮酒”(《小雅·北山》);贫者“杼柚其空”(《小雅·大东》)、“无衣无褐”(《豳风·七月》),他们终年劳动,还只能以瓜菜充饥,“七月食瓜,八月断壶,九月叔苴(麻子)。采荼(苦菜)薪樗,食我农夫”(《豳风·七月》)。

农奴们的这种呼喊是微弱的,也不可能实现,但是他们要求公平分配产品的愿望却是十分强烈的。

参考文献

[1]赵浩如.诗经选译[M].上海:上海古籍出版社,1980.

[2]马克思恩格斯全集:第23卷[M].北京:人民出版社,1965.

[3][4][5]袁梅.诗经译注[M].青岛:青岛出版社,1999.

[6]刘长林.中国系统思维[M].北京:中国社会科学文献出版社,1990.

[7]徐中玉.大学语文[M].上海:华东师范大学出版社,2001.

[8][9]朱熹.诗经集注[M].长春:吉林人民出版社,1999.

[10]翦伯赞.中国史纲要[M].北京:人民出版社,1979.

(本文发表于《学术交流》2007年第1期)

7.《诗经》爱情诗“阴盛阳衰”现象探微

摘要：中国爱情文学源远流长，男女主人公千姿百态，形象各异。主人公形象的“阴盛阳衰”，则是《诗经》爱情诗中的普遍现象，这种文学现象有其独特的民族文化原因及其心理背景，同时贯穿于整个文学长河。

关键词：诗经；爱情诗；阴盛阳衰

《诗经》是先秦儒家经典之一，其《国风》中的爱情诗虽几经儒生的附会，但其中的痴情女子负心汉所形成的“阴盛阳衰”的文学现象，却因其形象的鲜明性而少见否定。儒生们的穿凿附会，大多不在形象本身，而多在诗旨上，如“托男女之事，写君臣之义”等等。而人物形象的“阴盛阳衰”有如一条规律，演绎于整个爱情文学的长河之中。

一

源远流长的中国古代爱情文学，几乎是赞美女性的文学。“阴盛阳衰”现象和对女子的赞扬，似一条淙淙潺湲、畅流不歇的主流，始终贯穿于历代爱情文学作品之中。

朱自清先生引用谢晋青《诗经之女性研究》一文，称：“经他认为有关妇女问题的，共八十五篇。其中最多的为恋爱问题诗。其次即为描写女性美和女性生活之诗，再其次就是婚姻问题和失恋的作品。照谢先生的计算，有关妇女的诗，竟占了《国风》的一半了。”[1]

《诗经》中正面描写女性人物最突出也最成功的当然是《卫风·硕人》。请看：

> 硕人其颀，衣锦褧衣。齐侯之子，卫侯之妻。东宫之妹，邢侯之姨，谭公维私。
>
> 手如柔荑，肤如凝脂。领如蝤蛴，齿如瓠犀，螓首蛾眉。巧笑倩兮，美目盼兮。
>
> 硕人敖敖，说于农郊。四牡有骄，朱幩镳镳，翟茀以朝。大夫夙退，无使君劳。
>
> 河水洋洋，北流活活。施罛活活，鳣鲔发发，葭菼揭揭。庶姜孽孽，庶士有朅。

这是周代贵族美化齐公主庄姜的诗，也是中国最早一首直接正面描写美女的杰出诗篇。首先从这个公主的高贵身世写起；其次集中描写其容貌、身段之美；再次写她的车马服饰之盛；最后以鱼水交欢为喻，写公主婚姻美满，仪礼隆盛。作者用了一连串的比喻：“手如柔荑，肤如凝脂。领如蝤蛴，齿如瓠犀，螓首蛾眉。”分别以柔嫩的白茅芽、冻结的油脂、白色长身的天牛幼虫、白而整齐的瓠子、宽额的螓虫、蚕蛾的触须来比喻美人的手指、肌肤、脖颈、牙齿、额头、眉毛，形象细致。“巧笑倩兮，美目盼兮”，两句动态描写，更把这幅美人图变得生动鲜活，使一个美人跃然纸上，栩栩如生，成为后世写人摩像的典范。正如清人孙联奎《诗经臆说》云：“《卫风》之咏硕人也，曰‘手如柔荑’云云，犹是以物比物，未见其神。至曰‘巧笑倩兮，美目盼兮’，则传神写照，正在阿堵，直把个绝世美人活活地请出来在书上混漾。千载而下，犹如亲其笑貌。”[2]

诗歌除了直接正面描写美女外，也采用了烘托的办法，描写了她的锦绣外衣，漂亮斗篷，还写了她乘坐的马车是朱丝缠马嚼，红光闪闪，并用山鸡的彩色羽毛来装饰。拉车的四匹公马，强壮无比。这一借物衬托的描写手法，对后世诗赋有很大影响。吴闿生在《诗义会通》中说：“生动之处《洛神》之蓝本也。”[3]遍读300首，未见有这么生动形象的描写。

从《诗经》中我们可以看出，在春秋以前，礼教在民间的约束力远不如后来在封建社会中那么强，周代去古未远，原始群婚的某些观念仍然残存在人们的头脑之中。《周礼·地官》说："媒氏掌万民之判，中春之月令会男女，于是也奔者不禁。"可以看出，在周代民间婚姻还保持着较多的自由。[4]处在相同环境中的男女，对爱情的态度和行为却是大不相同的，总显得女强男弱，阴盛阳衰。恋爱既有一帆风顺的，当然也会有中途发生误会、猜疑乃至彻底破裂的。请看《卫风·芄兰》和《郑风·褰裳》，前一首是姑娘责备小伙子装模作样不理她，女主人公俏皮大胆而又直率的性格跃然纸上。后一首是一位泼辣的姑娘向小伙子挑战："子不我思，岂无他人！"作品中的女主人公非常爽朗、泼辣，简直是锋芒毕露，绝不同于后来在封建礼教束缚下的女性。在这些鲜明生动的女性形象面前，男主人公显得多么渺小！

《诗经》中呈现出的女性形象与男性相比，反差很大。这些女性形象，有的热情爽朗，在对男子的揶揄中表现出乐观开朗的性格，如《郑风·褰裳》《郑风·山有扶苏》等。有的则显得严肃端庄，对待爱情更为执着，如《郑风·子衿》《郑风·萚兮》《郑风·风雨》等。这些女子尽管性格不同，但在追求爱情时都很直率、热烈。再如《召南·摽有梅》，其中的女子看到梅子落地，联想起自己正当婚配的年华，于是情不自禁地唱了起来：

摽有梅，其实七兮。求我庶士，迨其吉兮。
摽有梅，其实三兮。求我庶士，迨其今兮。
摽有梅，顷筐塈之。求我庶士，迨其谓之。

主人公由梅落而在树者少联想到自己嫁不及时，希望有男士择吉日迎娶自己。"其实三兮"，梅落而在树者更少，显得女主人公心情更为迫切。于是不必再择吉日，但有男子相求，今日即可为迎娶之时。等到梅皆落尽，则其心愈迫，但有男士相告则事可定矣，狂热得不加掩饰。所表现的急切求嫁的心情，有如北朝的民歌中的"老女不嫁，呼天抢地"[5]，简直是迫不及待！《王风·大东》写一个女子的爱情横遭恶势力的破坏阻挠，使她不能与爱人同室相亲。她坚决表示：生不同室，死则同穴。表现了她对爱情的坚贞和对恶势力的反抗。为了爱情和婚姻，女主人公简直是在赤裸裸地挑逗对方私奔："岂不尔思？畏子不敢！"

这般炽热的感情，如此袒露的语言，实在罕见于男主人公身上。

再如《郑风·静女》，从一个男子的角度写幽会，一个娴静伶俐的少女形象跃然纸上，呼之欲出，而男子则处于"骚首踟蹰"的被动地位。

这些女性形象，在爱情遇到阻力或遭遇不幸时，不是逆来顺受、乞求怜悯，而是自尊自强。如《鄘风·柏舟》中的女主人公，呼天唤母，以示反抗，"之死矢靡慝"，非心上人不嫁。《国风》中的《卫风·氓》，其男主人公就是以受人谴责的负心汉的形象出现在作品中的。而女主人公则是值得同情的痴情女子。作品中的女主人公，恋爱时矜持又热烈，既狡黠又天真，音容笑貌处处洋溢着生之欢乐！而当婚后男子变心时，她的态度却是："信誓旦旦，不思其反。反是不思，亦已焉哉！"虽然无力回天，却也并无丝毫乞怜之意，态度相当决绝。相比之下，女主人公的形象要比男主人公的形象鲜明得多。

总之，《诗经》中的爱情诗，无论从什么角度落笔，通常是以女性形象传神，使人觉得她们是爱情生活的主角。至于男子，则无论是《郑风》中的那些"狂童""狡童"，还是《卫风·氓》中的"氓"，或是《邶风·静女》中那些"搔首踟蹰"的男子，都给人一种"呆"的印象。他们在爱情生活中既不如女子大胆热烈，又缺乏机敏和幽默感。即使偶尔扮演追求者的角色，也大多处于被动的地位，或者竟成为"二三其德"的负心人。令人不禁想起《天仙配》中那憨厚得近乎"傻帽儿"的董永以及《梁山伯与祝英台》中如"呆头鹅"的梁山伯，《西厢记》中始乱终弃的张生，还有《杜十娘怒沉百宝箱》中胆小怕事、屈于礼教的李甲。

二

爱情文学上的这种"阴盛阳衰"是一个普遍的规律，它贯穿于整个爱情文学的长河。

随着社会和文学的发展，文学作品中主人公的形象日渐丰满，性格也日渐复杂化，《诗经》中的这种性格单一的类型化的人物形象，不可能在文坛上占据主导地位。但这种与特定历史内容和文化心理相结合的类型化手法，对后世文学的影响，却是相当深刻的。

《九歌·山鬼》塑造了一位美丽而多情的山中女神，她不仅服饰华美，而且容貌端丽。她怀着火一般的热情和深沉的自信前去赴约。她急切地盼望见到自己心爱的人，也深信爱人的心情也是如此。因为她知道“子慕予兮善窈窕”，自己纯洁的心地和姣美的姿容是足以引起对方无限的思慕的。然而，她的倾心思慕和痴痴期待最终化作失望和惆怅，心爱的人负约了。至此，本已足以引起读者无限的叹惋与同情了，而更值得同情和赞美的是，此时的山鬼仍没有熄灭胸中爱情的火焰。“采三秀兮于山间，石磊磊兮葛蔓蔓。”她一方面在巫山的崇山峻岭中翻越石岩，攀藤附葛，历尽艰辛地到处寻找和采集灵芝(即诗中的三秀)，仍想用更真诚的行动和更珍贵的赠物向爱人表白心迹，企图挽住那有可能失去的爱情；另一方面又在心里怨恨爱人的爽约，可纯真的她又做出种种善意的猜测：“怨公子兮怅忘归，君思我兮不得闲。”女主人公丰富复杂的内心世界被刻画得一波三折、细腻入微。这一点绝不同于《氓》和《谷风》中“不念昔者，伊余来塈”等比较单纯的怨恨和无可奈何。

《山鬼》中的男主人公始终没有露面，给读者留下了广阔的思索和再创作的余地。但从全篇的基调来看，站在女主人公的角度看，我们仍然可视之为“负心汉”。也许正如主人公所猜测的，“君思我兮不得闲”，也许是客观处境或意外原因迫使他负约，当然也不排除真正负心的可能。

《楚辞》之后，“阴盛阳衰”已定型为爱情文学的一大模式。如汉乐府民歌《上山采蘼芜》中的男主人公，这位“故夫”明显有几分温情。“新人不如故”，眷恋之情犹存。让人联想起《孔雀东南飞》中男主人公焦仲卿的那种不得已而弃妇的处境。而从“长跪问故夫”之举，亦可窥见女主人公的心态。她的形象要比男主人公鲜明得多。而《陌上桑》和《孔雀东南飞》中的女主人公，前者坚贞不屈，美丽而富有智慧，后者不慕富贵，多情且处事果断。女主人公的形象要比男主人公高大而生动得多。而《陌上桑》男主人公使君则是一个被怒斥的愚蠢的家伙，简直如流氓！而焦仲卿——府中小吏，在刘兰芝面前，也显得软弱和苍白。

到了唐代，“阴盛阳衰”表现更为明显。《莺莺传》《霍小玉传》等传奇，细致曲折地描写了男女主人公的爱情纠葛。从人物形象的本质上看，张生固然是一个玩弄女性而毫无羞愧的封建文人，李益也是一个薄幸男子的典型形象。但男女主人公的性格又非常复杂，往往有其相互矛盾的一面而又不失主导倾向。这种主导倾向就是女子痴情而男子负心。在这种鲜明的倾向主导下，女子的形象鲜明而男子的形象黯淡，女子的形象生动而男子的形象呆滞。李益与霍小玉的相恋，莺莺对张生的许身都描写得十分精彩，比较细致地刻画了男女主人公的复杂心理。但无论如何复杂，其主导倾向还在于赞美和同情女子的痴情，谴责男子的负心。如张生起初对莺莺爱得要命，后又骂女人为尤物，显示出了传统儒生与花花公子奇妙混合的特征，而从本质上看，终究不过是位贪图女色而又醉心功名富贵的负情士子。李益对霍小玉断然绝情，但霍小玉死后，他却又服丧，亲为送葬。"日夕哭泣甚哀"，长期"伤情感物"，郁郁不乐。但这种事后的哀情，与霍小玉执着不移的痴情相对照，终究显得黯淡无光，且有虚伪之嫌。

宋话本《郑意娘传》《谭意歌传》，元杂剧《潇湘雨》，南戏《琵琶记》，明代拟话本《杜十娘怒沉百宝箱》《金玉奴棒打薄情郎》，近代戏剧《一江春水向东流》和话剧《雷雨》等，演绎了一出出"阴盛阳衰"的悲喜剧。

无论是民间歌谣、文人诗作，还是像《梁山伯与祝英台》《白蛇传》《天仙配》一类的民间故事，或者是《任氏传》《李娃传》《霍小玉传》等唐传奇，直至王实甫的《西厢记》、蒲松龄的《聊斋志异》，以及明清的许多拟话本、小说，无不以性格美好的女性形象取胜。无论是狐女、仙女、妓女，还是大家闺秀，大都具有心地善良、感情真挚和品格高尚、热情主动等特点。而其中的男子，不仅在爱情生活中举止被动，而且大多性格软弱，优柔寡断，至多是朴实憨厚，少见主动果敢的男性。即使是《红楼梦》中的贾宝玉，也到底是一个"须眉浊物"，有着很深的贵公子哥的劣根性，见着自己喜欢的少女就滥施爱情，他和袭人的关系就说不上高尚。而在同晴雯、黛玉的关系上，又表现出极软弱的一面。多情而软弱，是宝玉性格的基本特征。古代爱情文学中最完美的男性形象也不过如此，其他的就更不用说了。

三

诚然，文学作品中的"阴盛阳衰"现象，特别是作为一种比较固定的模式反复出现在文学作品中，不是一种简单的文学现象，但作为一种一脉相承的文学现象，如果从文学角度去溯其源头，则可上溯到先秦民间歌谣。

《诗经》中爱情婚姻诗歌的"阴盛阳衰"现象，绝不是一种单纯的文学现象，而是与民族文化、心理背景紧紧联系在一起的。

第一，在男权社会里，女人是男人的附属，妇女社会地位的低下，决定了她们除婚姻、家庭之外别无依托，因此她们追求自由幸福的爱情往往能倾注全部热情。她们唯一的愿望就是找一户好人家，嫁一个好男人，把自己的一生托付给他，这也是她们唯一能改变自己一生的机会。男人的天地要广阔得多，而且社会还赋予他们“二三其德”的条件和权力。

第二，在礼教的束缚下，男人们觉得儿女情长是可羞的，于是在两性关系中变得虚伪、冷漠、自私，至少也是拘谨、畏缩，缺乏应有的勇气和激情，他们以为自己天生比女人高贵，处处表现自己的矜持，以显示自己的地位。

第三，对大多数男人来说，“治国齐家”“建功立业”的社会压力也使他们在爱情生活中少了几分潇洒。因为儿女情长往往会毁其功名，断其前程。在功名富贵的牵绊下，男人们即便偶有激情，也只得托妇人之口来抒己之情。这类假托之词进一步为女性形象增光，男女在文学形象上的反差就更大了。

第四，文学上的“阴盛阳衰”现象，也寄托着人们对爱情的理想。由于男人是社会和家庭的主宰者，拥有处理一切的主动权，而妇女处于任其摆布的地位，所以，妇女理想中的男人，首先应该诚实忠厚，感情执着。只有在此基础上的爱情和婚姻才有幸福可言。因此，那些在爱情上忠诚守信的男性形象，尽管现实中很少，却特别受到人们的赞扬。

第五，随着男权的强化和礼教的逐渐完善，男女情爱所受的束缚越来越多，男女地位也越来越不平等，给爱情和婚姻生活投下了层层阴影，妇女更深受其害。而惩恶扬善，自古则是我国民间一种比较稳定的文化心理，多呈现出谴责男子负情、同情女子痴情的思想倾向。

参考文献

[1][2]袁梅.诗经译注[M].青岛:青岛出版社,1999.

[3][4][5]蒋立甫.诗经选注[M].北京:北京出版社,1981.

（本文发表于《名作欣赏》2006年第3期）

8. 从《诗经》看周人与自然的和谐

摘要：周人和自然的关系，并非一开始就处于和谐状态，而是由人类文明初期对大自然的畏惧对立，演化为崇拜征服，最后达到和谐相处。周人在对自然界高山大川的祭祀中，在日常的生产劳动和生活实践中，找到了表达自己思想感情和心理情绪的对应物。他们不但在自然界中找到了摄取物质资料的源泉，而且找到了自己精神生活的需要。可见周人已经把自己融于大自然中，和大自然的关系十分和谐。

关键词：人类；自然；崇拜；和谐

人类和大自然的关系，并非一开始就处于和谐状态。在生产力极其低下的远古时代，“自然起初是作为一种完全异己的、有着无限威力和不可制服的力量与人类对立着的”[1]，人类对于大自然有着“一种纯粹动物式的意识”。山泽莽林之中到处潜藏着凶险，雷鸣电闪仿佛随时可以摧毁整个世界，正如《虞书·尧典》所说：“汤汤洪水方割，荡荡怀山襄陵，浩浩滔天。”[2]洪水无情地吞噬着人们的生命。《诗经》对此也有丰富的描写：“洪水芒芒，禹敷下土方”（《商颂·长发》），“奕奕梁山，维禹甸之”（《大雅·韩奕》），“丰水东注，维禹之绩”（《大雅·文王有声》）。人们不得不在大自然的威力面前战抖，他们以自身的朦胧认识去解释大自然事物及其变化，将它们“人格化”“神化”。“山林川谷丘陵能出云，为风雨，见怪物，皆曰神。”[3]“精卫填海”“女娲补天”“大禹治水”“羿射十日”等神话故事便是这一时代的生动写照。

一、从文明初期看周人对自然的崇拜

这种产生于人类文明初期的对大自然的崇拜，在最早的诗歌总集《诗经》中就有较多的反映，而且这种反映是多方面的。因为周人祖先在开天辟地、创造基业时对自然界的感受最深，他们知道创业艰难，也逐步懂得人与自然必须和谐相处的重要性，所以在各种祭祀过程中屡屡提到这一点。

《周颂·般》描绘的就是周人登山而祭的情景："於皇时周，陟其高山，嶞山乔岳，允犹翕河。敷天之下，裒时云对，时周之命。"这是一首为武王克商之后，巡狩而祭河岳之类乐歌。意思是周王朝多么强大美好，登上嵬嵬高山和高大的四岳，看到众水顺势合流于黄河大川。普天之下，诸侯朝参，聚集此地，颂扬武王之美德，承受周命，大业世代相传。[4]宋朱熹《诗集传》云："言美哉此周也。其巡守而登此山以柴望，又道于河以周四岳，凡以敷天之下莫不有望于我，故聚而朝之方岳之下，以答其意耳。"[5]可见周人一方面高度赞扬武王之功德，周朝之强大，另一方面则是通过祭祀四岳而祈求大业世代相传。很明显地这是表达对大自然中黄河和四岳的崇敬。

《周颂》中的《时迈》也是一首乐歌。武王克商，初有天下，巡猎四方，并举行朝会，燔柴祭天，望祭山川，而周公则作此乐歌以颂之。其中写道："怀柔百神，及河乔岳。"朱熹也说："此巡守而朝会祭告之乐歌也。"（朱熹《诗经集传》）孔颖达说："武王既定天下，而巡行其守土诸侯。至于方岳之下，乃作告至之祭，为柴望之礼"，周公"述其事而为此歌焉"。因此，《时迈》也是周天子巡行时"柴望"山川的祭歌。《天作》也是西周最高统治者祭祀岐山之乐歌。"言天作岐山，而大王始之。大王既作，而文王又安之。于是彼险僻之岐山，人归者众，而有平易之道路。子孙当世世保守而不失也。"[6]

显然，《诗经·周颂》反映出一种具有浓厚的宗教色彩的自然观念。从上面提及的作品中，我们只能看到对自然力的顶礼膜拜，而看不到对风雨雷电山水草木鱼虫等自然界中万物的描绘，这说明，当人们怀着诚惶诚恐的心理面对大自然时，还无法进行愉悦身心的审美活动的。当然，伴随着"望秩于山川"的祭祀活动，人们登高望远，临风观澜时势必增进对山川自然形貌及大自然中的所有生物的了解。这就为日后进行审美活动创造了条件。

上面我们谈了人类文明初期人类与大自然的对立关系及由此演化成的对待大自然山川的宗教观点在《诗经》中的表现，不过，这只是事情的一个方面。还有更为本质的另一方面，就是：从人类诞生的那一天起，人类与大自然之间就存在着一种亲密和谐的关系；尽管在文明初期，这种关系仅仅限制在狭窄的范围内，表现形式也极为简单，甚至与“纯粹动物式的意识”混在一起。但从生产劳动和生活实践中，周人与自然的关系不断趋于和谐，自然界中各种花草鱼虫飞禽走兽已不断走进周人的生活圈内。如就生物名词而言，《诗经》中就有草名105种，木名75种，鸟名39种，兽名67种，昆虫名29种，鱼名20种。各种器物名300多种。[7]这表明，在周代人们与大自然中的事物的接触已经相当广泛而密切了。而人们最初的审美对象便是这些与人类的生产生活有着直接关系的动植物。如《周南・葛覃》写道：

葛之覃兮，施于中谷，维叶莫莫。是刈是濩，为絺为绤，服之无斁。

诗人之所以赞美葛的茂盛，是因为可以获得更多的絺绤。又如《召南・驺虞》写道：

彼茁者葭，壹发五豝。于嗟乎驺虞。

诗人之所以歌咏芦苇的茂密，则是因为茂密的芦苇中隐藏着许多猎物，“中必迭双也(犹言一胎生下五头小猪)”(朱熹《诗经集传》)。再如《小雅・信南山》中写到对雨雪的赞美：

上天同云，雨雪雰雰，益之以霢霂，既优既渥，既霑既足，生我百谷。

这也是因为天降雨雪，正好有利于五谷生长。周人咏《芣苢》，因为据说它是治病的药物，咏《采蘩》是因为蘩“于以用之，公侯之事”，是祭品。显然，这里体现出人们对于自然事物的审美意识都是与物质功用相联系的。这并不奇怪，因为在人类审美意识的发展史上，美的观念是伴随着实用的观念而来的，人类最早的审美经验与物质需要的满足是一致的。这正如普列汉诺夫所说的："从历史上说，以有意识的功利观点来看事物，往往是先于以审美的观点来看待事物的。"[8]

在《诗经》中从物质功用角度直接描写自然景物的作品并不多，我们看到的往往是这样一些景物描写："关关雎鸠，在河之洲"（《周南·关雎》）、"桃之夭夭，灼灼其华"（《周南·桃夭》）、"桑之未落，其叶沃若"（《卫风·氓》）、"风雨凄凄，鸡鸣喈喈"（《郑风·风雨》）、"蒹葭苍苍，白露为霜"（《秦风·蒹葭》）、"山有扶苏，隰有荷华"（《郑风·山有扶苏》）、"彼泽之陂，有蒲与荷"（《陈风·泽陂》）……显而易见，上面所写的自然景物，已不囿于物质功用的考虑，而与人们的精神生活、心理活动和感情生活有着密切的关系。这里所表现出的自然美的意识，比起《葛覃》《驺虞》来，已有了重大的演进。

还有一种情况，周人通过祭神等活动，间接地描述了人与大自然的和谐关系，如《小雅·大田》：

> 大田多稼，既种既戒，既备乃事。以我覃耜，
> 俶载南亩。播厥百谷，既庭且硕，曾孙是若。

这是周代的一首农事诗，其内容是写农业生产中的选种、修械、耕种、除草、灭虫、收获等情状。诗中不仅以白描手法生动地刻画了农业生产的场面，而且，深刻而集中地反映了周代的生产关系。从中可以看出，周人已经把自己融于大自然中，这种耕种、除草、灭虫、收获诸项活动，诚为人与自然和谐关系之表现。类似的诗歌还有《小雅·瞻彼洛矣》《小雅·楚茨》等等。

随着社会文明的进步，人与大自然的关系日益复杂。大自然不仅是人们摄取物质资料的源泉，也为人类提供了精神生活的需要。人们在长期的社会实践中逐步觉察到大自然中的万物与人类的社会生活有着千丝万缕的联系，对于人类的社会生活有着多方面的象征意义，自然界内在的有规律的运动也与人们的情绪感受有着一种不可言状的相通之处。"桃之夭夭，灼灼其华"（《周南·桃

夭》),美丽的鲜花使人想到容貌姣好的姑娘;“鸿雁于飞,哀鸣嗷嗷”(《小雅·鸿雁》),好似“劬劳于野”的流民;“习习谷风,以阴以雨”(《邶风·谷风》),风雨交加的景象总是使人产生凄凉之感;而“雍雍鸣雁,旭日始旦”(《邶风·匏有苦叶》),大雁叫,朝阳升,这生机勃勃的景象,则唤起人们心中美好的希望。人类的情感和情绪与自然界中的事物对应还有比这更直白的,如《召南·摽有梅》,诗中的女主人公是一个怀春少女,当她看到梅树上“其实七兮”“其实三兮”到“顷筐塈之”时,终于发出“求我庶士,迨其谓之”(有意的男儿追求我吧,不要婚礼,我马上跟你结婚)的呼喊,真有点迫不及待之状,又有北朝民歌中的“老女不嫁,呼天抢地”之叹。如《邶风·匏有苦叶》中女主人公感觉到自己周围的事物在强烈地刺激着她:济河水涨,引起她思绪如潮;山鸡鸣叫,勾起她爱欲如火。此时她竟大胆直率地唱道:“你快来娶我吧!”与《召南·摽有梅》具有异曲同工之妙!《诗经》的作者们发现在现实生活中,人与大自然之间存在着一种对应关系,即人的思想情绪可以在自然界中找到“对应物”,而人们微妙的内心世界,细微的心理活动,也可以通过这些具体形象的“对应物”来表达。正是基于对人与自然的这种对应和谐的关系的认识和为了表现这种对应关系,《诗经》的无名作者们创造了比兴手法。

二、从比兴描写看周人与自然的和谐关系

人们在社会实践中发现,有的自然事物与人类社会和生活中的某些现象有相似之处,可以“以彼物比此物也”。这一类比喻在《诗经》中可以说俯拾皆是。如《小雅·天保》写道:“如山如阜,如岗如陵,如川之方至,以莫不增。”把抽象的福寿比喻为可以感知的山川,一如“福如东海,寿比南山”。又如《大雅·常武》中用“如江如汉,如山之苞,如川之流,绵绵翼翼”来形容王师军旅,生动地表现出它的声威气势。这一类比喻,着眼于自然界事物的外部形貌与人类社会生活中的某一方面的相似点。还有一些比喻,着重把握自然界事物内部特征与人类生活现象的相通之处。比如,“螽斯”有生子繁多的特点,诗人便用它来比喻子孙众多;“蜉蝣”朝生暮死,诗人便用它来比喻溺于安乐而忘远虑的人。《诗经》

中还有通篇以自然事物来比喻人的。如较典型的有《魏风·硕鼠》,以老鼠的贪婪来比喻剥削无厌的统治者;《豳风·鸱鸮》全篇以一只失子毁巢的母鸟来比喻处境危殆的人。值得特别一提的是《小雅·鹤鸣》,这首诗以“鹤鸣于九皋,声闻于野”来说明“诚之不可掩也”;以“鱼潜在渊,或在于渚”来说明“理之无定在也”;以“乐彼之国,爰在树檀,其下维萚”来说明“爱当知其恶也”;以“它山之石,可以为错”来说明“憎当知其善也”。[9]诗人一连用四件具体的自然界事物来表达抽象的人生哲理,说明他敏锐地观察到自然之理与人生之理有一定的相似之处,人和自然的关系竟如此的密切。

比往往着眼于表现自然界事物与人类社会生活中相似的属性,往往是表象的、具体的和可感知的;而“先言他物以引起所咏之辞”的兴,则着眼于表现自然界中事物与人们的精神上、感情上抽象的不可感知的深层次联系,二者有层次上的不同。唐代皎然说:“取象及比,取义曰兴。”正是从这个意义上来说的。朱熹也说:“但比义虽切而却浅;兴意虽阔而味长。”[10]在《经诗》中有大量自然景物是作为兴起某种感情的特定对象而出现的。如“萚兮萚兮,风其吹女;叔兮伯兮,倡予和女”(《郑风·萚兮》),风吹落叶,飘然盘旋,给人以飘飘欲飞的感受,正好与载歌载舞的欢乐气氛相应;“燕燕于飞,差池其羽”(《邶风·燕燕》),在空中上下飞翔的燕子,牵动起人们依依惜别之情;“之子于归,远送于野”(《郑风·燕燕》),生长在坡地水畔的蒲草荷花,引起诗人对“美人”的思念,不觉“寤寐无为,涕泗滂沱”(《陈风·泽陂》);“振振君子,归哉归哉”(《召南·殷其雷》),从山那边隐约传来的雷声,使诗人想起从役在外的人。上面所举的这些例子,都是由某种自然景物触发而引起某种情绪并引出与这种情绪相关的事件。还有一种情况,就是自然景物不仅仅是兴起一种情绪,而且还具有某种象征、暗示意义。比如《邶风·北风》中所写的“北风其凉,雨雪其雱”,风狂雪猛的景象不仅给人一种悲愁之感,而且还暗示着国家危乱将至。所以诗人说了“惠而好我,携手同行”之语,召唤相好之人避之。《小雅·四月》中所写的“秋日凄凄,百卉具腓”,“冬日烈烈,飘风发发”,也有着象征祸乱日进、时局动荡的意义。如《小雅·采薇》末章以“杨柳依依”来渲染昔日上路时的难舍难分之情,用“雨雪霏霏”来表现今日艰难和内心的悲苦。这是以情景的和谐协调来渲染情感。显然,在这种情况下,自然景物与人的精神生活呈现出以比较简捷的感情呼应更为复杂的关系，这就是后人所说的“象征之意”。然而，在许多时候和场合，比和兴实际上是很难分辨的，因而在过去常是比兴并称的。如“桃之夭夭，灼灼其华”虽然是兴起欢快之情，但又何尝不是以鲜艳的桃花来比喻那位容光焕发的新娘呢？

还有一种的比兴使用手法，如《豳风・七月》第二章用“春日载阳，有鸣仓庚”这样的明丽之景来与采桑女“殆及公子同归”的悲伤形成对照，以情与景的对立来强化情感，达到艺术效果。

三、从始祖创业看周人与自然的和谐关系

人与大自然能和谐相处，是有一个过程的，这个过程的变化，主要是社会文明发展的结果。正如孔子的天命观，经历了回避天命、畏天命、知天命三个过程，而最后到荀子的“制天命而用之”。这是人与自然相处的发展过程。同样，《诗经》的诸多诗歌中，也反映了这一过程。从宇宙层面来说，《诗经》和谐为美的审美观念主要表现在人与自然的和谐相处上。徐复观指出，中国文化“走的是人与自然过分亲和的方向”[11]。这种人与自然的亲和倾向在《诗经》的大部分诗歌中有所体现。无论是描写劳动、抒写婚姻爱情，还是表现宴饮飨乐的诗歌，大都洋溢着一种和谐融洽、自然亲和的气氛。如《王风・君子于役》“鸡栖于埘，日之夕矣，牛羊下来”，《豳风・七月》“春日载阳，有鸣苍庚。女执懿筐，遵彼微行，爰求柔桑”，等等，都是自然景物与人物活动和谐地融合在一起，创造出一幅幅自然隽永、情景交融意境深远的美丽图画，描述周民族创业的史诗，证明周人主动和大自然和谐相处。

《大雅・绵》是一首周人赞美其祖先古公亶父开国功业的诗歌。周人自公刘定居于豳，又传九世至古公亶父。因受戎狄的逼迫，古公亶父便率领周人到岐山之南的周原。定居于这土地肥沃的周原之后，在古公亶父领导下，整顿了制度和组织，营建了宫室房舍，由穴居进化到室居，由原始社会逐步过渡到奴隶社会，尤其是“捄之陾陾，度之薨薨，筑之登登，削屡冯冯。百堵皆兴，鼛鼓弗胜”（敛土盛土，其声仍仍，填土倒土，其声轰轰，捣土夯土，其声登登，削高拍平，其声乒乓，百堵高墙，一齐筑成，丈二大鼓，难胜其声）。这种劳动之艰辛，声势之

浩大，是对大自然的一种征服。全诗叙写劳动场面相当具体生动。

《大雅·生民》是周人歌颂其始祖后稷的长篇叙事诗。第四章说后稷从幼年时期就热爱农艺并表现出卓越的才能。五、六两章赞颂后稷从事创造性的农艺劳动，立下了丰功伟绩。他培养了许多优良品种，促进了谷物的生产与繁殖。

《大雅·公刘》是周人歌颂公刘开国殊勋的长篇叙事诗，它描述了公刘带领族人自邰迁豳的过程。尤其是后几章，写公刘到各处审察地利，选择吉地，始建城邑房舍及定居后整训军旅，大力发展农业生产的过程。值得一提的是《大雅·旱麓》：

瞻彼旱麓，榛楛济济。岂弟君子，干禄岂弟。
瑟彼玉瓒，黄流在中。岂弟君子，禄禄攸降。

意思是君子贤良，和乐近人，乐易和平，以求天禄。君子贤良，和乐近人，大福大禄，自天降临。我们从中可以看出，诗人已意识到主动与大自然和谐相处的重要性。

以上这些叙事诗都讲述了周人与大自然的关系。乍看起来，这是人类与大自然的一种矛盾与斗争，但这是表象，通过这表面上的矛盾与斗争，达到实质上的和谐。这是更高层次的和谐，也是真正的和谐。这种关系是人类与自然由对立、崇拜、征服，最后走向和谐的普遍现象，也是人类社会文明发展到一定程度的必然结果。

参考文献

[1]马克思，恩格斯．马克思恩格斯全集：第3卷[M]．北京：人民出版社，1979.

[2]顾宝田．尚书译注[M]．长春：吉林文史出版社，1995.

[3]杨天宇．礼记译注[M]．上海：上海古籍出版社，1997.

[4][10]袁梅．诗经译注[M]．青岛：青岛出版社，1999.

[5][6][9]朱熹．诗经集注[M]．长春：吉林人民出版社，1999.

[7]蒋立甫．诗经选注[M]．北京：北京出版社，1981.

[8]普列汉诺夫.论艺术:没有地址的信[M].北京:三联书店,1973.

[11]徐复观.中国艺术精神[M].沈阳:春风之艺出版社,1988.

(本文发表于《名作欣赏》2006 年第 10 期)

9. 人物描写的重要道具——夸张的服饰与仪仗

——论《诗经》与两汉乐府诗的人物描写

摘要:《诗经》中正面描写人物容貌的诗歌不多,而且较为简略。两汉乐府诗对人物的描写主要从服饰和仪仗方面加以展示。服饰和仪仗成为描写人物的常备道具,是详写的对象。说明两汉乐府诗的叙事技巧超越了传统笔法,显示出由注重形似向崇尚神似的演变。

关键词:诗经;两汉乐府诗;容貌;服饰;形似;神似

《诗经》是中国第一部诗歌总集,也是中国古代诗歌的滥觞,其内容丰富而复杂。这些诗歌大都"感于哀乐,缘事而发",即所谓"饥者歌其食,劳者歌其事"。而大量优秀民歌,表现了奴隶大众共同的思想感情。其"为时而著""为事而发"的精神,为我国历代文学创作开了先河。两汉乐府民歌继承了《诗经》现实主义的优良传统,在叙事技巧上,比《诗经》更有所突破与超越。

一

《诗经》中的"风""雅""颂",有不少具有"美"和"刺"的功能。而"美"和"刺"的主要对象是人。对人物的"美"与"刺",有的是对人物容貌形体的正面描写,但更多的是借助人物的服饰与仪仗来描写。

《诗经》中正面写人物最突出也最成功的诗歌当然是《卫风·硕人》。请看:

硕人其颀，衣锦褧衣。齐侯之子，卫侯之妻。东宫之妹，邢侯之姨，谭公维私。

手如柔荑，肤如凝脂。领如蝤蛴，齿如瓠犀，螓首蛾眉。巧笑倩兮，美目盼兮。

硕人敖敖，说于农郊。四牡有骄，朱幩镳镳，翟茀以朝。大夫夙退，无使君劳。

河水洋洋，北流活活。施罛活活，鳣鲔发发，葭菼揭揭。庶姜孽孽，庶士有朅。

这是周代贵族美化齐公主庄姜的诗，也是中国最早一首直接正面描写美女的杰出诗篇。首先从这个公主的高贵身世写起，其次集中描写其容貌、身段之美，再次写她的车马服饰之盛，最后以鱼水交欢为喻，写公主婚姻美满，仪礼隆盛。从中也可以看出“齐地富饶”的情况。它运用的比喻是较生动的，塑造人物形象着意于面貌特征的刻画，有一定的艺术技巧，这在先秦的诗歌中是不多见的。

诗歌具体生动地描绘庄姜之美，用了一连串的比喻：“手如柔荑，肤如凝脂。领如蝤蛴，齿如瓠犀，螓首蛾眉。”分别以柔嫩的白茅芽、冻结的油脂、白色长身的天牛幼虫、白而整齐的瓠子、宽额的螓虫、蚕蛾的触须来比喻美人的手指、肌肤、脖颈、牙齿、额头、眉毛，形象细致。“巧笑倩兮，美目盼兮”，两句动态描写，更把这幅美人图变得生动鲜活，使一个美人跃然纸上，栩栩如生，成为后世写人摩像的典范。正如清人孙联奎《诗经臆说》云：“《卫风》之咏硕人也，曰‘手如柔荑’云云，犹是以物比物，未见其神。至曰‘巧笑倩兮，美目盼兮’，则传神写照，正在阿堵，直把个绝世美人活活地请出来在书上混漾。千载而下，犹如亲其笑貌。”[1]诗歌除了直接正面描写美女外，也采用了烘托的办法，描写了她的锦绣外衣，漂亮斗篷，还写了她乘坐的马车是朱丝缠马嚼，红光闪闪，轿车上用山鸡彩色羽毛来装饰。拉车的四匹公马，强壮无比。这一借物衬托的描写手法，对后世诗赋有很大影响。吴闿生在《诗义会通》中说：“生动之处《洛神》之蓝本也。”[2]

《诗经》中除了这一首是直接描写人物正面容貌外，其他的写人物的诗歌，几乎都是以服饰及仪仗为道具来写的。如《卫风·淇奥》：

有匪君子，如切如磋，如琢如磨。瑟兮僩兮，赫兮咺兮，有匪君子，终不可谖兮！

有匪君子，充耳琇莹，会弁如星。瑟兮僩兮，赫兮咺兮，有匪君子，终不可谖兮！

有匪君子，如金如锡，如圭如璧。宽兮绰兮，猗重较兮，善戏谑兮，不为虐兮！

这是一首古代贵族女子与丈夫分别后的思夫夸夫之歌。在妻子脑海中，丈夫神采奕奕，威武英俊，容光焕发，风度翩翩，心胸宽大，使她念念不忘。她还回忆起丈夫玲珑美玉镶嵌的耳环，帽缝珍珠星光灿烂。作者借助耳环、帽子等道具，烘托了丈夫的内在美德，说出了自己思念丈夫的理由。汉乐府《陌上桑》中罗敷夸夫一节与此类似。

再看《鄘风·君子偕老》：

君子偕老，副笄六珈。委委佗佗，如山如河，象服是宜。子之不淑，云如之何？

玼兮玼兮，其之翟也。鬒发如云，不屑髢也；玉之瑱也，象之揥也，扬且之皙也。胡然而天也？胡然而帝也？

瑳兮瑳兮，其之展也，蒙彼绉絺，是绁袢也。之子清扬，扬且之颜也。展如之人兮，邦之媛也！

《毛诗》有大序、小序，合称《毛诗序》。小序者，序其篇章之所由作，对大序而看之也。云："君子偕老，刺卫夫人也。夫人淫乱，失事君子之道，故陈人君之德，服饰之盛，宜与君子偕老也。"[3]《郑笺》："夫人，宣公夫人，惠公之母也。人君，小君也。或者小字误作人字耳。"根据以上解释与《墙有茨》的《小序》综合判断，这位贵夫人即为宣姜。[4]

这虽然是一首讽刺一位贵妇人的诗，但全诗主要夸她的服饰之华丽，容颜之妖冶，只在首章末两句“子之不涉，云如之何”，点破了真谛。这首诗的本旨是以美为刺，欲刺之故美之。诗人把这位贵妇人写得如此貌美超群，正是为了反衬她内心世界的丑陋。极力表现内外的不相称、不协调，恰能产生更强的讽刺效果。

二

继《诗经》《楚辞》之后，两汉乐府诗成为中国古代诗歌史上又一壮丽的景观，作为一种新诗体，它呈现出旺盛的生命力。两汉乐府诗以其匠心独运的立题命意，高超娴熟的叙事技巧，以及灵活多样的体制，成为中国古代诗歌新的范本。

两汉乐府诗成就最高的是叙事诗，它标志着中国古代叙事诗的成熟。在刻画人物方面也取得很大成就，塑造出一批栩栩如生的人物形象，他们各有特点，绝无雷同。

在人物形象塑造上，汉乐府打破了《诗经》和《楚辞》以详写女子容貌见长的传统，而是继承了以描绘人物的服饰和仪仗来烘托人物的手法，表现出叙事技巧对传统笔法有所超越，显示出由注重形似向崇尚神似的演变。

两汉乐府叙事诗在陈述故事、刻画人物时，对服饰仪仗从各方面加以展示，采用的是详写笔法。从秦罗敷、刘兰芝到胡姬，从罗敷夫婿、侍郎到羽林郎，无论其为男为女，都通过详细描写服饰、仪仗来衬托他们的美丽富贵。

《陌上桑》一诗篇幅不长，其中却有两段描写场面的文字，一是众人围观罗敷，二是罗敷夸耀夫婿，都不吝笔墨，写得非常细致。

对于秦罗敷的美丽，诗歌中始终没有一句正面的描绘，诗人呈现在围观者面前的，全是她的劳动工具和服饰仪表：

> 青丝为笼系，桂枝为笼钩。头上倭堕髻，耳中明月珠。缃绮为下裙，紫绮为上襦。

同样，罗敷夸夫，也是用此方法：

何用识夫婿？白马从骊驹；青丝系马尾，黄金络马头，腰中鹿卢剑，可值千万余。十五府小吏，二十朝大夫，三十侍中郎，四十专城居。为人洁白晰，鬑鬑颇有须。盈盈公府步，冉冉府中趋。坐中数千人，皆言夫婿殊。

如此华美的服饰，留给读者无尽的思索空间：主人难道还不美吗？由罗敷的服饰衬托出她的美丽，竟使行者、少年、农人等神动心摇，不能自已。对于罗敷的夫婿，从他的坐骑、宝马的装饰、腰中的佩剑、官位的显赫，升迁之快，相貌堂堂，甚至连他走路的姿势、众人的夸奖等方面，进行热烈的夸说，可见夫婿绝非等闲之辈，远胜你使君百倍！由于罗敷聪明，竟使使君邪念顿消，狼狈而逃。在这里，服饰成了人物的道具，产生了巨大的艺术效果。

再看《孔雀东南飞》刘兰芝的嫁妆：

妾有绣腰襦，葳蕤自生光。红罗复斗帐，四角垂香囊。箱帘六七十，绿碧青丝绳。物物各自异，种种在其中。

这样美好的嫁妆，自然要配美丽的姑娘。再看刘兰芝装束：

足下蹑丝履，头上玳瑁光。腰若流纨素，耳若明月珰。指如削葱根，口如含朱丹。纤纤作细步，精妙世无双。

一个本来就很漂亮贤惠的姑娘，再配上如此华丽而精美的服饰，自然是“精妙世无双”了。再看太守迎亲的仪仗：

青雀白鹄舫，四角龙子幡。婀娜随风转，金车玉作轮。踯躅青骢马，流苏金缕鞍。赍钱三百万，皆用青丝穿。杂彩三百匹，交广市鲑珍。从人四五百，郁郁登郡门。

太守豪华的仪仗，表明他对刘兰芝喜爱的程度，更衬托出刘兰芝的美丽和高贵。但也更引起刘兰芝从心底里对太守的蔑视与憎恶！再看《羽林郎》中的胡姬：

> 胡姬年十五，春日独当垆。长裾连理带，广袖合欢襦。头上蓝田玉，耳后大秦珠。两鬟何窈窕，一世良所无。一鬟五百万，两鬟千万余。

诗歌通过一个酒家女反抗豪奴调戏的描述，揭露了封建社会阶级压迫的黑暗现实，歌颂了古代劳动妇女不畏强暴的反抗精神。诗歌先点明胡姬的年龄、职业，接着就以大量笔墨，以铺陈和夸张的手法，极写胡姬的漂亮精致的服装、贵重豪华的头饰，借以突出胡姬之美。

除此以外，如《妇病行》《孤儿行》在描写平民的苦难时，也提到孤儿破烂单薄的衣衫："抱时无衣，襦复无里"，"冬无复襦，夏无单衣"。

三

综上所述，服饰、仪仗成为两汉乐府诗中常备的道具，是详写的对象。与此相反，两汉乐府诗对人的容貌形体的描写却以略写的方式处理，惜墨如金。除《孔雀东南飞》对刘兰芝有"指如削葱根，口如含珠丹"这样细腻的描写外，其他叙事诗很少直接展示人物形貌。这种写法为读者留下了广阔的思索天地。他们可以根据自己的体验和情趣，充分发挥想象，进行艺术再创作，重塑诗中的人物形象。两汉乐府诗这种叙事手法源于《诗经》，但又有所发展和超越。《诗经》基本上都是抒情诗，虽抒情过程中也时而穿插叙事，但叙事附属于抒情。两汉乐府叙事诗的出现，标志着中国古代叙事诗的成熟。和《诗经》这些作品相比，两汉乐府诗的叙事技巧对传统笔法有所发展和超越，显示出由注重形似向崇尚神似的演变。两汉乐府诗这种先进的写作技巧，产生了强烈的艺术感染力，所以胡应麟说："汉乐府歌谣，采摭闾阎，非由润色；然而质而不俚，浅而能深，近而能远，天下至文，靡以过之！”[5]而且，两汉乐府诗对后代的诗歌产生了积极的影响。

参考文献

[1][3][4]袁梅.诗经译注[M].青岛：青岛出版社，1999.

[2]蒋立甫.诗经选注[M].北京：北京出版社，1981.

[5]胡应麟.诗薮[M].上海：上海古籍出版社，1979.

（本文发表于《陇东学院学报》2005年第3期）

10. 论《诗经》与《古诗十九首》的游子诗

摘要：游子思妇诗在古代诗歌中占有一定的比例，社会形态的不同、表现手法的各异、价值观念的更新，使诗歌中的思念主体有所不同。《诗经》中的诗产生于落后的农耕社会，诗歌中思念的主体是故土和父母。因较少受礼教的影响，诗歌的风格质朴坦率。《古诗十九首》中的诗产生于私有制社会，诗中思念的主体则是妻子和家庭。因受封建礼教的影响，诗的风格婉转清丽。

关键词：游子；思妇；故土；父母；妻子；家庭

《诗经》是中国古代第一部诗歌总集，其创作年代，大约在西周初年至春秋中叶之间。除少数作品为当时统治阶级及其知识分子所写外，可以从内容上明显地看出大多数是"饥者歌其食，劳者歌其事"的劳动人民口头创作的民歌。305篇中，有不少是游子和思妇的哀怨之诗。《古诗十九首》出自汉代文人之手，它作为一个整体收录在《文选》卷二十九，代表了汉代文人五言诗的最高成就。《古诗十九首》不是一时一地所作，作者也并非一人。"估计《古诗十九首》的时代大概不出于东汉后期数十年之间，即至早当在顺帝末年，至晚亦在献帝以前（约公元140—190）。"[1]其内容除了游子之歌，便是思妇之词，游子的羁旅情怀和思妇的闺愁是它的基本内容。

同是游子和思妇之诗，但思念的主体、表达方式及诗歌的风格也各不相同。

一

游子思乡作品在《诗经》中有多篇，如《卫风·河广》《王风·黍离》《王风·葛藟》《王风·采葛》《唐风·鸨羽》《桧风·匪风》《小雅·鸿雁》等。思妇闺怨之诗就更多了，如《周南·卷耳》《周南·汝坟》《召南·殷其雷》《卫风·伯兮》《王风·君子于役》等。这些作品的思念对象主要是家乡故土和自己的父母，体现了落后的农耕社会中人的价值取向和生活方式。

请看《卫风·河广》：

谁谓河广？一苇杭之。谁谓宋远？跂予望之。
谁谓河广？曾不容刀。谁谓宋远？曾不崇朝。

这是一个宋国的游子在卫国所唱的思乡曲。黄河虽然很宽，但在游子的眼里，只用一片苇叶便能渡过河去；故乡宋城虽然远隔大河，但在游子的眼里，只要踮起脚就能看见。当然这是一种夸张，可见游子渴望回家的迫切心情。

《小雅·黄鸟》：

黄鸟黄鸟，无集于榖，无啄我粟。此邦之人，不我肯穀。言旋言归，复我邦族。

黄鸟黄鸟，无集于桑，无啄我粱。此邦之人，不可与明。言旋言归，复我诸兄。

黄鸟黄鸟，无集于栩，无啄我黍。此邦之人，不可与处。言旋言归，复我诸父。

朱熹说："宣王之末，民有失所者，意他国可居也，及其至彼，则又不若故乡焉，故思而欲归。"[2]全首诗以黄雀起兴，抒发思念故土的感情。诗中由兴而比，以黄雀啄自己的粮食，比喻当地的统治者不肯让远来的异乡人好好生活。他们在受尽欺凌的情况下气愤地转而思归故乡，企图摆脱困境。诗中唱出了“言旋言归，复我邦族”，“复我诸兄”，“复我诸父”的愿望。怀念的还是故乡、兄弟和父母。这首诗和国风里的一些民歌一样，对统治阶级充满批判反抗精神。

《桧风·匪风》写游子经年累月地流徙四方，风尘仆仆，受尽磨难。偶见车马驰骋于大路上，不禁唤起万般乡愁，希望有人带给自己家人一封家书。诗中反复吟唱“顾瞻周道，中心怛兮”，“顾瞻周道，中心吊兮”，这是触景生情。最后终于喊出“谁将西归？怀之好音”的祈盼。朱熹说：“谁将西归乎？有则我愿慰之以好音。以见思之之甚。”[3]

《邶风·击鼓》是一首远征异国、长期不得归家的征夫的控诉诗。诗的第四章写自己对妻子的无限思念：“死生契阔，与子成说。执子之手，与子偕老。”朱熹说：“从役者念其室家，因言始为室家之时，期以死生契阔，不相忘弃，又相与执手，而期以偕老也。”

《王风·扬之水》中的征夫反复吟唱，说自己心爱的妻子，不能和自己在一起，充满了无限的怨怼。

《陈风·月出》是写游子在月下怀念爱人的诗。所寄托的是月夜幽思。对那“佼人”情态的咏叹，乃为忆念之词。景物依旧，伊人渺渺，触景伤情，发而为歌。

以上《诗经》中游子的思念对象有他们的家乡和妻子，但更多是想到自己的父母双亲，桑梓情中渗透着浓浓的亲子之爱。

《唐风·鸨羽》是一首征人思念自己父母的诗歌。诗中讲由于自己长期在外，家中的田园荒芜了，父母生活没有着落，有可能饿死。他思前想后，无可奈何，痛苦地呼喊着老天，无休止的徭役给他带来了悲惨与不幸。作者在诗中一再呼喊：“父母何怙？”“父母何食？”“父母何尝？”朱熹《诗经集传》说：“民从征役而不得养其父母，故作此诗。”

《小雅·四牡》是写被周王朝驱赶着到边远地区服徭役的奴隶们，背井离乡，身处旷野，他们的父母无依无靠，生活困苦。“王事靡盬，不遑将父”，“王事靡盬，不遑将母”，表明心里一直想着父母。这首怨歌，唱出了他们的对远在故乡的父母的无限思念。

再看《魏风·陟岵》：

陟彼岵兮，瞻望父兮。父曰："嗟！予子行役，夙夜无已；上慎旃哉，犹来无止！"

陟彼屺兮，瞻望母兮。母曰："嗟！予季刊行役，夙夜无寐；上慎旃哉，犹来无弃！"

陟彼冈兮，瞻望兄兮。兄曰："嗟！予弟刊行役，夙夜必偕；上慎旃哉，犹来无死！"

这是远地游子怀念亲人的诗。他自述登上高山，远望故乡，心里想念着父亲、母亲和兄长，尽管他的肉眼无法看见亲人的形象，然而他的心早已飞到亲人的身边，仿佛听到了亲人对他深情的叮咛和祝颂。诗人把这个幻景写得如此真切，从父母想念儿子、兄长想念弟弟，映衬出游子对亲人的思念，艺术手法是很高明的，以至我们今天读来，还能唤起对这个不幸家庭的无限同情。

二

《古诗十九首》所表现的游子思妇各种复杂的思想情感，在中国古代具有普遍性和典型意义，千百年来引起读者广泛的共鸣。

《古诗十九首》是一组形式成熟的抒情诗，沈德潜将它的内容归纳为"逐臣弃妇，朋友阔绝，游子他乡，死生新故之感"四类[4]。其实，其全部内容不超出游子思妇和伤时失意两大类。其中以游子思妇为内容的诗几乎占十九首的二分之一。十九首诗歌的作者绝大多数是漂泊在外的游子，他们身在他乡，胸怀故土，心系家园，每个人都有无法消释的思乡情结。他们和《诗经》的作者不同，大都是属于中小地主阶级的文人，为了寻求出路，不得不远离家乡，奔走权门，或游京师，或谒州郡，以博一官半职。这些人就是诗中所谓"游子"和"荡子"。他们长期在外，家属不能同往，彼此之间不可能没有伤离忧别的情绪。这对思妇来说，就会有"浮云蔽白日，游子不顾返""荡子行不归，空床难独守"的叹息；对游子来说，就会产生"思还故里闾，欲归道无因"和"客行虽云乐，不如早旋归"的感慨。和《诗经》的游子诗有所不同，《古诗十九首》的思乡焦点则集中在妻子身上，思乡和怀内密不可分，乡情和男女恋情是融汇在一起的。体现了这一时期封建社会士人的仕途意识、经济意识和价值观念。

请看《明月何皎皎》：

明月何皎皎，照我罗床帏。忧愁不能寐，揽衣起徘徊。客行虽云乐，不如早旋归。出户独彷徨，愁思当告谁。引领还入房，泪下沾裳衣。

这首诗写一个久居他乡思家不能成寐的游子，看着照射在罗帏上的皎皎月光，愈加触动了他思念远在家乡的妻子的愁绪。自然愁思是压不下去的，只得揽衣而起，徘徊空房之中，不觉自言自语："客行虽云乐，不如早旋归。"这时明月满地，夜凉如水。索性打开门走出去望一望千里相共的明月吧。他踌躇四顾一下，除了一片茫茫的月光什么也看不到，满怀愁绪，向谁去诉？不得已回到房中，不觉落下泪来。通篇只起头两句是写景，以下全是写情，而月明如昼的景色悉在其中，那个"忧愁不能寐"的主人公的全部形象都被浸在月光之中，照得格外鲜明。天涯芳草，他乡明月，都没有给游子带来心灵的慰藉，相反，倒是激起难以遏制的思乡怀内之情。

再看《涉江采芙蓉》：

涉江采芙蓉，兰泽多芳草。采之欲遗谁？所思在远道。还顾望旧乡，长路漫浩浩。同心而离居，忧伤以终老。

这是游子思念故乡和亲人的诗。采香草送给异性是表示爱情的行为，古代有这样的习俗，《诗经》和《楚辞》里有不少例子可资说明。本篇受《楚辞》的影响是明显的，像《九歌》中的"折芳馨兮遗所思"和"折疏麻兮瑶华，将以遗兮离居"等语，本篇不但用其字面，也用其意境。芙蓉、兰草，这些美洁芬芳的植物，屈原用来象征美好的感情，本篇用来表示爱情也有一定的象征意义。这首诗简短，语言也很明白。先说采集香花美草欲有所赠，次说思念的人在远道，欲赠不能，然后说还乡的路偏是这样漫长，同心的人偏是分隔两地，最后说这种痛苦直到老死也不能免除。这种情绪本身是读者容易理解的，作者将它表现得很强烈。开头写既采莲又采兰，便加重表现了主人公的感情。中幅既说在“远道”，又说“长路”“漫浩浩”，是强调还乡的艰难。“同心而离居”表示了不甘心和无可奈何的复杂情绪。因此最后一句非常激切而感动人，并不是夸张。

游子思乡，在以往的史传作品中，人们经常见到的是富贵以后流露的乡情，衣锦还乡的热烈场面。《古诗十九首》的作者多是失意士子，他们在穷困潦倒之际所弹奏的思乡曲，语悴情悲，充满天涯沦落人的凄楚，引来的是同情和怜悯。

即使是思妇诗，“这些诗的作者未必都是女性，大部分可能是游子揣摩思妇心理而作，但都写得情态逼真，如同出于思妇之手”[5]。如《行行重行行》：

> 行行重行行，与君生别离。相去万余里，各在天一涯。道路阻且长，会面安可知。胡马依北风，越鸟巢南枝。相去日已远，衣带日已缓。浮云蔽白日，游子不顾返。思君令人老，风月忽已晚。弃捐勿复道，努力加餐饭。

这首诗写的是思妇对丈夫久别不归的思念和怨怅，是一首千古传颂的抒情诗。诗的前六句回忆离别的往事，突出“生离”的哀苦，这是全诗的主题。诗的后十句通过女子的衰老、消瘦、衣带渐宽的自我情态描写，倾诉难以排解的相思之情，这是全诗的浓情部分。“浮云蔽白日”两句，交代了生离的原因，点明了行人不返的悲剧是社会黑暗所造成的。

三

从《诗经》的四言到《古诗十九首》的五言，一字之差，却改变了诗的节拍，扩大了诗歌反映现实的容量；且随着语式的变化，词汇选择也有了更大的自由。又加上文人模仿过程中进一步的加工和完善，五言诗最终发展为一种有固定格式的新诗。

《诗经》是我国最早的现实主义的诗歌，表现出诗人对现实的强烈关注，充满忧患意识和干预政治的热情。国风中的作品，内容大多是诗人针对战争徭役、婚姻恋爱等抒发的真实感受。在对这些生活侧面的具体描述中，表现了诗人真挚的情感、鲜明的个性和积极的生活态度。这被后人概括为"风雅"精神，直接影响了后世诗人的创作。总之，《诗经》牢笼千载，衣披后世，不愧为中国古代诗歌的光辉起点。

《诗经》产生的地域，主要在黄河中下游的中原地区，包括今天的陕西、山西、山东、河南、河北和湖北北部地区，多属于北方地域，所以它的表达手法，尤其是《国风》的，带有北方民歌的特色，具有质朴、坦率的特点。而《古诗十九首》就有明显的不同。刘勰说它"婉转附物，怊怅切情"[6]，钟嵘说它"文温而丽，意悲以远"，这都说明其与《诗经》的不同。这些诗歌从思想内容和语言风格看，它们显然是经过文人润色的，或者是文人模仿民歌写成的。刘勰把这些诗歌的风格概括为"直而不野"，准确地指出了它们和其他诗歌尤其是《诗经》的不同特点。"直"是指它们具有直率表情达意的民歌本色；"不野"是指它们富于文采，是由文人在民歌的基础上加工润色而成的。

《诗经》中游子思妇诗的作者，大多是"饥者歌其食，劳者歌其事"的劳动人民的口头创作，他们心里有话，敞开心扉，直陈其事。虽几经儒者附会，以服从于儒教的需要，但毕竟没有太多地受传统礼教的影响，故说有点"野"。《毛诗序》说："王道衰，礼义废，政教失，国异政，家殊俗，而变风、变雅作矣。"这指出了那些反映现实而少受礼教影响的诗歌的特点。而《古诗十九首》的游子思妇的作者，大都是文人士子，他们徘徊于礼教与世俗之间，既有合乎传统礼教的价值取向，又有世俗的人生选择；时而有违礼之言，但见不到违礼之行，不及于乱。游子即使决心"荡涤放情志"，一旦真的面对燕赵佳人，又"沉吟聊踯躅"。妙龄女子先是埋怨对方的迎娶过迟，但随即又表白："君亮执高节，贱妾亦何为。"(《冉冉孤生竹》)如果说游子从立功立名转向佳人美酒体现了古代落魄士人的普遍趋势，那么徘徊于礼教世俗之间的做法，则是东汉士林风气的折射。

参考文献

[1]游国恩，王起，萧涤非，等.中国文学史[M].北京：人民文学出版社，1963.

[2][3]朱熹.诗经集传[M].长春：吉林人民出版社，1999.

[4]于非.中国古代文学教程[M].北京：高等教育出版社，2001.

[5]袁行霈.中国文学史[M].北京：高等教育出版社，1999.

[6]周振甫.文心雕龙选译[M].北京：中华书局出版，1980.

（本文发表于《广西教育学院学报》2006年第1期）

11.《诗经》经济思想管见

摘要：以前人们侧重于从政治、思想、伦理和哲学方面研究《诗经》，其实从《诗经》中能解读出较明显的经济意识。如生产力和生产关系意识、农时意识、生产力意识、市场意识和区域经济意识。

关键词：诗经；经济观点；生产关系；农时；劳动力；市场；区域经济

《诗经》是我国最早的诗歌总集，“除少数作品为当时统治阶级及其知识分子所写的以外，大多数可以从内容上明显地看出是‘饥者歌其食，劳者歌其事’的劳动人民口头文学创作，是民歌”[1]。《诗经》成书于春秋中叶，这绝非偶然。西周前期是奴隶制全盛时期，后期则是奴隶制逐渐没落了，厉王和幽王统治时期，政治十分黑暗，社会动乱不宁，在阶级矛盾与民族矛盾的总爆发中，西周王朝寿终正寝。平王东迁以后，王室卑微，诸侯互相攻伐，奴隶制“礼崩乐坏”，经济基础和上层建筑都急剧地向封建制过渡。这些都能从《诗经》中得到印证。

以前人们对《诗经》有关文学方面的成就分析挖掘得比较深，而在它的经济意识和现象方面则涉足较少。其实，《诗经》虽然大多数是民歌，但由于事隔3000多年，再加上千百年来儒家、经学家的有意穿凿附会，造成了不少混乱。而且他们曲解臆说最多的又恰恰是《诗经》的精华——民歌部分。但人们仍然能看出其中许多篇是描述社会经济意识和现象的。由于这些诗有的来自民间，有的来自贵族，所以能直接反映社会各个阶级的思想。因此，古代著书立说，常以《诗经》语句来阐明自己的思想和主张。研究《诗经》中的经济意识和现象，了解周代的经济社会和百姓的经济意识，对中国经济思想史学科的建设来说，具有不可忽视的意义。

经济思想是社会生产关系和生产力在意识形态领域的直接反映。这种反映，虽然随着历史发展阶段的不同，反映的深浅程度与思想的概括程度有所不同，但是，一种社会经济现象，通过作者，把它整理、记录并反映出来，有所取舍褒贬，有所颂扬批判，这本身就包含了作者的立场、观点和思想倾向。《诗经》大量的经济史料中，蕴藏着极为具体的经济思想和观点。《诗经》在叙述社会政治和经济现象的同时，表达了作者鲜明的立场观点和思想感情，毫无疑问，它们均属于经济意识的内容。因此，应该肯定，《诗经》中不仅保存了我国古代极为丰富珍贵的经济史料，也包含了甚为丰富的经济思想和观点。

生产力和生产关系观点

要了解《诗经》时代的情况，必须首先分析其生产力的发展程度和生产关系的状况。马克思在《资本论》中指出："各种经济时代的区别，不在于生产什么，而在于怎样生产，用什么劳动资料生产。劳动资料不仅是人类劳动力发展的测量器，而且是劳动借以进行的社会关系的指示器。"[2]《诗经》中有大量的诗歌表述当时生产力发展水平和生活关系状况。

生产工具是生产力发展水平的具体标志。"耒耜"是古代农具的总称，在《诗经》的不少诗篇中，可以看出西周时的"耜"大致属于金属生产工具。在《周颂·良耜》中，除了讲到用耜进行耕种外，还讲到"其镈斯赵，以薅荼蓼"。"镈"，从金，是金属制成的短柄锄头。说明了那时农民一方面用耜种地，一方面用镈除草。《周颂·臣工》说："命我众人，庤乃钱镈，奄观铚艾。""钱"是金属制成的铲子，长柄，是用来锄草的农具。"铚"，是一种短小的镰刀。"艾"，乂（刈）之借，是一种芟草的大剪刀。"钱""铚""镈"这三个字的偏旁都从金，证明在西周时的一些主要农具，包括耜，都是金属制成的。说明当时已有铁器生产和使用了。《大雅·公刘》中就记载了"取砺取锻，止基迺理"的内容，也提示周初使用铁器的信息。再则，诗中在用到"耜"时，均加了一个形容词，诸如"覃耜""有略其耜""畟畟良耜"等。"覃"通"剡"，锐利之意；"略"，按《毛传》，"利也"；"畟畟"，据《尔雅·释训》郭璞注，"言严利"。这都说明，耜是金属制成的农具，它非常锋利。

这样的生产工具,比殷商时代的石器生产工具,不知要进步多少。

《周颂·噫嘻》《周颂·载芟》还为我们展示了农业生产中"十千维耦""千耦其耘"的宏大场面。其中的"耦耕",即两人并耕的意思。耦,《说文解字》中称:"耒广五寸为伐,二伐为耦。"又《周礼·考工记·匠人》:"耜文五寸,二耜为耦。"耦,即二人为一组,各持农具(耒耜)而进行耕作。十千耦,合二万人。[3]极言生产工具之先进和劳动场面之宏大。《经义丛钞·牛耕说》考释:"合人耕,则牛耕可知。闾师掌六畜之数。郑注:掌六畜者,农事之本。窃思牛之为牲,非庶民燕祭所得用;而大车之载,亦庶民家得用之;可悟周时已有牛耕之制。"《小雅·黍苗》在赞美召穆公经营谢邑、治理原野和土地时,就写道:"我任我辇,我车我牛。"

牛耕之用于农业,也是当时社会经济生活的一个特点。商代不用牛来进行耕地,而是在祭祀时把牛杀掉作为祭品。《小雅·大田》说:"以其骍黑,与其黍稷,以享以祀。"说明周代在祭祀活动时,不是屠杀大量的耕牛来做牺牲,而只宰一头牛,另宰一两头猪或羊,同时还敬献黄米、高粱,表示丰收。《豳风·七月》中有"献羔祭韭""朋酒斯飨,曰杀羔羊"之句,说明在祭礼时,有只用羊而不用牛的情况。有些祭祀,甚至不用牺牲而专设酒食。如《周颂·载芟》及《周颂·丰年》说:"为酒为醴,烝畀祖妣。"以上说明耕牛在生产和运输中已开始发挥它的作用。由此可见,铁制农具和耕牛的使用对农业生产的发展起到了极大的促进作用。

西周的土地所有制形式,据《小雅·北山》所说是"溥天之下,莫非王土;率土之滨,莫非王臣"。说明周天子的权力范围之广。但周代的土地占有制采取层层分封的办法,即周天子把一部分王畿之外的土地分给诸侯和卿大夫,诸侯和卿大夫再把一部分封地赐给他的臣属。《周颂·噫嘻》有"骏发尔私,终三十里"之句,是说奴隶们的私田,有三十多里之广。姚氏《诗经通论》:"……'骏发尔私,终三十里',《毛传》曰,'私,民田也,言上欲富其民而让于下,欲民之大发其私田耳。终三十里,言各极其望也'。"[3]由于土地世代相传,就使被封赐的土地成为各级封建领主世袭所有了。《诗经》中的"曾孙""公子""君子"等人,即指这些统治阶级者。被人称为"农人""农夫"或称"庶人""庶民"的,是农业生产的主要承担者。尽管奴隶和统治者之间具有严格的人身隶属关系,但他们已不像更早时期的奴隶那样一无所有，他们不仅有自己的妻子儿女、家室茅屋，如《豳风·七月》的“嗟我妇子，曰为改岁，入此室处”；有自己的家庭副业，“八月载绩，载玄载黄”（《豳风·七月》）；还有自己的生产工具，“以我覃耜”（《小雅·大田》），“有略其耜”（《周颂·载芟》）。

《小雅·大田》的“雨我公田，遂及我私”之句，就说明公田是属于领主的，私田是属于奴隶自己的只有耕种权利的土地。奴隶在种完领主的公田后，再去耕种自己的小块“自留地”。

农时观点

天时观念是中国古代极具特色的世界观和方法论，而且从传说中的黄帝到明清时代的农书，关于如何适应、利用和改变农时的知识在不断积累，内容极为丰富，成为中国传统农学最重要的组成部分。《诗经》就指出了掌握季节变化、不违农时的重要性。

《豳风·七月》是《诗经》中的农事诗，概括地写出了古代农民受尽剥削压迫的悲惨生活，也叙述了一年每个月的农事活动，有很明显的农时观念：“一之日（农历十一月）觱发”，“二之日（农历十二月）栗烈”，“三之日（正月）纳于凌阴”，“四之日（二月）其蚤，献羔祭韭”，“蚕月（三月）条桑”，“四月秀葽”，“五月斯螽动股”，“六月莎鸡振羽”，“七月流火”，“八月剥枣”，“九月肃霜”，“十月陨萚”。按照时令，还可以看到农夫每个月的农事活动：“一之日于貉”，“二之日其同，载缵武功”，“三之日于耜”，“四之日举趾”，“蚕月条桑”，“四月秀葽”，“六月食郁及薁”，“七月烹葵及菽”，“八月其获”及“载绩”，“九月筑场面圃”及“叔苴”，“十月获稻”“纳禾稼”及“涤场面”。《周颂·载芟》还反映了在农忙时节，农夫全家不分男女老少“侯主侯伯，侯亚侯旅，侯强侯以”（不分年龄大小，体力强弱）都一齐出动，抢收抢种，紧张得顾不上休息，连饭也是农妇送到田边来吃的。对于这首诗，清人姚际恒在《诗经通论》中曾评论说：“鸟语虫鸣，草荣木实，似月令。妇子入室，茅綯升层，似风俗书。……其中又似采桑图、田家乐图、食谱、谷谱、酒经，一诗之中，无不具备。”方玉润在《诗经原始》中则说：“今玩其辞，有朴拙处，有疏落处,有风华处,有典核处,有萧散处,有精致处,有凄婉处,有山野处,有真诚处,有华贵处,有悠扬处,有庄重处,无体不备,有美必臻。”[4]古人这些议论虽未必尽当,但也能解读出诗中的一些经济意识和经济现象。

诗经《大雅·生民》也说:“诞后稷之穑,有相之道。茀厥丰草,种之黄茂。”“有相之道”即视察土地之道。在这方面,《大雅·公刘》则说得更具体:“笃公刘!既溥既长,既景迺冈;相其阴阳,观其流泉。其军三单,度其隰原,彻田为粮。”所说“相其阴阳,观其流泉”,“度其隰原”,是指观察地势高低向背,判断农作物能否得到充足的阳光,还要看附近有没有水泉溪流,以得其灌溉之利。这些大概就是关于地宜的最早的知识。

劳动力观点

要发展封建经济,面临一个现实的问题,就是如何加强对劳动力的保护。周统治者实行的“敬德保民”政策,就是这一思想的具体化。《大雅·烝民》说“天生烝民”,《周颂·思文》说“立我烝民”,天帝就是众民的宗主。上天选择有道之君,把人民和疆土交给他,让他代天保民。所以,文王自称受天之命而保民,实行了重农节俭、施惠于民的政策。《大雅·板》所称的“辞(政治)之辑(缓和)矣,民之洽矣”,《大雅·卷阿》所称的“维君子命,媚(爱)于庶人”,均做到了“宜民宜人”(《大雅·假乐》)。周天子这种代天保民的思想,反映了封建制度下对劳动力的重视和保护,使这种新的生产方式被蒙上了一层“保民”的面纱,成为促进生产力发展的因素之一。保民思想还直接体现在反对屠杀劳动者上面。商代的奴隶主可以任意屠杀奴隶用于祭祀或殉葬。到了春秋时代,杀人祭祀现象已不复存在,杀人殉葬之风,也不多见,且已遭到社会的非议,被视作悖礼行为。

《秦风·黄鸟》就反映了群众对子车氏三兄弟为秦穆公殉葬的痛惜,并对殉葬制度表示了强烈的不满:“彼苍天兮,歼我良人!如可赎兮,人百其身。”这种奴隶制度下杀殉的恶劣风气,在《诗经》中已开始被否定并给予严厉的批判。春秋战国之时,儒、墨学派都坚决反对杀殉,以保护劳动力。

周代统治者这些宽惠的政治经济政策，对于缓和矛盾、稳定民心及保护生产力的发展，都起了一定的作用。如《大雅・文王》所说的“侯服于周”（对周称臣，不要违抗），“殷士肤敏”（这些降殷的诸侯，行动勤快而敏捷）；《大雅・文王有声》所说的“自西自东，自南自北，无思不服”，表明周代已实现了政治上的统一与安定。同时在生产上，“厌厌其苗，绵绵其麃。载获济济，有实其积，万亿及秭（大片的庄稼，长得整整齐齐，耕田之人众多，绵绵不断。秋收时节，五谷丰登。露天的粮食，堆积如山，只好用千用万来计算）”（《周颂・载芟》）。“黍稷茂止，获之挃挃，积之栗栗。其崇如墉，其比如栉，以开百室，百室盈止。（收获的粮食，堆积如山，整齐地排列，像墙垛那样高高耸起，又像梳齿那样密密排列。建成了成百的粮仓，成百的粮仓都装得满满当当）”（《周颂・良耜》）此时，出现了生产发展，经济繁荣的景象。史称：“兴正礼乐，度制于是改，而民和睦，颂声兴。”（《史记・周本纪》）西周的成康盛世，正是反映了新兴封建领主阶级的德治思想在政治经济上取得的成就。

市场观点

在周代，随着农业和手工业生产的不断发展，商业也逐渐发达起来。《诗经》对商业活动虽有所描写，但由于当时发展的是农业经济，商业多为官商，而从事私人商品交易活动的范围也很有限。《陈风・东门之枌》说：“不绩其麻，市也婆娑。”这里所说的“市”，即市场。赵浩如先生说：“宛丘这个地方，在聚会的日子同时有集市”，“这种古代集市聚游的风俗很多地方都有”。[5]这说明随着农业、手工业的发展，在西周的国都中，已经形成了进行商品交换的固定的市场了。《卫风・氓》的“氓之蚩蚩，抱布贸丝”句，是《诗经》中对商品交换较为直接的叙述。这里的“布”，即代表货币的布帛。周时叫“布泉”，即葛、麻等织物的统称，为古时钱币，周时曾一度作为货币之用。《周礼・载师》云：“凡宅不毛者有里布。”汉郑玄作注：“里布者，布参印书，广二寸，长三尺，以为币，贸易物。《诗》云‘抱布贸丝’，抱此布也。”但从字面看，“氓”不可能抱着这么多的货币——里布去买丝，当指抱着布匹去进行以物换物的交易。《邶风・谷风》谈到男子喜新厌旧，怨妇控诉丈夫不知其德时，以“贾不用售”（犹如好东西却无法售出）四字来形容自己好像一个商品，是不能随意就卖出门的。由上述可知，《诗经》已把商品交换关系用来比喻人或讽刺事，说明当时商业活动已趋发达，商品交换观念也逐步渗透到政治领域和家庭生活中去了。

区域经济观点

《大雅·公刘》就是周人歌颂公刘开国殊勋的长篇叙事诗，它描述了公刘带领族人自邰迁豳的过程。那么周人为什么要迁居呢？《毛诗大序》认为，“文王之时，西有昆夷之患，北有猃狁之难”[6]，除了“其在西戎，不敢宁居”[7]外，主要原因还是和经济发展有关。如果经济发达了，人民富裕了，那么军事力量也就强大了，也就不怕外族西戎干扰了，西戎也不敢来欺负你了。所以，为了避开外族的干扰，有一个和平的发展环境，周人还是决定迁居。一般来说，人类都选择在倚山面水、背风向阳的地方居住，既要考虑避风、向阳、安全、有水，同时要考虑经济社会的发展和人口的扩张。“于胥斯原，既庶既繁，既顺迺宣，而无永叹。陟则在巘。复降在原。”朱熹说：“公刘至豳，欲相土以居。”“逝彼百泉，瞻彼溥原，乃陟南冈。”朱熹进一步解说：“此章言营度邑居也。自下观之，则往百泉而望广原；自上而观之，则陟南冈而觏于京。于是为之居室，于是庐其宾，于是言其所言，于是语其所语，无不于斯焉。”[8]说公刘精心察看过百泉汇集的地方，又去视察平原大地，还登上南面冈陵。“既景乃冈，相其阴阳，观其流泉”，他既测日影，又登山冈，既要考虑南北阴阳，又要考虑灌溉之利。经过公刘认真的考察，精心的测量，综合的权衡，最后确定在豳地定居。而公刘这种综合的考虑，更多是出于经济发展的需要。如朱熹“相土以居”是考察土地的肥沃程度，是否有利于农作物的栽种；“相其阴阳”是考察光照时间的长短，是否有利于农作物的生长；“观其流泉”是考察水流的分布，是否有利于农作物的灌溉。最后，“乃觏于京，京师之野”，经过考察，公刘找到了宜作为国都的豳地，准备在此广建楼宇，发展城市。这说明公刘是相当有经济头脑和发展眼光的人。

周是兴起在渭水中游黄土高原上的一个古老部落。“渭水有很多支流，漆水、沮水之间，土地肥沃，物产丰饶。这种优越的自然条件，是周能够兴起的一个重要因素。”[9]

参考文献

[1][5]赵浩如.诗经选译[M].上海：上海古籍出版社，1980.

[2]马克思恩格斯全集：第23卷[M].北京：人民出版社，1972.

[3][4]袁梅.诗经译注[M].青岛：青岛出版社，1999.

[6]徐中玉.大学语文[M].上海：华东师范大学出版社，2001.

[7][8]朱熹.诗经集注[M].长春：吉林人民出版社，1999.

[9]翦伯赞.中国史纲要[M].北京：人民出版社，1979.

（本文发表于《阴山学刊》2006年第1期）

12. 浅谈《诗经》编选整理

《诗经》是我国文学史上最早的一部诗歌总集，编排成书时间在公元前6世纪左右。共收西周初期到春秋中叶500多年间产生的305篇作品。就地域而言，主要产地在黄河流域，也远及长江、汉水一带，即包括今甘肃、陕西、山西、山东、河南、河北、湖北等省的一些地方。

根据《国语》《左传》等书所提供的史料推测，至迟在公元前10世纪左右，"周颂"就已经在上层统治者中间口头流传，后来扩大到"大雅""小雅"和"风"。在公元前6世纪《诗经》成书之前，上层集团中流传的诗，见于记载的很多。这一事实表明：《诗经》的编定是经过几个世纪的酝酿，经过众人之手，其中有增删，有修改甚至拼凑，最后成书乃是水到渠成，势所必然了。

司马迁最早提出"删诗说"。他说："古者诗三千余篇，及至孔子，去其重，取其可施于礼义……三百五篇，孔子皆弦可歌之。"孔子删诗当然不可信，但《诗经》各篇在战国时代为儒者所弦歌却是可信的。《墨子·公孟》中说："儒者诵诗三百，弦诗三百，歌诗三百，舞诗三百。"《诗经》各篇脱离音乐较晚，它们随着流传，普遍被人所传诵，所以它和其他古书不同，错漏可能性不大。至于汉儒随意加以增删添补的可能性就更小了。

因为汉时传习《诗经》的有齐、鲁、韩、毛四家，如果有人随意增减添补改动经文，岂不为异派经师所攻击吗？而且有些能比较明显地看出是增补的章节，从文义看是累赘，而汉儒又为什么还要增补这些东西呢？我认为《诗经》本身就有拼凑现象，而汉儒只是不敢改动罢了。

请先看《小雅·白华》：

白华菅兮，白茅束兮。之子之远，俾我独兮。
英英白兮，露彼菅茅。天步艰难，之子不犹。
滮池北流，浸彼稻田。箫歌伤怀，念彼硕人。
樵彼桑薪，卬烘于煁。维彼硕人，实劳我心。
钟鼓于宫，声闻于外。念子懆懆，视我迈迈。
有鹙在梁，有鹤在林。维彼硕人，实劳我心。
鸳鸯在梁，戢其左翼。之子无良，二三其德。
有扁斯石，履之卑兮。之子之远，俾我疷兮。

这是一首怀念爱人的诗，全诗翻来覆去，说的无非是朝思暮想。全诗共八章，有拼凑增补的嫌疑。这一章大多词句都是从其他诗篇摘录来的。本身就有拼凑成章的痕迹。“鸳鸯在梁，戢其左翼”本是《小雅·鸳鸯》中的第二章开头二句；“二三其德”见于《卫风·氓》篇；“之子无良”和《鄘风·鹑之奔奔》中的“人之无良”仅差一字。这样拼凑的四句，文义也并不相连。“鸳鸯在梁，戢其左翼”本来指安宿的形象，用来象征幸福生活，所以《鸳鸯》篇下接着写“君子万年，宜其遐福”。但是在这里，“鸳鸯在梁，戢其左翼”两句和下文“之子无良”“二三其德”等语没有任何联系，另外，“之子”两句和全诗情调也不能统一。全诗只是写怀念的深情，缠绵往复。虽然偶有一点埋怨之词，但仍表现出柔情千结。而这里“无良”的骂词、“二三其德”的指责，则完全是另一种情调。试想，当《氓》篇的女主人公说出“士也罔极，二三其德”时表达了多么强烈的悲愤！这里把《氓》中的两句移植过来，就留下了明显的拼凑之痕！再则，“硕人”二字在《诗经》里大都是美称，而本诗女主人公却一而再，再而三地称她所怀念的人为“硕人”，而在这一章里忽然又骂他为“无良”，真是矛盾之极。

请再看《小雅·出车》：

我出我车，于彼牧矣。自天子所，谓我来矣。
召彼仆夫，谓之载矣。王事多难，维其棘矣。

我出我车，于彼郊矣。设此旐矣，建彼旄矣。

彼旟旐斯，胡不旆旆？忧心悄悄，仆夫况瘁。

王命南仲，往城于方。出车彭彭，旂旐央央。
天子命我，城彼朔方。赫赫南仲，猃狁于襄。

昔我往矣，黍稷方华。今我来思，雨雪载途。
王事多难，不遑起居。岂不怀归？畏此简书。

喓喓草虫，趯趯阜螽。未见君子，忧心忡忡。
既见君子，我心则降。赫赫南仲，薄伐西戎。

春日迟迟，卉木萋萋。仓庚喈喈，采蘩祁祁。
执讯获丑，薄言还归。赫赫南仲，猃狁规于夷。

这首诗共六章。第一章写南仲受命治马车，第二章写出师，第三章写到北方筑城，战胜猃狁，战胜第四章写怀归，第六章写凯旋，而第五章却写女子对征夫的怀念和团聚。从全诗看，至少有三个问题值得思考。一是除第五章外，从受命治马车出师、驻扎北方、战胜猃狁凯旋等内容看，这是一个完整的故事。而第五章的内容，显然与其他章不合。二是“薄伐西戎”句，到底“猃狁”是否就是“西戎”？如果是的话，第三章已说“猃狁于襄”，而第五章又说“薄伐西戎”，不是很矛盾吗？三是第六章说春天凯旋，而第五章写“既见君子”是在“喓喓草虫”的秋季，这又是一个矛盾。还有，第四章的“昔我往矣，黍稷方华。今我来思，雨雪载途”句是从《小雅・采薇》中的最后一章“昔我往矣，杨柳依依。今我来思，雨雪霏霏”借用来的。而第五章“喓喓草虫”等前六句完全是从《召南・草虫》中借用的。

上两例都是在一首诗中间插入几句甚至一章，拼凑成一首诗的。下面再看在一首诗的开头或结尾插入几句或一章，拼凑成一首诗。

请先看《召南・行露》：

厌浥行露，
岂不夙夜？
谓行多露。
谁谓雀无角，何以穿我屋？
谁谓女无家，何以速我狱？
虽速我狱，室家不足！
谁谓鼠无牙？何以穿工墉？
谁谓女无家，何以速我讼？
虽速我讼，亦不女从！

这首诗写一个女子抗议强暴者要强纳她做妾，而她坚决地拒绝：即使你打官司来要挟，我也坚决不屈从！表现出凛然不可侵犯的气概。但第一章三句说：路上的露水湿漉漉的，哪里是不想早赶路？无奈路上的露水太多。在全诗中，我认为三句既不是全诗的起兴，与下面两章的意思也不相连贯，显然是拼凑的。

请再看《小雅·小弁》的最后四句：

无逝我梁，无发我笱！我躬不阅，遑恤我后？

在这首诗中，这四句文字不和谐。这四句又见于《邶风·谷风》，只易“毋”为“无”，而两字义相同。很可能《小雅·小弁》篇末亡脱四句，而后人取《邶风·谷风》中这四句拼凑上去。《小雅·小弁》共八章，第一章自言受冤被逐；第二章痛心路途阻塞，无处诉冤；第三章说自己孝敬而失欢，命运不好；第四章伤心自身无可依托；第五、六章责怨父母对自己无骨肉情谊；第七章责怨父母信谗不察，自己蒙不白之冤；第八章前两句分析父母信谗的原因，后两句似乎是当时的惯用语，意思是：不要到我的鱼堰去，不要动我的鱼篓！从内容看，这四句在《邶风·谷风》中倒比较恰当，而在《小雅·小弁》中，则显得不伦不类，它既不能与上文联系，又不像对父母亲说的话。如果这一章本非原作，和其他七章不出于一人之手，而是很早就拼凑成的，这就不足为奇了。

总之,《诗经》中的拼凑现象是存在的。正如《中国诗歌史》所说的,《小雅·出行》"后三章几乎完全是借用词句拼凑出来的"。《诗乐论》也指出,这是"编者取南诗以凑成雅诗整齐之篇章"。

《诗经》拼凑现象已很明显,而拼凑的原因,笔者认为有二:一是《诗经》各篇原是乐歌,可以吟唱的。当时的乐师可能为了合乐,难免有侧重于配合乐律,只求凑足章句的,而对其内容与上下文是否一致,也许没有过多的考虑。其二是《诗经》中的十五国风、二雅、三颂产生于黄河流域和汉水一带,这些诗歌被乐师采编汇集到周天子处,唱给周天子和贵族们听,就不能不把各地的方言土语统一译为周代当时的普通话。这样,出现增删诗句,拼凑章节,也完全有可能了。

(本文发表于《扬州师院学报》1994 年第 12 期)

13. 论“缘情”从自然到自觉

——以《诗经》和《楚辞》为例

摘要：中国诗学直到魏晋时才标举“诗缘情”之说，其实在诗人的创作中早有自发或自觉的表现。“诗缘情”从自发到自觉，又表现为诗的艺术从简单到繁复，从一般表现到突出个性特征。实际上，诗人的创作实践远远走在理论的前面。《诗经》和屈原的《楚辞》就是最好的例子。

关键词：诗经；屈原；楚辞；自发；自觉

一、《诗经》的自发抒情

中国古代最早的诗歌《击壤歌》是否有自觉抒情的因素？几千年前的《诗经》是不是抒情作品？回答是肯定的。古逸诗《击壤歌》云：“日出而作，日入而息；凿井而饮，耕田而食。帝力于我何有哉？”沈德潜先生将它收于《古诗源》卷首，并断定此诗出于“帝尧之世”，为中国有诗之始。“饥者歌其食，劳者歌其事”，《击壤歌》属于劳者的歌，已简单地叙述了先民们农作与生活的状况，整首诗歌没有浓厚的抒情气氛，但“帝力于我何有哉”一句，就已有强烈的感情色彩，表现了一位劳动者自食其力的朴实和自豪之情，也表现了对“帝”这一统治者的排斥与厌恶。在邈远的上古时代，人们的意识还只及于自身及与之直接接触的周围的人或事，思维方式也很简单。他们在劳动、游戏活动中需要用有别于生活评议的歌唱来表述自己的感受，实际上只是“缘事”而发，不可能有“缘情”而发的自觉性。人们对自身的感觉，也只意识到“心”，因为心是在每个人身体内部存在的，它的搏动与否表现为人的生或死。心虽然是在每个人身体内部具体存在的，但它的生存状态与心理活动比较抽象，处于蒙昧期的先民当然还不能把握它。所以从文字出现的次序看，“心”字出现得早，运用也广泛，“情”字出现得晚，运用得少，直到《诗经》出现的时代，才在其中找到一个“情”字，即《陈风·宛丘》：“子之汤（荡）兮，宛丘之上兮。洵有情兮，而无望兮。”

当人们的生产活动与社会活动越来越复杂化，人的本能欲望也就慢慢觉醒，因而心理活动中的情感因素就更突出了。社会活动中，尤其是男女之间的交际活动，男女生理的本能，性爱的欲望，更是情感的诱发剂，如果将此种内心隐秘的活动发于歌唱，便是自然而然的抒情诗歌了。《诗经》中虽然基本上不见“情”字，但实际上大多数是言情的。宋人魏泰在《临汉隐居诗话》中说：“诗者述事以寄情，事贵详，情贵隐，及乎感会于心，则情见于词，此所以入人深也。……‘桑之落矣，其黄而陨’‘瞻乌爰止，于谁之屋’其言止于乌与桑尔，及缘事以审情，则不知涕之无从也。”在这里，魏泰道出了《诗经》所发之情有“缘事”的特点，它的作者们都是“感会于心”。明人陆时雍在《诗镜总论》中更明确地指出：“十五国风皆设为其然而实不必然之词，皆情也。”[1] 的确，《诗经》中的诗篇，特别是《国风》，不自觉言“情”而自发，自然地言“情”，“心”就是“情”。现代学者朱乐润先生很早就敏感地关注到了这个“心”字，他著有专文《诗心论发凡》，文中云：

> 《诗》三百五篇之作，不必以美刺言诗也，而后人多以美刺言诗；不必以正变言诗也，而后人多正以正变言诗。此其敝发于汉儒而征于《毛传》。读《诗》者必先尽置诸家之诗说，而深求乎古代诗人之情性，然后乃能知古人之诗，此则所谓心也。能知古人之诗心，斯可以知后人之诗心，而后吾民族之心理及文学，得其大概矣。

他在此所说的“诗心”，在理论意义上当然可作泛指，而落实到《诗经》的分析，此“心”确实颇有文章可做。

首先，我们发现心字在《诗经》中共有 168 处，见于《国风》与《小雅》中有 147 处，而《大雅》与《颂》中仅有 21 处，可见前者抒情气氛较浓。司马迁曰：“《国风》

好色而不淫,《小雅》怨诽而不乱。”这就是对其独特的情感色彩而言的。因《大雅》与《颂》更多地表现上层统治阶级的政治、历史的意识,是严肃的政治课题,缺少个人的情感特征,显得“简而奥”,就不奇怪了。

其次,在心字的用法上,一是只作为心事、意愿讲,不强调情感;二是纯粹作情感的代指,直接形于忧、喜、哀、乐。前一种用法多见于《大雅》与《颂》,如“小心翼翼”(《大明》《烝民》中均见)意思是办事谨慎。其他如“无贰尔心”“因心则友”“帝度其心”“民各有心”“王心载宁”“克广德心”等,都不过是表现某种理性的意识。《桑柔》是《大雅》中抒情气氛较浓的一首,据说是周厉王的大臣芮良讽刺周厉王的诗,全诗充满忧国之情。这首诗有六个心字,两种用法都有。“秉心无竞”“民有肃心”“秉心宣犹”“维彼忍心”都不太看得出感情色彩;“不殄心忧”“忧心殷殷”两句,则属于第二种用法了。集中使用第二种方法的当然是在《国风》与《小雅》中,在这些诗篇中,可按其表现情感范围的大小,分为“我心”“中心”“忧心”“劳心”四大类,则几乎是专指比较沉痛的感情。

从《诗经》所再现的四种“心”态分析,窥探大量无名作者的用心,确如朱东润先生在《诗心论发凡》中所云:“大抵言乐者少而言忧者多,欢愉之趣易穷而忧伤之情无极,此其作者必大有所不得于中而后发于外者如此。”《诗经》的作者们大多已超越了“歌其事”“歌其食”的低级创作阶段,已进入了情感内心的表现。为何会造成“言忧者多”的现象?战争的频繁、政治的腐败、人民生活的困苦、男女婚恋的不自由等造成的生离死别,都使诗人们感到“我心蕴结”(此语出自《桧风·素冠》),朱熹《诗经集传》:“蕴结,思之不解也。”《小雅·都人士》又有“我心苑结”,与此同义,满腔的忧郁之情难以排解,于是“君子作歌,维以千哀”(《小雅·四月》)。正如“心”在人的体内是一种自然的存在,写诗人也只求表露自己的本心。他们除了见物起兴,简单地叙事,使用一些日常的比喻外,尚无什么特别的表达技巧。所谓“性有余,故见乎情”,他们的“情”,实际上就是天性的流露,倒不全像后来汉儒们所说“发乎情,止乎礼义”。是不是都“乐而不淫”“哀而不伤”“怨而不怒”呢?要知道这几句话出自孔子之口,很有可能就是孔子自定的标准,然后据此去删诗,不合这一标准的都被删掉了,仅存“思无邪”的三百零五篇,而被孔子视为“淫”诗、“伤”诗、“怒”诗的后人便不得而知了。就是现存的诗,也还是有自然而“伤”、自然而“怒”的。比如《素冠》表现一位妇女哀悼他死去的丈夫，抚尸痛哭，伤心地呼号要与丈夫同死（“我心蕴结兮，聊与子如一兮”）；又如《鹑之奔奔》中“人之无良，我以为兄”“人之无良，我以为君”，不就是义正词严的控斥吗？

明代陆时雍说：“《诗三百篇》赋物陈情，皆其然而不必然之词，所以意广象圆，机灵而感捷也。”（《诗镜总论》）这种诗的艺术形态，只能是人类的童年时期所独有，这就是马克思所说的“儿童的天真”，它“同一定社会发展形式结合在一起”，对于未来的时代来说，它成为一种“高不可及的范本”。中国历代的诗人和诗论都推崇《诗经》，排除汉儒将其神圣化的因素，便是自然而发之真性情。谢榛云：“三百篇直写性情，靡不高古，虽其逸诗，汉人尚不可及。今之学者务去声律，以为高古。殊不知文随世变。且有六朝、唐、宋影子，有意于古，而终非古也。”[2]古人自然而发之情，是古人之情，后来者岂可重复？但在《诗经》作为文献的地位确立之后，这种情也被定格，喜、怒、哀、乐被作为几种类型，即所谓“歌诗必类”，被以后的赋诗者作为“言志”的对应物；然后又是所谓“中声而发之”即“乐而不淫”之类的权威性界定，因而《诗经》强烈的抒情气氛被冷却了，这就是后来的作诗者又有了强调“抒情”“缘情”的必要性。

二、《楚辞》的自觉抒情

自《诗经》后，民间自然而发言情的作品，实际上已不大为当时的知识分子所注意了，先秦诸子已非常注重理性思维的思辨。人的主体意识一旦有了理性的自觉，情感的自然而发就会受到一定的制约，但是，这对于一位感情丰富的真正诗人，这也会促使他产生抒情的自觉，他往往将自然而然流露的情感导入有为而发的渠道。伟大诗人屈原“发愤以抒情”，就是区别于《诗经》自然而发的有为而作，“忧愤幽思，寓之比兴，谓之骚，始于灵均”（王士祯《师友诗传录》），屈原的作品最具有抒情自觉性。

情，作为心理活动中升华出来的一个抽象概念，到屈原的时代已经明确，见于《荀子》《庄子》等论著中。屈原的作品中情字出现的频率很高。如他在生活中遇到了挫折，心情极度郁闷之时作《离骚》和《九章》。他感到了心中那不平之气的冲击力量，于是他对在那特殊境遇中的情感状态进行了具体描绘：

> 心郁郁之忧思兮，独永叹乎增伤。思蹇产之不释兮，曼遭夜之方长。悲秋风之动容兮，何回极之浮浮？数惟荪之多怒兮，伤余心之忧忧。愿摇起而横奔兮，览民尤以自镇。结微情以陈词兮，娇以遗夫美人。

题为“抽思”，其中有少歌曰：“与美人之抽思兮，并日夜而无正”。“抽思”，意即把蕴藏在内心深处像乱麻一样的愁绪，一一抽出来。《抽思》是屈原抒写内心情绪最典型的一篇，“结微情以陈词”，“兹历情以陈辞”，真可谓表白自己忠君爱国之情而三致其词：前申述自己的忠贞之情，“愿承间而自察兮，心震悼而不敢；悲夷犹而冀进兮，心怛伤之憺憺……何独乐斯之謇謇兮？愿荪美之可光”。中则叙写他流落汉北时独处的痛苦之情，“道卓远而日忘兮，愿自申而不得。望北山而流涕，临流水而太息……望孟夏之短夜兮，何晦明之若岁，惟郢路之辽远兮，魂一夕而九逝”。夏天的夜本来很短，他却觉得漫长如一年；从汉北到郢都的路本来很长，一夜之间梦魂却能多次往返。其情何等执着！最后又重申忧苦之思：“愁叹苦神，灵遥思兮；路远处幽，又无行媒兮。”他写这首诗不是无为而发，是要将心中忧情愁思宣泄于外，“聊以自救”，只是愁中添愁，“忧心不遂，斯言谁告?”。

屈原抒情的自觉性，在《抽思》之外的其他各篇中都有种种突出的表现，如《离骚》中的“怀朕情而不发侃，余焉能忍而与此终古?”，《惜诵》中的“情沈抑而不达兮，又蔽而莫之白也。……恐情质之不信兮，故重著以自明”，《思美人》中的“申旦以舒中情兮，志沈菀而莫达”，《悲回风》中的“万变其情岂可盖兮，孰虚伪之可长!”。他之所以反复直言其“情”，突出“情”字，是因为他要确切地表白自己心迹的强烈愿望，在现实生活中，“荪(指君王)详(佯)聋而不闻”，他只得诉之于诗，表示自己的“抚情效志”“怀质抱情”。自觉地抒情，使屈原的作品充分展示了他为人的“忠贞之质”，表现了他欲为国为民献身的“与日月争光”之志，非徒作也!

发愤抒情，有为而作，使屈原的作品在艺术性方面超出自发兴情的《诗经》，何其芳先生在《屈原和他的作品》一文中认为，屈原在艺术性方面的贡献，首先在于第一次创造了十分富有个性的诗歌，并且大大增强了诗歌的表现能力。他说：

> 《诗经》中也有许多优秀动人的作品，不能说那些作品没有作者个性的闪耀。然而像屈原这样用他的理想、遭遇、痛苦、热情以至整个生命在他的作品上打上异常鲜明的个性的烙印的，却还没有。

《诗》三百篇大多是来自民间的作品。关于民间诗歌缺少鲜明、强烈的个性特征，俄国伟大的文学家车尔尼雪夫斯基在《不同的民族歌谣》一文中就有所论述，他认为在宗法社会中尚未完全文明化的民歌吟唱者，由于受他们知识水平和生活阅历所限，“既缺乏精神上的多样性，也缺乏多少是多样和繁复的思想与感情。……民间诗歌的感情对于受过教育的社会中的人物和感情来说，都是不怎么接近的。在这种民间诗歌中，很缺少我们为了说‘这讲到的就是关于我，这是符合我的处境和感情’这样一种我们首先要找寻的个性的特点”[3]。以此衡量《诗经》中的优秀作品，也许并不完全公允，但从前面对“我心”“忧心”“中心”“劳心”的分析来看，个性特点不那么明显。而在屈原的作品中，情况就不同了。屈原反复申述，希望别人“察余之中情”，他的个性表现在：身处复杂而危险的政治环境中，“亦余心之所善兮，虽九死其犹未悔”的“忠贞之质”是那样坚定；“伏清白以死直兮，固前圣之所厚”的“清洁之性”是那样鲜明；“长太息以掩涕兮，哀民生之多艰”的“忧悲愁思”是那么深广；“世混浊而嫉贤兮，好蔽美而称恶”的“愤懑”是那样强烈……而他“带长铗之陆离兮，冠切云之崔嵬，被明月兮珮宝璐，世混浊而莫余知兮，吾方高驰而不顾”的自我形象描述，更是那样的狂狷非凡。或许正是因为有这些鲜明的个性表现，所以才会被班固批评为“露才扬己”，又被王逸赞扬为“进不隐其谋，退不顾其命，此诚绝世之行，俊彦之英也”（《楚辞章句序》）。屈原的个性，是在内心世界经受剧烈的矛盾冲突中呈现出来的，个人高尚的政治理想与混浊的社会现实互不相容，忠不见用、谗者得逞的政局让人失望痛苦，由此而产生故国是去是留异常痛苦的思想斗争。正是那伟大的痛苦，才使他的个性得以明显区别于“佯愚而不言”之徒，才使他的感情绝不同于“逡巡以避患”之辈，于是使后人在千载之后读了他的作品，“莫不慕其清高，嘉其文采，哀其不遇，而愍其志焉”（王逸《离骚经序》）。

自觉的抒情，又使屈原的作品在艺术表现方面较之《诗经》中的同类作品，更显得瑰丽多姿，那就是他调动了一切艺术手段为抒情服务。《诗经·大雅·桑柔》，也反映了周厉王时朝政腐败，君王昏聩，奸臣当道，人民受难，作诗者怨恨自己一片忠心得不到厉王的重视，因而也是“不殄心忧”“忧心殷殷”，但全诗基本上是直抒心事，只有少许比兴诗句如“菀彼桑柔，其下侯旬”“瞻彼中林，甡甡其鹿”“大风有隧，有空大谷”等给这首长达112行的诗增加一点情趣。《离骚》和《九章》的每篇作品，几乎都有各种艺术手段的综合运用，用于比和兴的对象物，已经大大超过了《诗经》中所使用的那些生活中的实物（如草木禽兽），更多的是从神话传说中取材，或以“宓妃佚女”“虬龙鸾凤”“飘风云霓”为情感渗透的意象，比兴之义仅表现在某些个别事物的比喻上。诗人在他的构思过程中往往同时运用神话故事中的各种形象，构成一个个有可感空间和可感时间的完整意象体系。《离骚》当然是其中的典范之作：首先写他“高驰而不顾”的精神遨游，“驾青虬兮骖白螭，吾与重华游兮瑶之圃。登昆仑兮食玉英，与天地兮同寿，与日月兮齐光”，精神飘逸欲神欲仙。但是，“哀南夷之莫吾知兮，旦余济乎江湘”，对故土的眷恋，现实生活中的忧患又使他回到大地上，于是举目所见的自然景物又成了他的情感的对应物：“入溆浦余儃佪兮，迷不知吾之所如。深林杳以冥冥兮，乃猨狖之所居。山峻高以蔽日兮，下幽晦以多雨。霰雪纷其无垠兮，云霏霏而承宇。哀吾生之无乐兮，幽独处乎山中。吾不能变心而俗兮，固将愁苦而终穷。”这一段景物描写非常逼真，既不像一般的比，也不像《诗》中的兴，但确又在起着抒情的作用，开情景交融之先。接着诗人又运用象征历史的意象：“接舆髡首兮，桑扈裸行。忠不必用兮，贤不必以。伍子逢殃兮，比干菹醢，与前世而皆然兮，吾又何怨乎今之人。……”琼瑶仙境的想象，现实景物的描写，历史人物的对照，使短短的一首诗情曲意折，情深意永，这显然是自发兴情不可达到的境界。

参考文献

[1]陆时雍.诗镜总论[M]//张葆全.中国古代诗话词话辞典.桂林:广西师范大学出版社,1992.

[2]谢榛.四溟诗话[M]//张葆全.中国古代诗话词话辞典.桂林:广西师范大学出版社,1992.

[3]车尔尼雪夫斯基.车尔尼雪夫斯基论文学:下卷(一)[M].上海:上海译文出版社,1982.

14. 论孔子的忧乐意识及其美学取向

摘要:孔子是儒家学派的创始人,是中国文化的主要奠基者,他的思想中具有深重的忧患意识和旷达的乐观精神。忧患和欢乐是构成孔子伟大人格的双翼,尽管二者给孔子所造成的人生指向不尽相同,但是,它们都是孔子人生之帆的推动力,并且对中国传统文化产生了深远的影响。

关键词:孔子;忧乐意识;影响

中国大多数研究者认为中国文化中有一种忧患意识,然李泽厚先生则提出"乐感文化"这一命题,表面看来。两者大相径庭,其实,两者殊途同归,因为忧是乐的原因,乐是忧的结果——为消除忧患而做的努力。孔子是儒家学派的创始人,是中国文化的主要奠基者,他的思想中具有深重的忧患意识和旷达的乐观精神。忧患和欢乐是人类两种基本的心理走向,也是构成孔子伟大人格的双翼,尽管二者给孔子造成的人生指向不尽相同,但是,它们都是孔子人生之帆的推动力,并且对中国传统文化产生了深远的影响。

一

礼崩乐坏——生存之忧

忧患意识,是中华民族与生俱来的,也是人的一种本能。首先,它源于死亡意识所引发的生存渴求。最原始的忧患意识来自先民们对恶劣的自然环境的恐惧。这在不少先秦典籍中有反映。《韩非子·五蠹》:"上古之世,人民少而禽兽众,人民不胜禽兽虫蛇。"《孟子·滕文公上》:"当尧之时,天下犹未平,洪水横流,泛滥于天下,草木畅茂,禽兽繁殖,五谷不登,禽兽逼人,兽路蹄鸟迹之道交于中国。"对于我们先民身处恶劣环境,英国历史学家汤因比说:"人们把它变成古代中国文明摇篮的这一片原野,除了有沼泽、丛林和洪水的灾难外,还有大得多的气候灾难,它不断地在夏季的酷热和冬季的严酷之间变换。"[1]恶劣的生存环境使先民深受死亡的威胁,促进了他们自我意识的觉醒,意识到生命的有限,从而引发了他们强烈的生存渴求。其次,一个国家、朝代的灭亡、更替,会给先民们造成极大的震动。《诗经·大雅·荡》:"殷鉴不远,在夏后之世。"周公训诫成王时如是说:"呜呼!我闻曰:'昔在殷王中宗,严恭寅畏,天命自度,治民祗惧,不敢荒宁。肆中宗之享国,七十有五年。其在高宗,时旧劳于外,爰暨小人。作其即位,乃或亮阴,三年不言。其惟不言,言乃雍。不敢荒宁,嘉靖殷邦。至于小大,无时或怨……。'"(《尚书·无逸》)商汤、伊尹等都有深刻的忧患意识,故其统治稳定;纣王一味骄奢淫逸,即重蹈夏桀之覆辙。这种忧患在其后时间里逐渐成为普遍意识。

这种忧患意识对以传承文化为己任的孔子产生了极大的影响。王权衰落、礼崩乐坏、诸侯争霸、等级不分的现实,一心想恢复周礼而不行的艰难体验,使孔子的心头涌上来一种深深的忧患。"在孔子看来,'礼'所规定的上下等级,尊卑老幼的秩序,并不是人为的强制的东西,而是建立在以氏族血缘关系为基础的亲子之爱的基础上的,它们是人性的内在欲求。这种以氏族血缘关系为基础的亲子之爱,就是孔子所说的人的根本,只有唤起人所具有的这种亲子之爱,并使之成为人们的自觉行为,那就极少有'犯上'作乱的事情发生,社会就可得到和谐的发展,'礼'自然就可以得到恢复。"[2]孔子不仅继承了传统,更发展了殷周的传统,他考虑的并不限于周,而是民族、国家和人类生命的生存延续。孔子没有把人的价值维系于灵界和来世,而是把人生的意义定位于现世,在于民族、国家和人类生命的无限传承;在人的再生产过程中,把有限的个体生命转化为族类生命的无限延续,从而超越死亡,个体生命也因此而不朽。这样,孔子就把忧患从个别具体的事物提升为普遍广泛的生存之忧。

言不尽意——语言之忧

语言之神圣和言不尽意构成了孔子的“慎言”观:“言行,君子之所以动天地也,可不慎乎?”(《易·系辞》)“慎言”就是忧患,对语言本体的忧患。语言之忧是中国文化的一个显著特征。老庄的解决方法是“忘言”,与物为一,将人融于宇宙万物的自由流放中,超言绝象,与道合一。孔子的方法则是立言明象,明象尽意,最终超言出象,会同天地。为此,他提出了“兴”的概念:

“诗,可以兴,可以观,可以群,可以怨,迩之事父,远之事君,多识于鸟兽草木之名。”(《论语·阳货》)

甲骨文中的“兴”皆为祭祀仪式的名称,是巫祭仪式上的歌舞活动。因是陈器物而歌,歌必从所陈之物始,即所谓“兴”者,托事于物。孔颖达《毛诗正义》的阐释更为全面清晰:“兴者,起也。取譬引类,起发己心,《诗》文诸举草木鸟兽以风意者,皆兴辞也。”这种联想方式从诗歌扩展开去,就形成了一种类比推理的方式,从而演变为一种诗性思维。孔子继承了远古的诗化意识,并以鲜明的理性精神异于远古文化的非理性。他对神话、宗教抱有强烈的怀疑和批判态度,“不语怪力乱神”。但他并没有把诗作为理性的对立面,他拒绝了神话的非理性内容而接受了神话的比类思维形式,试图用诗化哲学取代远古的哲理化诗歌,以达到对世界人生化的深层把握。

作为文化的重要载体,语言因积淀了太多的传统而遮蔽了生命原本。为了突破语言的局限,“圣人立象以尽意”。象一方面超越了语言之有限性,另一方面超越语言的规定性,是虚实相生、动静一体的。“法象莫大乎天地”,象以天地万物整体流动的生气、变化、内在关系和发展迁化为本,“通神明之德,类万物之情”。在不断的生成变化和与天地的感应之中实现与气(道)的同一,把可见的事物与不可见的意义统一为一体。艺术因此被赋予了本体论的意义,成为宇宙本体的自行显现。

语言忧患,究其根本,是对生命意义的忧患。肉身的延伸并没能消除生命之忧,而只是把生命之忧延续下去。在易象中,人们感受到生命的普遍性,领悟到生命的真谛,与生命本体合而为一。由阴阳虚实构成的节奏,虽含于虚灵之中,却绸缪往复,盘桓周旋,抚爱万物。诗歌中的移远就近,由近知远,以小观大的手法，格律化的结构方式，书画中以一管之笔拟太虚之体，以大观小，目既往还的空间景象，音乐中连续重复变奏所形成的回旋，或通过起承转合的结构方式将各个部分连接成的回环往复，使人深切地感受到生命的内涵，在浅吟低唱中，在一唱三叹间，忧患得以消解，心灵得以安顿。这就是以艺术为天地之心的深层含义，是人生的最高境界，也是意境的终极依据。

天命靡常——生命之忧

无论老庄、孔子等人对原始如何向往和赞美，人类与自然根本就不可能同一，分离是人之为人的前提。动物没有与自然分离，注定它只能属于自然而不能成为人类，人类与自然相分离，才使得人类的行为不仅具有必然因果关系，也是一种意义的体现，使人类生命具有了意义。从此，人类的行为不是自然性的，而是社会性的。意义产生的同时，意义的焦虑也随之出现。生命的意义是人类生存的理由和依据，也是人类永远的乡愁。因为有了分离，人类认识到自身的有限，企图超越有限融入无限，以创造人生的价值和意义。周代初年，周公旦提出“天命靡常，惟德是从”“民众所欲，天必从之”[3]的观点，将超验的天命与现实世界联系起来，“天命”成为绝对的价值本体。孔子认为，“获罪于天，无所祷也”，表面看来价值本体似乎外在于人，但他把天命虚无化。关于对生命的意义的探索过程，孔子曾有具体的描述：“吾十有五而志于学，三十而立，四十而不惑，五十而知天命，六十而耳顺，七十而从心所欲，不逾矩。”（《论语·为政》）所“志”之“学”即道，从此开始了他精神修养的历程。“七十而从心所欲，不逾矩”是一种与天地万物融为一体的境界。这种尽善尽美的境界，孔子称之为“乐”。孔子认为，修身若不学礼乐，就不可能完善，只有通过“乐”的学习才可能达到“仁人”的要求，“乐所以成性”（孔安国注《论语》）、“乐以冶性，故能成性，成性亦修身也”（刘宝楠《论语正义》）。孔子师师襄学琴所经历的“得其数”“得其志”和“得其人”三个阶段就说明了这一点。宗白桦先生说：“孔子是替中国社会奠定了‘礼’的生活的。然而孔子更进一步求‘礼之本’。礼之本在仁，在于音乐精神。理想的人格，应该是一个‘音乐的灵魂’。”[4]《论语·先进》的“子路、曾皙、冉有、公西华侍坐”章中孔子的“吾与点也”的一段对话，就是这种境界的形象体现。

二

多方面的社会实践，赋予孔子丰富而深刻的人生体验，他的欢乐意识也表现在生活的方方面面。孔子以乐观的态度面对人生，他在教授生徒和人际交往中，不断地提高自己的人生境界，由此获得无穷的乐趣。

学而时习之——求知之乐

孔子一生重视学习，他把求知当作人生的第一乐趣，是一种享受。《论语·学而》开篇就提到："学而时习之，不亦说乎?"一个孜孜不倦、废寝忘食、全身心沉浸在学习快乐之中的孔子形象栩栩如生地呈现在读者面前。孔子认为人生之乐并非生来就有，而要在学习实践中逐步获得，学无止境。他还认为，终身学习才会终身快乐。一旦停止学习，这种欢乐也就不复存在。所以，要想保持人生之乐的持久，就必须不间断地学习，使对知识的摄取、自身能力的提高持续下去。同时孔子学习的内容相当广泛，诗书礼乐，无所不学。"不学诗，无以言"，"不学礼，无以立"。(《论语·季氏》)他还强调各种技能的学习，"志于道，据于德，依于仁，游于艺"。(《论语·述而》)其中的艺，包括礼、乐、射、御、书、数，即古人所谓"六艺"，强调动手能力的提高和操作技能的掌握。

孔子不但重视学习，还强调学之有法、学之有道。他说："温故而新，可以为师矣。"(《论语·为政》)首先提出学习要常常温习，这样可以巩固所学知识，防止遗忘，这也是总结经验的有效方法。其次他还认为巩固知识要举一反三，勤于思考。《论语·为政》指出："学而不思则罔，思而不学则殆。"做到学思结合。再次，孔子还提出"好学"的观点。《论语·学而》说："君子食无求饱，居无求安，敏于事而慎于行，就有道而正焉，可谓好学也矣。"

有朋自远方来——交友之乐

学习的对象除了书本外，就是别人。学习与交友同样重要，相辅相成。所以《论语》开篇紧承"学而时习之，不亦说乎"之后，就提出了"有朋自远方来，不亦乐乎?”。孔子还说:“益者三乐……乐节礼乐,乐道人之善,乐多贤友。”(《论语·季氏》)结交贤友会使自己更加充实,也更快乐,因此孔子把贤友众多看作有益于人生的三种欢乐之一。孔子视朋友往来为乐事,不仅强调志同道合,而且把交友的目的与君子人格的完善联系起来,无论是学习还是朋友聚会,都是向“道”而行,这与孔子对欢乐的认识是一致的。孔子的交友是有选择的。《论语·季氏》中提出“益者三友”,即“友直,友谅,友多闻”。朱熹《四书章句集注》注曰:“友直,则闻其过。友谅,则进于诚。友多闻,则进于明。”也就是要结交正直、真诚、知识渊博的朋友。由此可见,孔子对朋友的选择,同样是以修身为目的,他希望从朋友那里发现自己的不足,学到更多的知识,提高自己的学识水平和道德境界,从而完善自己的人格。孔子还十分重视交友的方式。《论语·颜渊》曰:“君子以文会友,以友辅仁。”朱熹注曰:“讲学以会友,则道益明;取善以辅仁,则德日进。”可见朋友聚会是完善人格修养的辅助方式。《论语·子路》篇又说道:“子曰:‘切切偲偲,怡怡如也,可谓士矣。朋友切切偲偲,兄弟怡怡。’”在一起研究学问,朋友之间要坦率直言,不应因顾及情面而顾虑重重;兄弟之间也不能因关系过于亲密而态度生硬,应和言悦色。朋友聚会,是理性统辖下的轻松交往,当然其乐融融。

孔子把贤友众多、朋友相聚作为人生之乐,因而他的欢乐意识具有开放性、群体性的特点。他的人生之乐不是离群索居、孤芳自赏,而是存活于人际交往之中,实现于个体的相互认同之中。也就是说,孔子的朋友相聚之乐虽然是以个人的体验为基础,有自主性、选择性,最终归宿却是群体和社会。

三月不知肉味——赏乐之乐

赏乐是一种娱乐形式,它直接诉诸人的感性观照,产生各种情感体验和美感。孔子有很高的音乐素养,《论语·述尔》有这样的记载:“子在齐闻韶,三月不知肉味。曰:‘不图为乐之至于斯也。’”韶乐是对舜的颂歌,孔子在欣赏韶乐后,竟然陶醉得连肉的美味都忘记了,可见其沉醉之深。这一方面说明韶乐之美妙,另一方面也说明孔子的音乐造诣之深厚及其对音乐的欣赏水准。孔子为何对韶乐如此情有独钟呢?因为韶乐是帝舜时的乐曲,是以德治国的颂歌。舜以孝闻于世,揖让而有天下,是上古时代圣君的代表,当然是孔子推崇的对象。

故《论语·八佾》篇曰:"子谓韶,尽美矣,又尽善矣。"他把韶乐视为与善的统一。朱子集注曰:"美者,声容之盛。善者,美之实也。"他肯定了形式与内容的完美统一。韶乐既符合孔子文质彬彬的审美标准,又符合他崇道扬德的标准,所以才令其如痴如狂。

孔子对音乐的浓厚兴趣,还见于《论语·述尔》:"子与人歌而善,必使反之,而后和之。"一方面反映出中国古典音乐的强烈艺术魅力,同时也说明孔子对音乐的痴爱,内心与乐曲产生了共鸣。孔子对音乐的喜爱,与他对理想人格的追求是相辅相成的。他在《论语·泰伯》中把人的成长历程分为三步,即"兴于诗,立于礼,成于乐"。李泽厚先生说:"成于乐"之所以在"兴于诗"(学诗包括对有关古典文献、伦理、历史、政治、言语以及各种知识的掌握和由此连类引譬而感发志意)、"立于礼"(对礼规范的自觉训练和熟悉)之后,是由于如果"诗"主要给人以语言智慧的启迪感发("兴"),"礼"给人以规范的培育训练("立"),那么,"乐"便是给人以内在心灵的洗礼。前者是有关智力结构(理性的内化)和意志的结构(理性的凝聚)的构建,后者则是审美结构(理性的积淀)的呈现。[4]

可见,"成于乐"是通过音乐直接感染、熏陶、塑造人的情性心灵,用来造就一个完美的人。古代的乐和礼,基本目的是一致的,都是维护社会秩序的和谐与稳定。

吾与点也——山水之乐

秀美的自然山水,可以净化人的心灵。然孔子对自然山水却有着他独特的看法。《论语·雍也》曰:"子曰:'知者乐水,仁者乐山;知者动,仁者静;知者乐,仁者寿。'"孔子把道德上的仁智与自然山水相联系,用自然山水来确证自身的品格,从山水中看到自己的影子。他认为智者能通达人情而畅流无滞,仁者能安于义理而厚重不迁。因此智者对水的喜好,仁者对山的倾心,不仅借山水之性来塑造自己的心智和仁德,同时也从山水中映照出自己。由水的婉转流畅联想到自己游刃有余于人与人之间那种不忧不惧的快乐,由山的稳固悠久联想到自身寿比南山而一览万物变迁的愉悦。孔子把对自然山水的审美之乐视为道德境界的提升,自然山水成为理想人格的物化。在《论语·先进》中,孔子又借曾点之口,表达了自己对大自然的热爱,曰:"莫春者,春服既成,冠者五六人,童子六七人，浴乎沂，风乎舞雩，咏而归。”夫子喟然叹曰：“吾与点也。”这是何等轻松愉快的生活，充满了祥和安宁之感。朱熹曰：“曾点之学，盖有以见夫欲尽处，天理流行，随处充满，无少欠缺。故其动静之际，从容如此。而其言志，则又不过即其所之位，乐其日用之常，初无舍己为人之意。而其胸次悠然，直与天地万物上下同流，各得其所之妙，隐然自见于外。”说明孔子追求的是天与人的统一和谐。

以觉悟之心投入天地的无限化育之中，以寻常人生为乐，在此，美与仁、艺术与道德已融为一体，这种精神状态已完全音乐化、艺术化了。艺术即人生，人生即艺术。这是艺术的终极，也是人生的真谛。艺术不是在现实之外构建一个幻象，而是人生的深化和展开，是生命不可或缺的构成因素。中国文化由此有了乐感文化的特征，不是征服外界自然，而是深化内在人生，怀着永恒的乡愁寻到的结果却是乐，在最为深刻沉痛的人生感受中酿造的却是最为醇厚隽永的生命之乐。[5]

参考文献

[1]汤因比.历史研究：上卷[M].上海：上海人民出版社，1996.

[2]李泽厚.中国美学史：第一卷[M].北京：中国社会科学出版社，1984.

[3][5]宗白桦.美学与意境[M].北京：人民出版社，1987.

[4]李泽厚.华夏美学[M].天津：天津社会科学出版社，2001.

15. 孔子与犹太教育思想比较研究

摘要:以孔子及犹太教育思想为切入点,以儒家经典《论语》以及《希伯来圣经》《塔木德》为依据,对孔子教育思想与犹太教育思想进行比较研究,可以看出两者的相同之处主要表现在对教育的高度重视,对道德教育、知识教育与技能教育的并重以及采用"学、思、行"相贯通的教学原则。但在孔子的教育思想中,人本主义是一以贯之的主线;而古典时代的犹太文化是以神本主义为核心的,因而宗教神学教育始终是犹太教育的主体。

关键词:孔子;犹太;教育思想;比较

孔子是我国古代著名的教育家,他的教育思想博大精深,涉及教育理论和实践的方方面面,对后世的影响可谓源远流长。犹太民族是一个伟大的民族,他们的教育不仅造就了无数精英,熔铸了民族之魂,并且在人类历史的长河中一直闪耀着夺目的光辉。前者是东方教育思想的典范,后者是中东地区教育思想的代表,尽管存在极大的地区差异,但两者在高扬道德理性、追求知识与智慧、推崇家庭伦理等方面有着诸多相似之处,比较研究这两种教育思想,对深入理解与认识这两种教育思想,发展现代教育思想有着重要意义。

一

（一）对教育的高度重视

孔子是中华民族传统教育的奠基人，他的教育思想，不仅长期影响着古代中国的历朝历代，而且在21世纪的今天仍然被人们所重视。孔子作为我国古代伟大的思想家与教育家，中国传统教育的基本理念、主要体系，甚至最基本的教学方法都源于他的教育思想，记录他及其弟子言行的《论语》被认为是中国教育的最早蓝本，西方人称之为中国人的《圣经》。孔子精通历史、哲学、文学及典章制度，以“学而不厌”的治学精神塑造自我人格。孔子认为，人要想“多见”“多闻”，只有通过“学而知之”。孔子特别强调少年时代的学习对人一生发展的重要性，因为“少成若天性，习惯之为常”。他在总结自己的人生经验时说：“吾十有五而志于学，三十而立，四十而不惑，五十而知天命，六十而耳顺，七十而从心所欲，不逾矩。”同时指出君子治学的态度应是：“食无求饱，居无求安，敏于事而慎于言，就有道而正焉，可谓好学也矣。”他说：“好仁不好学，其蔽也愚；好知不好学，其蔽也荡；好信不好学，其蔽也贼；好直不好学，其蔽也绞；好勇不好学，其蔽也乱；好刚不好学，其蔽也狂。”在孔子眼中，那些“困而不学”的人“斯为下矣”。在孔子看来，政治理想与社会革新的实现必须有赖于教育的推行，只有通过教育才能宣传礼教，达到德治。他认为“不教而杀谓之虐”，并把“不教”列为众恶之首。在普及教育的过程中，孔子提出了“有教无类”这一具有划时代意义的教育主张。“有教无类”从字面上来看，就是不分贵贱贫富，都可以接受教育。在“有教无类”思想的指导下，孔子“诲人不倦”，教出“弟子三千，贤者七十二”。孔子接受的学生中既有王侯贵族，也有市井贫民，孔子都一视同仁，从而体现了平等精神与平民色彩。“‘有教无类’是中国教育史上里程碑式的重大变革。从此，中国由学在官府的贵族特权教育，转变为面向全社会的平民教育，培养出中世纪史上独具特色的中国教育精神。孔子之后，两千多年的中国教育，无论是私学还是官学，都基本上贯彻了‘有教无类’的方针。”[1]孔子在长期的教育实践中，创立了人性差异的观念，以“性相近也，习相远也”作为教育实践的指南，进而提出了因材施教的教育原则。他说：“为力不同科，古之道也。”主张根据学生的特点水平，进行不同的教育。孔子的“因材施教”思想充分体现了施教过程中要尊重学生个性特征的人本思想，为发掘学生潜力、培养理想人才树立了合理的、科学的教育原则。

同中国人求知重教的优良传统相比，犹太人的尊重知识、注重教育的优良传统有过之而无不及。在他们看来，教育后代是人生的主要义务之一。犹太民族中流传着一句非常著名的教育格言：“世界只是因为学童的呼吸而存在。”[2]早在圣经时代，犹太人就热衷于教育，并已开始形成自成一体的教育思想，并且集中记载于《希伯来圣经》(以下简称《圣经》)之中。这部传世经典巨著是希伯来文士用了七百年(公元前 6 世纪—公元 2 世纪)的时间对浩如烟海的资料进行采集、整理，并从理论上加以升华，从艺术上进行创造而最终形成的，《圣经》成书之后立即成为希伯来教育的蓝本并流传至今。《圣经》中有许多关于子女教育的诫命，如：“年轻人啊，要听从你父亲的教诲，专心领受，就会明白”[3]，“教养孩童应行的道路，待他老年时也不会离弃”[4]。为了保证教育的正常运行，希伯来人特别注重采用惩罚的方式。他们认为，儿童不接受教育就会固执、粗野、愚蠢，对不服从教育的孩子要给以严酷的惩罚。在《圣经》中有关体罚的语句甚多，如“不肯使用棍杖的人，实在是恨自己的儿子；真正爱儿子的人，必时加以惩罚”[5]，“杖责与惩戒赐予人智慧；娇纵的孩子使母亲受辱”[6]。如果体罚无效，无可奈何时还可以将孩子置于死地。继《圣经》之后，公元 2 世纪到 6 世纪之间编辑而成的犹太人口传律法总集《塔木德》被誉为“犹太智慧的基因库”，它所涉及的内容是这一时期犹太宗教、哲学、历史与生活习俗的综合反映，而作为希伯来语音译的“塔木德”一词的本意是“钻研或研习”。《塔木德》认为，学习是一种至善的行为，是一切美德的本源。《塔木德》还告诫人们学习要持之以恒，不可半途而废，“那些循规蹈矩的人突然放弃学习，去宣扬树木或休耕的土地有多么美，实际上放弃了他的生活，并且有可能会陷入歧途”[7]。《塔木德》时代，犹太人对知识的渴求更为强烈，正如一则流行的谚语所说：“有知识的人拥有一切，而没有知识的人拥有什么呢？人一旦掌握了知识，他还缺少什么呢？如果一个人没有掌握知识，那他拥有什么呢？”[8]犹太人对学问的追求直接导致了对教育的重视，对知识与教育的热忱又直接推动了学校的建立。从公元前 3 世纪一直到公元前 1 世纪，无论是犹太会堂设立的学校，还是非犹太组织举办的学校，都大大促进了犹太教育的发展与兴盛。尽管历经无数苦难，但犹太人这种尊重知识、注重教育的优良传统一直延续至今。早在以色列建国前，犹太复国主义运动就把教育作为复国的重要手段之一。最早在巴勒斯坦出现的犹太人组织是犹太学校。以色列建国前，犹太人就已建立了两所大学和许多中心小学。以色列建国后，始终把教育放在优先地位。以色列的历届领导人一直把培养高质量的人才看作一个关系民族生存与否的根本问题。他们始终认为："对教育的投资是有远见的投资"，"教育是创造以色列新民族的希望所在"。教育立国是以色列从成立之日起就追求的目标。犹太人尊重知识、注重教育的优良传统不仅体现在国家对教育的重视上，也表现在犹太人的家教中。几乎每个犹太家庭都会举行这样一个仪式：当孩子稍微懂事时，母亲就会翻开《圣经》，滴一点蜂蜜在上面，然后叫小孩去吻《圣经》上的蜂蜜，让孩子意识到书本是"甜"的，要从小爱书。犹太家庭的孩子，几乎都要回答大人这样一个问题："有一种没有形态、没有颜色、没有气味，任何人都抢不走的宝贝，你知道是什么吗？"要是孩子回答不出来，大人就会告诉他："孩子，它比金子、宝石更值钱，只要你活着，它就永远跟着你，它——就是智慧。"犹太人历来尊崇学者，几乎每个人都认为，学者远比国王伟大，也远比富翁伟大。值得注意的是，在希伯来教育中也特别强调受教育者的差异性。《塔木德》对学生进行了分类，"有四种学生：第一种学得快也忘得快——他得失相抵；第二种学得吃力忘得慢——他失得相抵；第三种学得快却忘得慢——聪明的学生；第四种学得慢而又忘得快——这是命中不幸"。在犹太人中还有另一种描述是：有四种在贤圣面前就座的人——海绵、漏斗、过滤网和筛子。海绵，吸收一切；漏斗，一头进一头出；过滤网，滤掉酒，留下酒糟；筛子，漏掉粗麦，留下了精面。正因为如此，犹太人很讲究教育的艺术。他们有句至理名言："要按孩子该走的路来充分地训练他。"犹太人认为，一个孩子在学习《圣经》上有进步，而在《塔木德》上没有进步，那么就不能试图通过教他《塔木德》来推动他进步；如果他看得懂《塔木德》，就不要勉强他学《圣经》，教孩子要教他能懂的东西。他们的这种教育理念，同孔子的"因材施教"的教育原则不谋而合。

(二)德育、智育与技能教育并重

道德教育、知识教育与技能教育并重的原则在孔子的教育思想中得到了明确的体现。在整个教育生涯中,孔子致力于建立或协调人与人之间以及人与社会之间的伦理关系,并积累了一整套道德教育思想。孔子思想体系的核心是“仁”,他的道德教育的核心也是“仁”。什么是“仁”?孔子说的“仁”,内容十分广泛,他对“仁”的解释也是多样的。但基本含义有四个方面:一是“仁者爱人”,二是“克己复礼为仁”,三是孝悌为仁之本,四是忠恕为仁之道。可见“仁”是众德之总。在“仁”的统摄下,孔孟还提出一系列道德标准,如恭、宽、信、敏、惠、刚毅、木、讷、勇、敬、俭等。孔子把血缘关系、宗法关系结合起来,从而使他的道德教育具有了从修身到齐家、从治国到平天下的伦理政治化、政治伦理化的特色。孔子认为要让学生达到仁的境界,关键在于教会他们爱人、忠恕、孝悌。除仁之外,礼是孔子道德教育的另一目标。他认为,“不学礼,无以立”,“恭而无礼则劳;慎而不礼则葸;勇而无礼则乱;直而无礼则绞”。总之,孔子的教育内容可以用《论语·雍也》中的“文、行、忠、信”四个字来表达。由此可见,孔子所倡导的是融道德教育与知识教育为一体的教育模式。他认为在这一教育模式下,学生能够在道德理性与基本知识的双重熏陶下逐步养成君子的风范。在实施德育教育的过程中,孔子特别强调要身体力行,要重点培养学生的道德习惯,加强其道德行为的训练,用他的话来说就是“力行近乎仁”。在技能教育方面,孔子除了教授诗、书、礼、乐之外,也很重视学生在其他技能方面的训练,他经常带领弟子在他用于习射的射圃中进行射、御演习。孔子认为“有文事者必有武备”,他的弟子冉求在鲁国与齐国的交战中就有很辉煌的战绩,这得归功于孔子的教导。孔子对技能教育的重视也表现在他对劳动人民的尊重上。《论语》曾记述孔子不同意樊迟学圃,并斥之为“小人”,似乎他十分轻视体力劳动,其实不然。春秋时期,社会分工已初具雏形,孔子也已由少年时代的“多能鄙事”转而从事意识形态的工作,自然较少参加体力劳动。但当荷丈人说他“四体不勤”时,他不但不生气,反而“使子路反见之”,这正是表现了他对劳动人民的尊重。总之,孔子兼顾了道德教育、知识教育与技能教育,并将三者合而为一,形成了一个较为完美的教育体系,为后世提供了一个教与学的典范,对现代教育也有着极其深远的现实指导意义。

古典时代的犹太民族虽还没有如孔子所建立的较为完美的教育体系，但对子女的教育却从未松懈过。在正规的学校和教师出现以前，家庭一直是早期犹太教育的主要场所。犹太人非常强调父亲对子女的教育，认为父亲是上帝委派至他们中间的第一位教师。父亲的职责不仅仅是要把子女抚养成人，而且要把神圣的契约与律法传授给他的子女们，教会他们如何做一个犹太人。犹太人的家庭极注重对儿童的早期教育。犹太人认为即便是还在襁褓中孩子也应感受到上帝的灵气。犹太律法要求咿呀学语的孩子首先得学会背诵这样的诗句："摩西将律法传给我们作为雅各会众产业。"尔后要逐步学习背诵祷词、圣诗、格言、谚语及圣典上的一些简单内容，如果父母有能力的话，还应该教幼儿时期的孩子学习识字和书写。对儿童早期教育的高度重视，是古犹太教育的一个重要特点。尽管当时犹太人的家庭教育带有明显的神本主义色彩，并且比较原始狭隘，远未形成完备的教育体系，但它在犹太民族的发展史上、在世界教育史上占有一定的地位。也正是"这种浸沉着浓厚宗教气氛的家庭教育，使得每个犹太家庭都是一个牢不可破的堡垒。正是这种把一切统摄在笃信上帝、充当上帝的子女的教育之下，使得犹太人尽管此后散居各地、被掳往异乡，仍能继续生存、发展，保持其传统习惯、宗教信仰"[9]。在道德教育方面，犹太人认为，凡人都有"善冲动"与"恶冲动"。"恶冲动"是人类受到所禁之事的诱惑一时失去自控而产生的罪恶。那么，作为人只有通过后天的教育与学习，才能摒弃种种恶习控制"恶冲动"，从而获得真善美的良好品德。基于这一理念，犹太人特别注重道德教育，《圣经·箴言》可以说是犹太人道德教育的蓝本。《箴言》中所涉猎的内容除了少数与忠君敬神有关，多数是从不同的角度、不同的方面高扬人类智慧，宣传做人、做事的道德准则，提倡真善美，抨击或讽刺不义或不道德的人或事，可谓犹太人道德教育的精华所在。犹太人所推崇的道德教育的目标就是培养先贤，先贤的标准是："不在比他更有智慧的人面前乱讲话；不会打断他伙伴的讲话，不匆匆忙忙地回答问题；问有关的问题，回答切中要点；先说先知道的事，后说后知道的事，读未听到的事，就说：'我未有所闻。'正视真理，反对迂讷。"[10]犹太人认为，接受教育是每一个人的责任与义务，但学习知识、钻研律法不能代替劳动的技能。《塔木德》也宣扬这样一种思想：只有那些既学到了智慧又能维持生计的人，才算是选择了人生的正道。在这一传统观念的影响下，从古代开始，犹太人就极为强调要掌握一门技艺，要求儿童无论贫富贵贱、等级高低，到成年时都必须掌握一门手艺。在他们的观念里，有手艺的人就像有围墙的葡萄园，牲畜和野兽进不来，行人也吃不着，看不见；反之，没有手艺的人就像围墙坏了的葡萄园，动物能钻进来，行人既能看见，也能摘到。正是犹太人这种重视技艺的传统，使儿童从小就接受职业训练，培养求生的能力，成人之后易于在社会中寻得自己的地位。

（三）“学、思、行”相贯通的教学准则

圣人孔子创造了许多教学准则，如温故而知新、启发诱导、举一反三、闻一知十等等，除此之外，他还把教学或者学习的过程以“学、思、行”三字高度概括，《大学》中则把“学、思、行”升华为“博学之、审问之、慎思之、明辨之、笃行之”。孔子的这一原则充分揭示了获取知识的规律性与客观性，这也正是他教育实践经验的高度概括与总结，并一直为后人所推崇。“学而知之”是孔子进行教学的主导思想，学是求知的途径，也是求知的唯一手段。学，不仅是学习文字上的间接经验，而且还要通过见闻获得经验。这两种知识都需要。他“博学于文”“好古，敏以求之”，偏重于古代文化、政治知识这些前人积累的间接经验。他提出“多闻，择其善者而从之，多见而识之”，要多听、多看，还要多问，扩大知识的来源和范围，以获得一些直接的经验。学习知识的来源是多方面的，学习知识的方式也是多种多样的，而且在不同程度上深化。孔子主张对学习过的知识要时常复习、练习，如此才能牢固掌握。他曾说：“学而时习之，不亦说乎？”他要求弟子每天检查所传授的知识复习了没有，在他的影响下，弟子们很重视复习。曾参就把是否复习作为每天反省的三方面内容之一，子夏则说“月无忘其所能”，各人的学习安排虽有不同，但重视复习却是一致的。孔子提倡学习知识要广，并且强调要在学习的基础上认真深入进行思考，把学习与思考结合起来，在论述学与思关系时说：“学而不思则罔，思而不学则殆。”如果只是读书记诵一些知识，而不通过思考加以消化，这只能是抽象的理解，抓不住事物要领，分不清是非；如果光是左思右想，而不通过读书学习以吸收实际知识，那心中也会充满疑惑，不能解决问题。单纯的学或单纯的思，都存在片面性。在学习过程中，必须

先掌握丰富的知识材料，才可能凭借这些材料进行有效的思考。因此，在学与思两者关系中，学习居先，它是基础，是主要方面；在有了知识储备的条件下，需要进一步思考，才能使认识深入和提高，抓住事物的本质。学习和思考两者不宜偏废，应当结合起来，这种见解符合人的认识规律，已初步揭示学习和思考的辩证关系。孔子还强调学习知识要“学以致用”，要将学到的知识用于社会实践之中。如学《诗》，不仅要学懂记牢，还要能实际应用在政治上、社交上，如果不能应用，学得再多也没有意义。学习道德也一样，知道社会道德规范，就要“笃行之”，体现于生活实践中，如当仁不让、闻义能徒、择善而从、知过能改等等都是积极的行动，把自己的道德认识和道德实践统一起来，这才是孔子所要求的躬行君子。他说：“君子耻其言而过其行。”夸夸其谈而言行脱节是可耻的事，他要求学生们说话谨慎一些，做事则要勤快一些，“君子欲讷于言而敏于行”，应当更重视行动。

相对于孔子的启发诱导、举一反三等比较灵活的教学方法，犹太人的教学方式就比较单调，背诵、记忆是他们最通用的教学方法。尽管这算不上是科学、合理的方法，但犹太人在强调机械性记忆的同时，还主张勤于思考，这是值得推崇的。希伯来圣哲曾讲过：一个成功的学者要手脑并用，通过学习来引发思考。因此，当学生熟背了所学的内容之后，老师应引导学生对所学、所记的内容提出问题，并对这些问题进行讨论。在讨论过程中，使学生把所学的知识上升到一定的高度。犹太人在谈及学习时，极为强调学与行的结合并指出：“有四种类型的学生：学而不行，到手的是学的报酬；行而不学，到手的是对行的报酬；亦学亦行，是虔诚者；既不学也不行，是恶棍。”[11]由此可见，犹太人是最推崇亦学亦行、学与行结合的学习方式的，他们把“学以致教、学以致用”奉为至理名言。犹太人极注重伦理道德方面的感化与教诲。犹太学生在接受道德方面的教育时，不仅要求掌握各种伦理准则、律法知识，而且必须躬行实践，将之切实运用于自己的一言一行、一举一动之中。“学、思、行”相贯通的教学思想历经千年，已深入人心，影响着世世代代的犹太人。因此，犹太家庭重视知识，更重视才能，即“行”的能力。他们把仅有知识而没有才能的人喻为“背着很多书本的驴子”。他们崇尚创新，认为没有创新的学习只是一种模仿，学习应该以思考为基础，要敢于怀疑，随时发问。怀疑是开启智慧大门的钥匙，知道得越多，就会有怀疑，而问题也就随之增加。所以，许多犹太人家长碰到放学的孩子，第一句话就是："你又提问题了吗?"他们认为老师或家长在解答问题或阐述概念时，如果学生不懂或不是完全明白，老师和家长应该反复地耐心地讲解，直到学生充分理解为止。基于这种认识，犹太人家长特别注意与孩子的思想交流，孩子一直受到成人的教诲和指导。孩子们可以同成人谈话和讨论问题，偶尔成人还会和孩子们交流个没完，意在引导他们投入学习与研究中去。

二

(一)教育理念、教育内容的差异

总括全文，孔子教育与犹太教育在教育理念、教育内容以及教育方法上确有许多相同之处。当然，世界上没有两片完全相同的叶子，更何况是起源于不同地域、创造于不同民族的两种思想体系，其差异性显而易见。就教育思想而言，孔子的教育思想中，人本主义是一条一以贯之的主线。孔子一生无论是从学、行教，还是周游、著述，都在努力完善自我人格，协调人与社会的关系，构建道德规范。孔子所倡导的"仁"的思想体现了他对人的尊重、理解以及他对"人的本质"的规范和设计，表现在教育思想上，仁爱构成了他人本主义教育思想的根基。在教育对象上，他倡导"有教无类"；在教育内容上他崇尚人文，如《诗经》《易》《礼》《书》《春秋》等；在教育过程中他注重学生主体作用的发挥。他认为教育的最后目的是造就"君子"，培养"圣贤人格""成人"，即成为一个有仁爱思想的人。总之，他直观而又极其敏锐和深刻地赋予教育一种人道主义和人本主义的思想，其具有一种超时空的思想光芒。孔子的教育具有浓重的人文主义色彩，甚至可以说体现了一种"以人为本""以学生发展为主体""一切为了人、为了一切人、为了人的一切"的超前的教育理念与教育思想。而古时代的犹太文化是以神本主义为核心的，因而宗教神学教育始终是犹太教育的主体，教学内容的核心仍然是犹太教经典。根据犹太律法规定：儿童从 6 岁开始学习《圣经》，10 岁起学《密西拿》，13 岁学习犹太戒律，15 岁学习《革马拉》。这种以神本主义为核心的犹太文化直接影响着犹太人的家庭教育。早期犹太人家庭教育的主要内容是神学教育与道德教育，教育的直接目的就是培养孩子对上帝的敬畏心理以及身为犹太人的使命感与优越感，培养他们对公义与信念的献身精神。所以很长一个时期，犹太学校所开设的课程多为《塔木德》和口传律法，《圣经》的内容以自学为主，世俗课程被轻视。

（二）教育方法的差异

就教育方法而言，犹太人非常重视体罚的教育作用。《圣经·箴言》上说："一句责备的话，深入聪明人的心，强如责打愚昧人一百下。"犹太格言也说："马不打会变野，儿不打会变劣。""鞭子是抽劣马的，笼头是套笨驴的，棍子是打蠢人的。""愚蠢在小孩子心中，只有棍棒才能把它赶走。"综上所述，可知犹太人是主张体罚，主张对儿童和青年进行严加管教和约束的。原因在于他们认为儿童生来无知，年轻人本性向往堕落，而惩罚是要把误入歧途的孩子引上正道，通过无情的鞭笞使他永远告别罪恶，步入由高尚和美丽构筑的殿堂。在他们的眼里，鞭笞是获取知识和增长智慧的有效方法。而孔子在教育方法上从不提倡体罚，他认为教学应该注重启发诱导，循序渐进，不论是培养道德品质，还是学习、掌握知识，都必须建立在学生自觉需要的基础上，必须使学生自己对问题加以深入思考，获得切实的体验和感受，这样才是有效和可靠的。为了引导学生养成独立思考的能力和习惯，孔子反对注入式的教学方式，主张实行启发式教学。孔子对启发式教学是这样表述的："不愤不启，不悱不发。举一隅，不以三隅反，则不复也。"这句话的意思是说，对于学生，先让他苦心思索，仍然领会不了的时候，再去启发他；当学生经过思考，有所体会，但又说不出来的时候，再去开导他。孔子启发式教学的意义在于启发学生感悟自得，经过自己的思考获得知识，经过自己反复训练形成能力。孔子通过设疑、鼓励和启发让学生求异探新，感悟自得，使他们不但学到知识，而且领会到开动脑筋、探求知识是一种快乐的劳动，并从中体验到成功的喜悦。

参考文献

[1]李振宏.圣人箴言录——《论语》与中国文化[M].开封:河南大学出版社,1995.

[2][8][10]塞妮亚.塔木德:犹太人的第二本圣经[M].昆明:云南人民出版社,2006.

[3]张朝柯.圣经与希伯来民间文学[M].北京:东方出版社,2004.

[4][5][6]思高圣经学会.圣经·新约[M].香港:中国天主教主教团教务委员会,2004.

[7]伯曼特.犹太人[M].冯玮,译.上海:三联书店,1995.

[9]戴本博.外国教育史(上)[M].北京:人民出版社,1990.

[11]施坦泽兹.阿伯特:犹太智慧书[M].张平,译.北京:中国社会科学出版社,1996.

(本文发表于《黄河科技大学学报》2007 年第 6 期)

16. 墨家消亡原因探微

摘要:战国时期,墨家与儒家、道家并称显学,但不久就急剧衰亡,究其原因,错综复杂。首先,政治、经济和文化的变化等客观形势发生变化,使墨家从外部失去了生存的土壤。其次,墨家本身在理论、组织形式、学说继承等主观方面存在的缺陷最终导致了墨家学派的消亡。

关键词:墨家;消亡;原因

一、墨学曾是显学

墨学始创于战国初期,是诸子百家中一个重要的学派。墨者之学,出于史佚、史角。史角无书,史佚有书三篇,《汉志》列于墨家之首,且读"尹佚为周臣,在成康时"。[1]

墨家之集大成者为墨子。墨子,名翟,鲁人,或者为宋人。约生于周定王时。他熟悉各种技能知识,尤擅长木工技艺,与鲁班齐名,同时也是一位政治家和社会活动家,以绳墨自矫而备世之急。他早期"习儒者之业,受孔子之术","以为其礼烦扰而不悦,厚葬靡财而贫民,久服伤生而害事"。(《淮南鸿烈集解》)《庄子·天下篇》称:"墨子称道禹行。"墨子不大赞同儒家的多数观点,因此背儒学而另立门户,建立了墨家学派。他的政治主张及思想学说贯穿于《兼爱》《非攻》《尚贤》《尚同》《节用》《节葬》《非乐》《非命》《天志》《明鬼》十篇著作之中,称为"墨子十纲领"。

墨子一派,开始时并没有特定的名称。"墨"是古者五刑之一,故墨有刑徒贱役的意思。“墨”字之义为黑。《广雅》曰:“墨,黑也。”《孟子·滕文公》曰:“面深墨,黥面曰‘墨’。”墨子学禹之道,以自苦为极,必至如禹之身体偏枯手足胼胝,栉风沐雨,致面目黧黑,形容枯槁。《贵义》称有“先生之色黑”,《礼论》中荀子以“瘠黑”称墨子。以自苦为极,即《天下篇》“以绳墨自矫”。《吕氏春秋》高诱注曰墨子“以墨道闻”。所谓“墨道”即《孟子》“以薄为其道”,也就是《庄子》“其道大觳”之道,墨子以生活刻苦为其道,恰与当时的儒家“四体不勤”者截然不同。他们的生活恰恰符合“绳墨”;墨者大都是黧黑枯槁,又符合“瘠黑”之义。墨子开创墨家中就含有“墨”字。而墨家诸子所为是“贱人”之行,“墨”可以突出本学派的特点,世人都以“墨”称墨家,而墨者也乐于以“墨”字为学派的名称。

战国时期,儒墨显盛,《韩非子·显学》曰:“世之显学,儒墨也。”战国末期荀子入秦会晤王时,已经形成所谓“儒无益于人之过”,使得这位大儒大为感慨:“世无主,穷贤良,暴人刍豢,仁人糟糠,礼乐灭息。圣人隐伏,墨术行。”[2]而与道家也成分庭抗礼之势,所谓“天下之学,不归杨则归墨”,讲的就是这种情形。可见墨家势力强大。《吕氏春秋·尊师》称墨子“徒属弥众,弟子弥丰,充满天下”。而至汉武帝时期,司马迁在《史记》中记载:“盖墨翟,宋之大夫,善守御,为节用,或曰并孔子时,或曰在其后。”墨家所宗——墨子,竟然不为其立传,仅在《孟子荀卿列传》的末尾以 24 个字简单介绍墨子,亦可知墨家已消亡。清代学者孙让认为:“墨氏之学亡于秦季”,“犷秦隐儒,墨学亦微。至西汉儒复兴,而墨竟绝”。墨家其兴也盛,其亡也盛,是什么原因使“世之显学”的墨家在秦汉之际骤然消亡呢?

二、墨家消亡的客观原因

1.生存环境的变化,导致墨学的式微

范文澜在《中国通史》中指出:“墨家在东周末秦汉前领主统治没落,地主未取得完全统治权的空隙中与儒家并存并显。”春秋时期,随着生产力的发展,各国之间的战争,“工商食官”的格局受到严重冲击,已经残破。至战国时期,独立

的小手工业者出现，他们人身已有一定的自由，成为自由平民阶层。这些独立的小手工业者的广泛出现为墨学奠定了阶级和经济基础，再加上有墨翟这样具有文化素养的领袖，因而较快形成了代表小手工业者利益的独具特色的学派——墨家。秦汉封建君主专制中央集权的大一统帝国的出现，标志着封建社会的确立，同时也宣告了春秋战国时代的结束。新兴社会力量也完成了自身的分化与调整，自由平民阶层也不断分化，少数人上升成为地主，而大部分人成为封建制度下的小生产者，“多数人破产了，一些做了盗贼，一些沦为奴隶，失去了原来的独立和自由地位”，不管是地主还是小生产者，他们都已是封建制度下的人，其思想、行为都带上了封建制度的特点。并且天下初定，“民莫不虚心而仰上”。其中少数人变成了新的压迫者，因此对过去他们曾借助用于革命的墨子的激进理论，开始厌恶和畏惧，出于对自身利益的考虑，禁止墨子理论的流行。然而就大多数被压迫者而言，新的封建文化为他们提供了多于旧文化的生存机遇，身份和地位都有所提高，在新的历史条件下，墨子的理论不再吸引他们了。此时这两大既对立又相互依赖的阶级在维护封建文化的问题上达成了共识。代表小手工业者利益的墨学失去了存在的阶级和经济基础，其学说在秦汉时期不可避免地趋于式微。

同时，秦始皇采用李斯的法家理论，“收天下之兵，聚之咸阳，销以为钟，金人十二”，因此，墨家所擅长的守城器械当被禁毁。而墨学与法家抵触较多，韩非曾说儒墨皆“愚诬之学，明主弗受也”，李斯也曾上书言：“古者天下散乱，莫能相一，是以诸侯并作，语皆道古以害今，饰虚言以乱实；人善其私学，以非上之所建立……臣请诸有文学、《诗》、《书》、百家语者，蠲除去之。”[3]秦朝分郡县，用诛族连坐之法辅助自身统治，使“秦之野民，以小利之故，弟兄相狱，亲戚相忍”，从而使墨家兼爱等学说很难迎合天下的社会意识和群体心理，也失去了其产生的社会基础和政治基础，对百姓的号召力渐弱，当于此始式微，这是根本原因。

思想上，从秦始皇的禁私学、焚诸子百家书，到汉武帝的“罢黜百家、独尊儒术”，思想控制不断巩固和强化，从根本上结束了战国时期的百家争鸣、学术上自由讨论的生动局面；政治上，原来的分封制为郡县制所取代；经济上，授田制取代了井田制。同时秦汉几百年皇权政治的发展，以等级和礼乐制为特征的中华文化政治格局进一步恢复和发展，因此墨家被逐渐赶下历史舞台，墨家文化失去了自己生存的土壤。

至汉武帝之前，墨家并没有灭绝。《盐铁论·晁错》："日者淮南衡山修文学，招四方游士，山东儒墨咸聚于江淮之间，讲论集论著书数十篇。"而此时汉朝廷始终面临着内有诸侯割据之忧，外有匈奴侵扰这两大难题。到汉武帝时期，汉朝已经有足够的力量来改变内忧外患的局面。汉武帝连续发动三次对匈奴的战争，驱匈奴于漠北，内平淮南之乱，保证了国家的安定。而墨家所提倡的学说与武帝所为相反，墨者敢于鸣不平，奋起抗争，又与独尊的儒家势不两立，作为武装团体，又趋于偏激，容易为诸侯所用，威胁国家统一。因此，墨家被统治者视为国家不安定因素，侠士郭解尚且被武帝忌恨尤深，遭灭族之祸，墨家岂能逃过尽诛之灾。

2. 统治者的自身要求，选择了儒学

汉朝初立，内外动乱，百废待举。统治阶级首先要解决的是使自身政治秩序合法化，从而确立政治权威的绝对性，使人们从内心深处服从于这一政治秩序，维护自身的封建统治。汉王朝没有自己的历史背景和文化，更没有可资遵循的文化制度，所以它迫切需要选择一种已有的文化传统，并以此为基础来构建自己的汉文化。汉高祖选择了周文化，并以代秦继周自居，实质则是以中原正统文化继承者自居，以此昭示汉王朝的确立是顺应天命的，从而名正言顺地奠定了自己"继五帝三王之业，统理中国的正统地位"(《史记·陆贾传》)。

汉王朝统治者在确定以周文化为王朝正统文化这一路线初期，并没有事先选择哪种流派为王朝正统，它有一个选择确认的过程。汉高祖吕后时袭制用法家治国，主张严刑厉法；文帝、景帝时则用道家理政，主张无为而治；直至汉武帝时，汉王朝文化建设进入全盛期，才最终确定儒家为王朝正统。儒家"法周"，实则肯定了私有制文化的合理性，它所极力推崇的"六经"，是"先王旧典"标准的王宫文化。汉王朝以"法三王"或"取法于周"为基本路线，而"稽古礼文之事"，引经据典之能，又非儒家莫属，同时儒家宣扬的"述而不作，信而好古""非礼毋动"等都合乎统治者维护绝对权威的要求；同时儒家倡导的"主唱臣和"与"主先臣随"正与帝王的多欲政治相契合；又善于修饰统治者的行为，"五帝之道，王者所当修饰也"。儒家学说的主要特点，恰恰满足汉王朝文化建设的需要。尤其是大儒董仲舒以天人感应为基础，引申出君权神授的理论，为汉朝中央集权提供了最适合的思想武器，也从理论上完成了“罢黜百家，独尊儒术”的历史任务。

反观墨家，“背周道而行夏政也”，它的“法夏”，就是肯定了公有制文化的合理性，主张回到“天下为公”的时期。这既不符合经周文化洗礼过的人文传统，又与汉王朝所确立的基本路线背道而驰，从根本上断绝了汉王朝取法于墨或借用于墨的可能性，加上墨家不满于现状，托古改制，持颇多激进的革新主张和抨击现实的言论，被历代统治者视为极其危险的异端邪说，终不为统治者所接受。

儒家自孟子以来将墨子作为极端的邪说而进行彻底的批判攻击。《孟子·滕文公上》称：“杨墨之道不息，孔子之道不著。是邪说诬民，充塞仁义也。仁义充塞则率兽食人，人将相食。吾为此惧，闲先圣之道，距杨墨，放淫辞，邪说者不得作。作于其心，害于其事。作于其事，害于其政。圣人复起，不易吾言矣。……能言距杨墨者，圣人之徒也。”儒家以排斥杨朱、墨翟之言作为自己的使命。

以董仲舒为代表的汉儒家对孔孟儒学做了大胆的改造，兼收并蓄诸子百家学说的精华，融汇于自己的学说中，创立了更加适合封建君主专制中央集权统治的理论，并以制度建设的方式奠定了自己坚实的基础，确立了儒家的独尊地位，墨家自然就成为被打压的对象。

三、墨家消亡的主观原因

1. 否定宗法制度，反对血缘关系

有史以来，人类就已经生活在以血缘为纽带的宗法制社会中，夏启建立第一个国家后，便建立了以宗族统治为主要特征的“家天下”。商代武丁以后，废除了殷商时代的兄终弟及制，确立了嫡亲长子继承制。西周进一步以分封制、宗法制来分封疆土，赐官赏爵，将神权、君权、族权结合起来。同时普通百姓也以血缘为纽带聚族而居，实行族长、家长统治。

墨子通过对原始社会与阶级社会中礼治文化的比较，抽象出两个对立的文化概念——“兼”与“别”。“兼”，即“天下为公”；“别”，即“天下为家”。墨子认为

在原始社会中，正是由于古者“从事兼，不从事别”，“以兼为正”，社会才会呈现出“刑政治，万民和，国家富，财用足，百姓皆得暖衣饱食，无宁无忧”的祥和景象。然而当“天下为家”的私有制社会代替了“天下为公”的公有制社会之后，“亏人自利”，“不与其劳获其实”的不合理现象出现了。“上不厌其乐，下不堪其苦”的阶级对立也随之产生，“暴夺民衣食之财”被视为合理的行为。“兼国覆军，贼虐万民”此起彼伏；“天子杀殉，众者数百，寡者数十，将军大夫杀殉，众者数十，寡者数人”的反人道暴行司空见惯。针对此种现象，《墨子·兼爱中》：“天下人皆相爱，强不执弱，众不劫寡，富不侮贫，贵不傲贱，诈不欺愚，凡天下祸篡怨恨可使毋起者，以相爱生也。”坚持“兼爱”，主张人们无差别、无等级地普遍相爱。但是中国宗法制社会结构随着时代的演进和朝代的更替不断强化。秦始皇灭六国，建立统一的中央集权的封建帝国，实行以宗法为基础的君主专制，不仅使以血缘为纽带的宗法制社会结构在政治上、经济上得以强化，进而维护和强化了君权，确立了人伦关系，调整了整个封建社会内外部的诸种矛盾，而且血缘宗法观念也经过长期的演变得到完善和强化，渗透并融合于社会生活和民族意识中，潜移默化地形成民族心态、社会心态与伦理规范，基本上成为两千余年封建社会牢固的基石。宗法制的实质是等级制，讲求亲亲与尊尊。亲亲主要是宗法制度在家族中的应用，维系的是家族的秩序；尊尊则是宗法制度在国家中的应用，维系的是国家的秩序。正是亲亲、尊尊的礼制夯筑了中国宗法社会的基本框架。《礼记·大传》：“上治祖而祢，尊尊也；下治子孙，亲亲也。……其不可得变革者，则有矣。亲亲也，尊尊也，长长也。”也就是说，儒家的思想根基是建在家族制的基础上的，“天下之本在国，国之本在家”[4]。把由血缘宗法关系尊定的君臣、父子关系正名为“君君、臣臣、父父、子子”（《论语·颜渊》）关系，概括为“亲亲为大，尊贤有等”（《中庸》）。一切由“亲”（父）开始，然后再扩展到“尊”（君）、“长”（长辈）。也就是说，儒家的仁爱是以宗族为核心，逐渐地向外扩展，是主张“爱有等差”的。以此来确立尊卑贵贱的等级制度和人伦关系，既迎合了统治者的意愿，又适应了小农经济社会一般民众的心态。所以，墨家的此番理论曾被孟子指斥为“无君”“无父”就已经说明“兼爱”与中国传统的血缘基础是相对立的。

2. 半军事化的组织，对统一的国家造成威胁

封建社会，帝王是国家的最高统治者，国家权力高度集中于帝王之手，最忌讳拥兵自重者，又岂能容民间有军事团体存在。而墨家是“一个有严密组织纪律的、行动统一化的、经济一体化的半军事学术团体；成员遵守统一的纪律，遵奉同一个领袖，信奉同一种学说”，对统治者而言就是一个很大的威胁。

墨家有自己的组织形式，明确的宗旨，统一的行动部署，严明的纪律。首领称为“巨子”，墨家门徒“以钜子为圣人，皆愿为之尸，冀得为其后，世至今不决（绝）”。（《庄子·天下》）墨家贯彻墨子的政治主张，有自己的法规，严守纪律，任何人不允许违反墨家之法，违者即使是亲子也不可免。《吕氏春秋·去私》载，墨钜子腹，其子杀人，秦惠王怜他年老又仅有一子，已令赦免。腹说：“杀人者死，伤力者刑……腹不可不行墨家之法。”于是杀了他的儿子。墨家钜子有对其弟子的生杀之权，以墨家的行为准则作为衡量和处理事情的法典，不顾君命王法，蔑视国家法律和君权。

墨家集团的规模也很可观。墨子救宋时，其弟子禽滑厘率三百人，持守城器械驰赴宋城以御楚寇。《吕氏春秋·上德》载，墨钜子孟胜率领弟子为阳城君守城，“孟胜死，弟子死之者百八十三人”。《淮南子·泰族训》“墨子服役者百八十八人”，一个团体有如此众多不畏牺牲的勇士，已足以使任何一个帝王寝食难安了。

同时墨家的成员中多敢死之士，《淮南子·泰族训》记载：“墨子服役者百八十人，皆可使赴火蹈刃，死不还踵，化之所致也。”墨家成员皆精通军事，墨子的著作涉及军事篇章的数量与《孙子兵法》的不相上下。墨家弟子也大都精于攻守之道，行兵布阵之法，尤善守御和制作守御器械。他们的领袖是军事方面的专家，禽滑厘以及其后的孟胜等皆不例外。

秦统一六国并建立了大一统的中央集权专制制度后，墨家的严密组织逐渐丧失了存在的必要性和可能性。秦始皇时，韩非就指出：“儒以文乱法，侠以武犯禁。”（《五蠹》）。随着时代的变迁，墨家这个半军事化的组织，对统一的国家造成威胁。为此，墨家为历代帝王所切齿。

3. 学术观点脱离现实，不能与时俱进

墨家先天不具备利于革新的机制。墨翟“背周道而用夏政”将“禹圣”的模

范事迹常态化，以模仿古人生活细节为人生目标，并来规定未来，这样的作为为墨学种下僵化保守的病根。例如，兼爱、否定爱有差别等却不能解释现实问题，非攻在统一的国家内部又失去实际意义，等等。

墨家缺乏审时度势的变通能力和调节机制。在内调节机制上，墨家简单求同的思想限制了自我的视野，也阻碍了理论自身的进一步发展。综观墨家思想，无论是它对周礼的抨击，还是对天命等级的挑战，或是对“尚同”“尚贤”的政治主张的推崇，对“兼爱”这一最高理想的追求，都有一个共同点——“同”。对立于“畸”的“同”，墨家的“尚贤”“非命”，“是故选天下之贤可者，立以为天子”。（《尚贤上》）墨家“兼爱”“尚同”思想具有浓厚的“以同去异”“以齐去畸”的特点，充满简单同一的色调，墨家以尚同为武器，在自己理论延及的范围内用共性去规范、制约、消融个性，因而使自身缺乏内在的调节和因时制宜的功能。当大一统来临之际，儒家迅速地做出了反应，它的“修身、齐家、治国、平天下”和董仲舒“天人合一”理论更是确立了儒家千年不移的独尊地位。对此，荀子曾说：“墨子有见于齐，无见无畸，……有齐无畸，则政令不施。”在外调节机制上，它竭力排斥其他学说，理论上缺乏应有的弹性和宽容精神，使它无法兼综各家学说。儒家从墨家身上吸取了《尚同》《天志》的主张，创立了天人学说，以丰富自己的学说。可是，综观墨家，除了创立者墨翟之外，墨家也没有出现有影响的思想家；除了一部现存五十三篇的《墨子》外，别无其他著作传世。加上行动上不知变通，不讲审时度势，缺乏内在的调节机制和外在的竞争机制，堵塞了墨家发展的道路。

4.组织分散，造成内部分裂

从“墨子服役者百八十人”（《墨子》），“墨子曰：臣之弟子禽滑厘等三百人”（《吕氏春秋》），以及“孔墨之徒弥众，弟子弥丰，充满天下”（《淮南子》）中可知，墨徒人数众多，但墨家各派却分散在全国各地，有齐之墨者，东方之墨者，南方之墨者，秦之墨者。当时生产力落后，各地之间的交通极为不便，常常造成对钜子的命令各闻异辞的情况，致使各派间各行其是，最终造成墨家各部在学术上的分裂。如《墨子》一书便由墨家三派各自根据本派流传的墨子的学说整理而成，故有上、中、下之分。

学派的分裂导致了墨家整体力量的衰弱。《韩非子·显学》记载:“自墨子之死也,有相里氏之墨,有相夫氏之墨,有邓陵氏之墨,故孔、墨之后,儒分为八,墨离为三,取舍相反不同,而皆自谓真孔、墨。孔、墨不能复生,将谁使定世之学乎?”《庄子·天下》里也有记载:“相里勤之弟子,五侯之徒,南方之墨者苦获、已齿、邓陵子之属,俱诵墨经,而倍谲不同。相谓别墨,以坚白同异之辩相訾,以奇偶不仵之辞相应,一巨子为圣人。皆愿为之尸,冀得为其后世,至今不决。”墨家内部发生严重的分裂,各派纷纷指责别派为“别墨”,并造成墨家在学术上的分裂。《吕氏春秋·去宥》里记载了秦之墨者唐姑果与东方墨者谢子之事:“东方之墨者谢子,将西见秦惠王。惠王问秦之墨者唐姑果,恐王之亲谢子贤于己也,对曰:谢子东方之辩士也。其为人甚险,将奋于说以取少主也。王因藏怒以待之。谢子至说王,王弗听。谢子不说,遂辞而行。”由此看出,墨家当中学派之争很激烈。吕不韦评论说:“凡听言以求善也。所言苟善,虽奋于取少主,何损?所言不善,虽不奋于取少主,何益?不以善为之悫(诚笃、忠厚),而徒以取少主为之悖,惠王失所以为听矣。”《吕氏春秋·孝行贤第二·首时》也载:“墨者有田鸠,欲见秦惠王。留秦三年,而弗得见。客有言之于楚王者。往见楚王。楚王说之。与将军之节以如秦,至因见惠王。告人曰:之秦之道,乃之楚乎。固有近之而远,远之而近者。”他与谢子一样是于秦惠王时期入秦的墨者,又与谢子相同被秦之墨者所阻,入秦三年未能见惠王。对于这次分裂对墨家的影响,方授楚有过这样的议论:“夫墨本以组织严密而骤盛也,今既分裂而彼此背驰,则其组织破坏,此所以速亡之主因也欤?”

5.轻文重用,缺少领袖发扬学说

首先,墨家轻文重用,《韩非子·外储说左上》有云,楚王问田鸠威吓墨子多言而不辩,答曰:“今世之谈也,皆道辩说文辞之言。人主览其文而忘有用。墨子之说,传先王之道,论圣人之言,以宣告人。若辩其辞,则恐人怀其文忘其直。以文害用也。……故其言多不辩。”《墨子》53 篇中仅《耕柱》《贵义》等 5 篇记述墨子生平言行之迹,其中有师生问答,《备城门》等 11 篇专论防御之术。这两类文字大多是墨子评价耕柱、高石等学生的为仕行为,尤其是讨论防卫技术,而一般意义上的教学记录却极少。如《鲁问》中:“鲁人因子墨子而学其子者,其子战死，其父让墨子。墨子曰：‘子愿学子之子，今学成矣。’”这是《墨子》中极少的有关教学的记述，表述了墨子的教学思想：“实战为教，以战死为‘学成’。”这是以军事为主旨的行为性教学，而不是以学问为主旨的学术性教学。究其原因在于“墨子蔽于用而不知文”（《荀子·解蔽》）。

其次，墨家缺少承前启后、德才兼备的领袖来发扬光大其学说。墨家的首领称“钜子”，因推崇禅让制，钜子的产生实行指定制和终身制，并有着极大的权威，郭沫若先生曾指出“大概等于后世的教祖”。在《庄子·天下》中也指出“以钜子为圣人，皆愿为之尸，冀得为其后，世至今不绝”，墨徒对钜子衷心崇拜，竭诚拥戴，无条件地服从，虽死无怨。在这种制度下，钜子的才识和素质以及个人魅力等就显得尤为重要，甚至可以说，钜子的英明与否是影响墨派兴衰的决定性因素之一。墨家的第一任钜子墨子注意“择务而从之”是一个原则性和灵活性兼备的人物。墨子死后，墨家陷于“真墨”与“别墨”之争，使墨子学说未能得到真正的继承和发展。同时后继钜子的才识几乎都不能与第一位钜子才识相比，无法承担起学派精神核心甚至权力核心的重任。第三任钜子孟胜为“义”而帮助阳城君，致使“弟子死之者百八十三人”，极大地削弱了墨学的势力，几乎“绝墨者于世”。而第五任钜子之子杀人，秦惠王要赦免其死罪。但钜子“不许惠王，而遂杀之”，认为墨家之法大于国法，为君主所忌恨。由此可见，后继钜子大都墨守成规，最终使墨家钜子的向心力演化为离心力，导致学派的力量迅速消散。反观儒家，孔子死后，曾子得其道统，子夏得其文统，此后的孟子、荀子更是公认的一代宗师，直至董仲舒的新儒学，其学说继往开来，推陈出新，得到发扬光大，于是迎来了学术上的正统与独尊地位。而墨家的弟子中禽滑厘算最出名的，但不见其学说有多高明，其他耕柱、高石等都只是因一二事而在历史上留下名字。虽据史载随巢子、胡非子等墨徒也有著述，但都已无从稽考其详。在清代学者孙诒让《墨子传授考》中，仅得有名有姓的墨子弟子 15 人，再传弟子 3 人，三传弟子 1 人，呈几何级数递减，墨派不重视接班人的培养，确是铁的事实。

6. 走向极端，失去人民同情

墨子怀救世之心，疾恶如仇，但其持论过激，行径近乎偏激。墨子要求墨徒：“必去六辟。默则思，言则诲，动则事，使三者代御，必为圣人。必去喜、去怒、去乐、去悲、去爱、(去恶),而用仁义。手足口鼻耳(目),从事于义,必为圣人。”(《墨子·贵义》)使人变成了为“义”而活的机器,偏离了人性的基本需求,令一般人难以接受。同时墨家以大禹“沐雨栉风,形劳天下”为行,“以裘竭为衣,足支跷为服,日夜不息,以自苦为极”,认为这样做才足以称为墨者。《墨子·备梯》中载:“禽滑厘事子墨子三年,手足并地胼胝,面目黧黑,役身给使,不敢问欲。子墨子甚哀之……禽子再拜而叹。”生活太过艰苦,墨子都不忍而哀之。为此庄子在《庄子·天下》篇评论墨家学派说:“其生也勤,其死也薄,其道大觳;使人忧,使人悲,其行难为也,恐其不可以为圣人之道。反天下之心,天下不堪,墨子虽独能任,奈天下何!”

墨家后期,其行为越发走向极端,失去人民同情。在《吕氏春秋·上德》里有记载,墨者钜子孟胜率众弟子守城,“孟胜死,弟子死之者百八十三人”,委让钜子地位与宋田襄的两位弟子,也不听宋田襄的制止回去后共同而死。另外,《吕氏春秋·去私》也载,墨者钜子其子杀人后,秦惠王念其年老另无他子而同情他,特赦其子死罪,而钜子却按照墨家法规自己杀死了儿子。为了这样的义,不惜性命,舍弃亲情的殉教行为,虽然社会对墨家的评价很高,但是,这种行为过于极端,反而失去人民的同情。

7.墨学自相矛盾,难以实行

墨学的“尚同”与“兼爱”是难以共容的两个思想。所谓“尚同”,就是君主要以法制手段来加强集权,做到“一同天下之义”,而“兼爱”就是要求爱无差别。以建立一个理想的、平等的大同社会。但是兼爱的实质是仁政,尚同的实质是专制,尚同思想显然乐于为君王所接受,但兼爱主张又为统治阶级所不取。尚同是达到兼爱的途径,但尚同的实现是对兼爱的否定,而兼爱的贯彻也是对尚同的亵渎。

墨家的“节葬”和“明鬼”的主张亦自相矛盾,墨家要求节葬,却又主张敬事鬼神,尊崇尤隆。王充在《论衡·薄葬》中揭示道:“墨家之议,自违其术:其薄葬而右鬼,……如以鬼是死人,则其薄葬非也。”

墨家极为讲究实用与其学说中不可能实现的空想主张之间存在矛盾。墨学的观点包括“兼爱”“非攻”等等,在这些观点中“兼爱”“非攻”可谓其理论的核心，但正是这核心理论却具有空想性，同时，“非命”与“天志”的理论主张也使墨学置于唯心主义框架中。

取精必先用宏，温故而知新。认真研读墨家学派的学术理论，注意吸取其合理思想和精粹内涵，而抛弃其糟糠和不合时代需求的内容，发扬墨家的生产和节约意识，而正确认识“非乐”；发扬“尚贤”，摒弃麻木盲从的弊端；发扬“兼爱”，而抛弃不切实际的幻想因素；发扬墨家利他主义的精神，而克服苦行和禁欲；发扬“非攻”，吸取它积极防御的战略战术和战备思想；发扬后期墨家重视理性、科学的传统，而克服迷信思想；同时总结墨家的历史经验和教训，对我们今天继承中国优秀传统文化有着积极的作用。

参考文献

[1]陈国庆.汉书艺文志注释通释[M].北京：中华书局，1983.

[2]荀况.荀子[M].北京：北京燕山出版社，1995.

[3]司马迁.史记[M].郑州：中州古籍出版社，1996.

[4]朱熹.孟子[M].上海：上海古籍出版社，1987.

（本文发表于《黄河科技大学学报》2008年第6期）

17. 论李清照对杜甫诗歌的接受

摘要：李清照是宋代最著名的女词人，她接受了杜甫的爱国精神之诗风，在自己的诗词中，直率地表达了对社会、对政治的见解，发出了当时爱国者的强烈的呼声，表现出了爱国精神。其原因是李清照和杜甫有相似的生活经历，共同的爱国情怀。

关键词：杜甫；李清照；爱国精神；接受

"在宋代诗人中，能继承杜甫的爱国思想，发扬杜诗沉郁顿挫的风格，在创作手法上也能追攀杜甫的，我们认为是南宋的陆游、文天祥。"[1]其实，继承杜甫爱国忠君思想的，还有李清照。在《李清照集校注》一书中，有两句逸诗："少陵也是可怜人，更待明年试春草。"[2]说明李清照在自己的诗词中表现出对杜甫诗歌的接受。

一

杜甫是唐代伟大的现实主义诗人。他写过一些咏马的诗，其中有一首《瘦马行》，清人钱谦益称："公尝疏救之而不得，故作是诗。"[3]是因为杜甫上疏救房琯触怒了唐肃宗，几乎被处死，后被放还鹿州省家，不久又被贬为华州司功参军时所作。诗中用瘦马的"失主""远放"，来比自己的贬官和不受重用。结尾两句是"谁家且养愿终惠，更试明年春草长"，意思是希望有人能收养这匹瘦马，等到明年春回草长时，这匹马很可能会再次施展它的才能。诗人以马自况，言外之意，还是寄希望于最高统治者能再度起用他这位“每饭不忘君”的老臣。这当然是杜甫的一种幻想。李清照的两句逸诗，正是针对他的这个心愿写的。可惜全诗没有留传下来，无法推知整篇诗意所在。但从仅有的这两句诗来分析，李清照一方面对肃宗不能重用贤臣表示不满，因而同情杜甫的遭遇，另一方面对杜甫不能看清肃宗的庐山真面目，始终盼着能见用于最高统治者的痴情，也不无微词。一个“可怜”，一个“更待”，既是同情，又是批判。作为一个封建社会中的女诗人，李清照对于封建统治者能有这样的洞察力，不能不说是难能可贵的了。

杜甫的咏马诗，不仅以马自喻，也以马比人。他还有一首《题壁上韦偃画马歌》，写当时名画家韦偃和杜甫告别时，为他画了一幅良马图。图上的马匹，吃草的吃草，嘶鸣的嘶鸣，无所事事，不受重视。由此，诗人联想到当时人才不被重用的普遍现象，概叹道：“时危安得真致此，与人同生亦同死。”他深感不平的是在国家急需人才的危难时刻，人也好，马也好，都被弃置不用，更谈不上受到重视。这里写的马，指的是人，也包含诗人自己，诗中蕴蓄着深沉的伤时忧国的思想。类似的慨叹，杜甫咏马的诗里，还有不少，如《秦州杂诗》之五的后半首：

闻说真龙种，乃残老骕骦。哀鸣思战斗，迥立向苍苍。

诗中的“老骕骦”“哀鸣”“思战斗”等字面上说的是马，而实质上说的是诗人自己。

还有一首咏马诗《韦讽录事宅观曹将军画马图》，清人说：“此诗说曹将军所画的马，精神所注，犹恋恋玄宗不胜鼎湖乌号之类痛。”又说：“少陵至此，犹追忆玄宗不置，诚可哀矣！独是作画马诗，而笔势之腾掷精悍，便如一匹渥洼龙驹相似。无一字顿置，无一笔懈弛，一纵便有千里之势，一落便有千丈之强，飞腾变化，不可方物。”[4]可见诗人忠君忧国感情之强烈。

又如《江汉》后半首：

落日心哀壮，秋风病欲苏。古来存老马，不必取长途。

对于《江汉》这首诗的意旨，仇兆鳌引张远注《杜诗会粹》说："全首是老骥伏枥，志在千里，烈士暮年，壮心不已。"

二

李清照是一个有理想、有抱负、热爱生活、热爱祖国的女诗人。她面临着异族入侵，宋室南渡的垂危局势，又身受颠沛流离、家破人亡之苦，因此，其后期作品，渗透了深沉的故国之思。如《永遇乐》一词，用今昔对比的手法，写她对"中州盛日"的怀念和漂流异乡之苦，引起了当时遭受亡国之痛的人们的共鸣。宋末爱国词人刘辰翁，读了李清照这首词，深受感动，说："余自乙亥上元，诵李易安《永遇乐》，为之涕下。今三年矣。每闻此词，辄不自堪，遂依其声，又托之易安自喻。虽辞情不及，而悲苦过之。"[5]于是，刘辰翁也写了一首《永遇乐》，抒发他的爱国主义感情。李清照在她的诗文中，更进一步抒发了她的爱国激情，如《上枢密韩肖胄诗》就有这样沉痛的诗句："子孙南渡今几年，飘零遂与流人伍。欲将血泪寄山河，去洒东山一抔土。"王仲闻在诗末注曰："东山，清照故乡也。故土沦亡，清照无时不在怀念中，故以望山东信息作全诗之结束。"[6]同时对当时在异族入侵面前妥协投降的现实进行了愤怒的鞭笞。在金华期间，她就做"打马"之戏，并编写了《打马图经》和《打马赋》。"打马"是一种宋时流行的博弈游戏，类似后世的下围棋或下象棋，其法今已不传。她做这种游戏，并不全为消遣取乐。她说："夫博者，无他，争先术耳。"[7]她在《打马赋》这篇写游戏的文字中，以游戏之笔寄托了忧国之思。表面写的是游戏，实则字里行间不难体会出她提醒人们不要忘记家国危难。特别是最后的"辞曰"明确而集中的表达出她的爱国主义的感情：

> 佛狸定见卯年死，贵贱纷纷尚流徙。满眼骅骝及騄駬，时危安得真致此？木兰横戈好女子，老矣不复志千里，但愿相将过淮水。

首两句预言金人必败，表示出她对异族统治者的痛恨和对人民流离迁徙的同情。次两句说明中兴的人才并不缺乏,可叹的是人才不被重用的事例比比皆是。最后高度赞美花木兰,深以自己老迈不能仿效木兰为憾,激励人们要做好战斗准备,以期有朝一日能收复失地。

从这短短的几句“辞曰”中,我们能明显地看出李清照和杜甫的继承关系。第三、四句出自杜甫的《题壁上韦偃画马歌》,第三句既包括了杜诗的次两句“戏拈秃笔扫骅骝,欻见骐驎出车壁”的诗意,第四句更是直接从杜诗引来。第六句“老矣不复志千里”则是从曹操《步出夏门行》中“龟虽寿”一章中脱化而出,也是用马来比自己。杜甫的诗中,除上文引过张远,说他的《江汉》全首用的此意外,《赠韦左丞丈济》中还有“老骥思千里”的句子。在这里,女诗人却一反曹、杜两家的诗意,深感自己年近桑榆,空有报国之心,却已无法实现自己的千里之志了。此外,《打马赋》一文中,还有“沙苑马肥”之句,用的也是杜甫的诗意。因为杜甫有《沙苑行》一诗,又《赠田九判官梁邱诗》有“苑马总肥春苜蓿”之句。联系本文开头所引的逸句,我们可以看出,李清照的作品中,有的篇目,无论思想,还是诗的风格,都确有杜甫诗风的一面。因此,近代著名诗人陈衍在评论李清照的《上枢密韩公、工部尚书胡公》时就曾指出:“雄浑悲壮,虽起杜、韩为之,无以过也。”后人看了《打马赋》后,深为她的爱国思想所感动,作诗称道说:“国破家亡感慨多,中兴汗马久蹉跎。可怜淮水终难渡,遗恨还同说‘过河’。”[8]而杜、李二人这种风格上类似的原因,则是他们都具有强烈的忧时忧国的思想感情。

三

杜甫一生经历了自天宝中期开始的社会衰败与安史之乱,一生坎坷。尤其是落第后回到长安的十年间,历尽辛酸。“卖药都市,寄食友朋”(《献三大礼赋表》),“朝扣富儿门,暮随肥马尘。残杯与冷炙,到处潜悲辛”(《奉赠韦左丞》)。这十载杜甫历尽人生辛酸,他看到了百姓疾苦,关心国家安危。忠君恋阙,仁民爱物的情怀,在这颠沛辛酸的生活里,不但未曾衰退,反而更加强烈了。这对于他的诗歌创作来说,是意义巨大的。就在这段时间,他写下了《兵车行》《前出塞九首》《丽人行》《无家别》和《自京赴奉先县咏怀五百字》等反映天宝后期动乱行将到来时社会风貌的名作。

杜甫对后代更为重要的影响，是在思想情操方面他的心系国家安危，同情民生疾苦，为历代士人所崇仰，在士人人格的形成上，有不可估量的影响。北宋爱国将领李纲在《重校正杜子美集序》中说杜诗“平时读之，未见其工，迨亲更兵火丧乱之后，诵其诗如出乎其时，犁然有当于人心，然后知其语之妙也”。南宋爱国将领文天祥兵败被俘，有《集杜诗》两百首，序中说：“凡我意所欲言者，子美先为代言之。”[9]这种影响久历不衰。其实，对北宋女词人李清照的影响又何尝不是如此呢。

南渡词坛虽然未出现堪与苏轼、周邦彦并驾齐驱的大词人，但巾帼词人李清照的横空出世，却使南渡词坛放出奇异的光彩。在创作上，李清照生动地展现了她的生命历程和情感历程。和杜甫相似，她一生饱经苦难。靖康之难后，李清照家破人亡，丈夫去世，两人化一生心血所收藏的金石书画，散失殆尽。她由一个贵妇人跌入流亡难民的行列。晚年过着衣食无靠的流浪生活，受尽劫难和折磨。李清照在这个时期的诗作的题材较词要宽广得多。“寻寻觅觅，冷冷清清，凄凄惨惨戚戚”，从前轻盈妙丽的望夫词，如今变成了沉重哀伤的生死恋歌，词境由明亮轻快变成了灰暗凝重。这是词人情感历程的真实写照，也是时代苦难的象征。又如“物是人非事事休，欲语泪先流”（《武陵春》），“只恐双溪舴艋舟，载不动许多愁”（《念武陵春》）。

赵明诚的父亲赵挺之做到了尚书右仆射（宰相之一），李清照献给他一首诗，可惜现在只有一句了：

炙手可热心可寒。

她对赵挺之的升官似是不以为贺而以为惧。后赵挺之极力排斥元祐党人，李格非因党籍故被罢官，李清照上诗赵挺之曰：

何况人间父子情。

可见她对赵挺之的升官似有微词。又如：

少陵也是可怜人，更待明年试春草。

两汉本继绍，新室如赘疣。……所以嵇中散，至死薄殷周。

在这些诗中，作者跳出了封建妇女生活的狭窄天地，发表了对社会、政治的一些见解。难怪后来理学家朱熹也说："岂寻常妇人所能！"[10]李清照后期的作品有表达了中坐而叹的思想的，也有表达了克复神州的愿望的。和杜诗一样，它们反映了作者对国家民族危亡的关切。还如：

南渡衣冠少王导，北来消息欠刘琨。

当时正是主张抗敌的宰相李纲被免职了，昏庸低能的黄潜善、汪伯彦当了宰相，他们虽然掌握了大权，却无御敌之计；留守东京的爱国抗敌英雄宗泽死了，继任的是后来投降敌人的杜充。李清照这两句诗谴责了这些投降分子，说他们既不是要勠力扶助王室、克复神州的王导，也不是隔阂华戎、志在本朝的刘琨，也就是说，南宋那时的将相大多不以复兴为念。如果说上面那两句诗的笔触还没有碰到最高统治者赵构，那么，下面两句诗就不是这样的了：

南来尚怯吴江冷，北狩应悲易水寒。

说南来的人，不应当忘记被俘北去的赵佶、赵桓，就直接谴责了赵构害怕父兄回来，自己做不了皇帝，而把国家民族的大仇抛讲得脑后。在《打马赋》中她说：

今日岂无元子，明时不乏安石。

希望南宋能够像东晋那样偏安江左的时候，还有桓温、谢安这样的人，或者能够出击，收复失地，或者敌人前来进犯，能够击溃他们。她还说：

佛狸定见卯年死。

可见她对抗敌前途也是抱着乐观态度，有胜利信心的。尽管那时金人正在向南宋发动进攻，李清照自己也从杭州逃到了金华。在《打马赋》的最后，她还说：

老矣谁能致千里，但愿相将过淮水。

当时淮水以北，土地全部沦陷，她说自己老了，没有什么远大的志向，只希望大家一起回到淮水以北去，也就是赶走金人，收复河山。我们不能不承认：她们代表了当时爱国者的强烈呼声，表现了爱国精神。在封建制度下，妇女们不能够参加任何政治活动，没有任何政治权利，但李清照的作品表示了强烈的民族意识、爱国精神，实在是难能可贵，值得特别提出来。

参考文献

[1]胡可先．论宋末杜诗学[J]．杜甫研究学刊，1981．

[2][6][7][10]王仲闻．李清照集校注[M]．北京：人民文学出版社，1979．

[3]钱谦益．钱注杜诗[M]．北京：中华书局，1961．

[4]佚名．杜诗言志[M]．南京：江苏人民出版社，1983．

[5]宋词选[M]．上海：上海古籍出版社，1981．

[8]李汉章．黄檗山人诗集[M]．上海：中华书局上海编辑所，1964．

[9]廖仲安．记抗战时期三位热爱杜诗的现代作家和学者[J]．杜甫研究学刊，1997(1)．

（本文发表在《名作欣赏》2007 年第 8 期）

18. 论李清照李煜词风格同异

摘要:李清照和李煜都是婉约派词人,由于有相似的生活轨迹,相似的心理感受,相似的抒情手法和语言特色,所以,他们的词都感人至深。但是,又由于性别不同,所处时代不同,创作理论的差异和对生活的感受不一样,他们词的风格又同中有异。

关键词:李清照;李煜;风格;异同

我国的词坛是一个群芳竞艳、姹紫嫣红的百花园,多姿多态、千娇百态的婉约词,为我国古典诗歌增添了无限的光彩,也为我国文学的发展起着继往开来的作用,自晚唐五代以来直至近代,婉约词继承民歌的优良传统,不断推陈出新,形成了自己的特色。

李清照和李煜都是文学史上著名的婉约派词人,一个是北宋知识妇女,一个是南唐后主,一个是因为王室甬迁而颠沛流离,一个是由南方天子走向北地幽囚。他们前期所作的词多写闺情和宫廷,后期所作的词多写亡国之痛。相似的生活轨迹,使两人的词在风格上有不少相同之处,但由于他们所处的时代和个人生活及感受不同,他们词的风格又同中有异。

一、相同一:感情真切,发自肺腑,直抒胸臆,故感人至深

李清照是宋代最负盛名的女词人,一生从事学术研究和写作活动。前期,她是一个聪慧开朗、天真娇憨的少女,过着无忧无虑的生活。这一时期的作品

可以《如梦令》为代表。李清照出身于知识分子家庭，婚后夫妻志趣相投，生活是悠闲恬静的。其间，她是一个才华横溢、挚情笃爱的少妇。这一时期的作品可以《一剪梅》《醉花阴》为代表。但南渡后，国破家亡，丈夫病逝，她成了一个饱经忧患、孤独憔悴的嫠妇。苦心积累半辈子的心爱的书画金石丢失殆尽，颠沛流离，晚年生活尤其凄凉。这一时期的作品以《武陵春》为代表。在文学创作上，她也和李煜十分相似。由于生活的变故，她后期的作品，无论思想性还是艺术性，都比前期佳。李清照这一时期的词，反映的已经不是个人的悲欢情感，而是代表了当时特定的历史条件下一个群体的情绪了。这种情绪已不是寻常的士大夫的浅愁薄恨，而是具有了特定时代、特定群体的精神面貌的特征。正是李清照个人生活遭遇具有很广的代表性，她的词才有了时代和群体的特征。

李清照是我国文学史上有文采的作家，“她不仅写下了为人传诵的优秀作品，而且还创造了一种‘李易安体’，这种浅俗、清新而又有深意的词体，给词的语言、风格打开了一个新的局面”[1]。她在词的创作上有突出的才能和独特的风格。就因为有这个特点，她在两宋词人中便能独树一帜，与众不同。这个特点最突出的一点，就是她写词不依傍古人，自出机杼，能直抒胸臆，写出真情实感。而在写真情实感时，又掌握了高超的语言技巧，写得淋漓尽致却又不是一泻无余。她的作品字里行间包藏着新颖生动的形象，饱含着具体真实的感情，能给人以具体感受，具有强烈的感染力量。请看《武陵春》：

风住尘香花已尽，日晚倦梳头。物是人非事事休，欲语泪先流。
闻说双溪春尚好，也拟泛轻舟。只恐双溪舴艋舟，载不动许多愁。

全词婉转哀啼，令人读来如见其人，如闻其声。感情深切真挚，构思新颖巧妙，语言浅近而含蓄深沉，无论是直抒愁苦之情还是细写内心的微妙变化，都很生动感人。又如她的《声声慢》，这是李清照南渡以后一首震动词坛的名作。“雁过也，正伤心，却是旧时相识”，“守着窗儿，独自怎生得黑”，读来颇带怆气，顿挫凄绝。近人梁启超在《中国韵文里头所表现的情感》一文说：“那种茕独西惶的景况，非本人不能领略；所以一字一泪，都是咬着牙根咽下。”[2]《永遇乐》中，“如今憔悴，风鬟霜鬓，怕见夜间出去，不如向、帘儿底下，听人笑语”等，也写得凄婉动人。笔者认为，假如没有亲身经历，不可能有这样深切的感受，假如不是直抒胸臆的表达方法，也不可能如此打动人心！刘辰翁的《永遇乐·璧月初晴》小序云："余自乙亥上元诵李易安《永遇乐》，为之涕下。今三年矣，每闻此词，辄不自堪，遂依其声，又托易安自喻，虽辞情不及，而悲苦过之。"[3]可见此词感人之深。

我国抒情诗本来就有各种写法，概括起来说可分为直抒胸臆的写法和曲折见意的写法。如《古诗十九首》和阮籍的咏怀诗就是这两种传统的继承。就词的领域看，李清照在宋代体现这种传统是独特的，只有前代的李煜和她有着共同的特点。由于这个特点，她不仅在宋代词人中独树一帜，在整个抒情诗领域中也是有相当地位的。她的一些极富艺术力量的作品和过去历代的抒情诗比较，都可以说是不可多得的。

李煜天资聪颖，好读书，又喜欢佛教。文章、诗词样样精通，又通晓音律，工诗善画，书法、音乐、舞蹈无一不涉足，可以说是一个具有艺术灵性，才能广泛、成就卓著的文学艺术家。他自幼受儒家思想的教育与艺术熏陶，长大后又笃信佛教。在人生的态度上，他重视社会伦理，讲求真诚自然以及宽容不争的处世风范。他具有忠厚、重感情、真诚而无矫饰的性情。他把真情写入自己词作中，以君王的身份，而不矫饰以自尊，不矜持以自饰，以本色语、真诚心，写尽了人间的悲欢离合。李煜写得最好的词，还是在他后期当了俘虏以后。后期的词，由于他亲身遭受了被囚禁、被侮辱的巨大痛苦，经历了不是一般皇帝所能体会到的生活感受，因此他在这一时期所写的词，完全脱去了游乐的宫廷生活气息，而是充满了深沉的、不幸的悲伤。如他的最为人们所熟知的《虞美人》：

春花秋月何时了，往事知多少，小楼昨夜又东风，故国不堪回首月明中。

雕栏玉砌应犹在，只是朱颜改。问君能有几多愁，恰似一江春水向东流。

这是李煜的真情吐露：感怀故国，悲愤已极；追忆往事，痛不欲生；满腔恨血，喷薄而出。一个自问，"吐露心中万斛愁恨，令人不可卒读。通首一气盘旋，曲折回荡，如怨如慕，如泣如诉”[4]。这简直是血泪之歌。

又如《浪淘沙》：

帘外雨潺潺，春意栏珊。罗衾不耐五更寒。梦里不知身是客，一晌贪欢。

独自莫凭栏，无限江山，别时容易见时难。流水落花春去也，天上人间。

这首词几成后主绝笔，语意惨然。五更梦回，寒雨潺潺，其境之黯淡凄凉可知。尤其是末两句“流水落花春去也，天上人间”，紧承上文，说出了自己不久于人世之意，水流尽矣，花落尽矣，春归去矣，人将亡矣。把四种了语，并合一处作结，肝肠断绝，遗恨千古。

这些词历来为人传诵，是宋代词林中不可多得的佳作。李后主改变了晚唐五代以来词人往往通过一个妇女的不幸遭遇，无意流露或曲折表达自己心情的手法，而是直接倾泻自己的深哀与剧痛。使词摆脱了长期在花间樽前曼声吟唱中所形成的传统风格，而成为诗人们可以多方面言怀述志的新体裁。

对李煜词整体的评说，历来见仁见智，而对其写词的艺术技巧和塑造的感人的艺术形象，却大都是肯定的。王方俊在《唐宋词赏析》中说《虞美人》被前人誉为“词中之帝”[5]，又称《浪淘沙》是“我国诗歌艺术宝库中一件珍品”[6]。宋代词人李清照也说：“独江南李氏君臣尚且文雅。”[7]这都是对李煜词的高度评价。

李煜的词何以写得如此明白如话，真切感人，令人百读不厌呢？笔者认为除了高超的艺术技巧外，和他的国破家亡，被俘为囚的生活分不开。清李佳在《左庵词话》中引韩愈所谓“欢愉之词难工，艰苦之词易好”的话说：“诗文皆然，词亦何莫不然。统观诸作，凡泛泛应酬，空空写景，半属平平。若骚客劳人，俯仰古今，溯洄身世，自罔不情味隽永，令读者百回不厌。”[8]这话说得很有见地。李煜词就属于这种“骚客劳人”的“俯仰古今，溯洄身世”，他身历艰苦，感触必深，发而为词，自然真切动人。

李煜词在艺术上之所以具有相当大的吸引力，是因为和李清照一样，就是他能够直抒胸臆，向读者吐露真情。“小楼昨夜又东风，故国不堪回首月明中”

“四十年来家国，三千里地山河”等等，你能说他无病呻吟、矫揉造作、没有真情实感吗？事实上，没有真情实感，也不可能写出这样的诗句。正如白居易在《与元九书》中说：“感人心者，莫先乎情。”笔者认为，李煜在写真情实感方面有时比李清照更充沛、更酣畅、更入木三分。因此艺术感染力也更强烈、更深沉、更凄恻动人，然而也更消极。这是因为李煜一生经历了从王子、太子、君王到俘虏的身份巨变，生活落差比李清照更大，切肤的感受比李清照更深。

加拿大籍华人学者叶嘉莹先生很欣赏李后主的词，她说：“我们先从其阅世浅与不失赤子之心的一面来说，后主之为人与为词的最大的好处原来就在于他的真纯无伪饰。我尝以为中国历代诗人中最能以认真的态度与世人相见的，一个是陶渊明，另一个就是李后主。”[9]近人王国维在《人间词话》中说李煜是一个“主观诗人”，他说：“客观之诗人不可不多阅世，阅世愈深则材料愈丰富愈变化，《水浒传》《红楼梦》之作者是也；主观之诗人不必多阅世，阅世愈浅则性情愈真，李后主是也。”[10]这个说法似有不当，但细品其意，却有一定道理的。因为李煜的词，不但受他人生阅历不深的影响，而且是刚过不惑之年的他沦为亡国奴这一残酷现实带来的深切感受。在这一点上，李清照也一样，她出身于仕宦的文人家庭，丈夫又是宰相之子，她和下层的人民不会有很多的接触，她的眼界和思想自然受到了限制。可谓阅世不深，阅历有限，主观世界也是相当的狭窄。她和李煜一样，也是一个主观诗人。王国维还说：“尼采谓一切文学余爱以血书者，后主之词真所谓以血书者也。宋道君皇帝《燕山亭》词亦略似之，然道君不过自道身世之感，后主则俨有释迦基督担荷人类罪恶之意，其大小固不同矣。”[11]乍看这一评论似有不妥。一般人认为，《人间词话》说“后主之词真所谓以血书者也”，又说“后主则俨有释迦基督担荷人类罪恶之意”，实为太过。俞平伯先生也说：“此皆推许太过，拟不于论。”[12]再说后主是亡国罪人，怎能比之于释迦基督之担荷人类罪恶？其实，我们仔细玩味，王国维的话不过是一种借喻手法。血书者，是说后主词中所表达的感情，其哀伤真挚有如血泪凝结而成，并非真指用“血”来作词也。“担荷人类罪恶”，也不过是比喻后主词中所表达的虽系个人之悲哀，然而却是以包容了所有人类的悲哀，正如释迦基督之以个人承担了所有人类的罪恶，并非真的说后主完全承担天下罪恶的意思。这样看来，王国维的批评也是有独到见解的。

李清照和李煜的词对后辈影响都很大。陈廷焯《白雨斋词话》中说，李清照的词“深情苦调，元人词曲往往宗之”[13]。唐圭璋说：“无论是金碧满眼的花间词，还是明白如话的李煜词，都对宋词产生了极大的影响。”[14]

二、相同二：语言朴素，自然本色，全用白描手法，故明白如话

李清照在用词方面，有相当高的技巧，艺术性很强，具有强烈的感染力，这种艺术力量，不是靠夸张，也不是靠铺叙，而是靠白描的笔法，且达到了一种自然的境界。这种笔法和境界，表面看起来，似乎随便写来并不吃力，而实际上乃需要最大的功夫的。要达到这种自然的艺术境界，就要求语言具有朴素的美。关于她的创作技巧，前人有不少评论。有人说她“新”，也有人说她“奇俊”。张端义《贵耳集》引发李清照《永遇乐》词中“于今憔悴，风鬟霜鬓，怕见夜间出去”句，说她“以寻常语度入音律，炼句精巧则易，平淡入调者难”。[15]当然这一类平淡的句子在李清照的词里俯拾皆是，如“三杯两盏淡酒，怎敌他晚来风急”“物是人非事事休，欲语泪先流”“人间天上，没个人堪寄”等等，用的都是白描手法。还有她的不少名句，如“载不动许多愁”“帘卷西风，人比黄花瘦”“绿肥红瘦”“才下眉头，又上心头”等等，语言清新明快，流转如珠，平淡本色，绝无半句豪华语。她的这种白描手法，就是古人常说的“绚灿之极，归于平淡”。清初学者刘体仁认为词当“字字有眼”，能让读者“陡然一惊，正是词中妙境”。他在《七颂堂随笔》中说：“李易安‘最难将息’‘怎一个愁字了得’，深妙稳雅，不落蒜酪，亦不落绝句，真此道本色当行第一也。”[16]比之于李煜，可以说她继承并发展了李后主的笔法。李清照词的另一个突出的特点是善用叠字，词家少有，而极富艺术感染力。如《声声慢》，“寻寻觅觅，冷冷清清，凄凄惨惨戚戚”，开头一连串叠字；又如“梧桐更兼细雨，到黄昏，点点滴滴”，真是大珠小珠落玉盘，美妙无比，但又无斧凿痕迹，足见其文字功力。梁绍壬《两般秋雨庵随笔》说李易安词“寻寻觅觅，冷冷清清，凄凄惨惨戚戚，连上十四叠字，则出奇制胜，真匪夷所思矣”[17]。

在《苕溪渔隐丛话》中记载李清照的一篇《词论》，她提出“词别是一家”的著名观点，一直受到后人的重视。俞平伯先生也说：“李清照在《词论》里，主张协律；又历评北宋诸家均所不满，而曰：‘乃知词别是一家，知之者少’，目空一切，

似乎很夸大。现在我们看她的词却能够相当地实行自己的理论，并非空谈欺世。她擅长白描，善用口语，不艰深，也不庸俗，真所谓‘别是一家’。”[18]在词的语言技巧上，她主张词要严格遵守音律的要求。文章很富于批判精神，她对晚唐至北宋几位有名的词人柳永、晏殊、欧阳修、苏轼、晏几道、贺铸、秦观等人的词，逐一进行批评，言辞严厉，虽不免偏激，但表现出她对词风格方面的苛刻要求。她强调“铺叙”“典重”“故实”和“富贵态”[19]。她批评张先、宋祁等人的作品语言“破碎”，这是对语言的要求，也是对词的意象的要求。她批评晏几道的作品“苦无铺叙”，主张词要展开些，尽可能写得细腻、曲折，有渲染，讲层次，跌宕起伏，前呼后应。她批评苏轼的词是“句读不葺之诗”。反对以诗入词的粗疏格律来破坏词的音乐美。她批评柳永“虽协音律而词语尘下”。她批评贺铸“苦少典重”。这种典雅美的追求，可以看作是李清照对词的语言方面的要求。但她自己的代表作品，却并不典重、故实，反以通俗白描手法见长。南渡以后，她的不少词作，能反映下层人民的生活，有一定的爱国思想，然而在语言音律上，却与她自己《词论》中的观点大相径庭。前期的作品，虽符合她的创作原则但大多局限于个人的哀感愁情，思想境界不高，可能正是她的这种观点在词的创作方面所起的局限和受其消极影响的结果。南宋王灼站在正统封建士大夫立场上，鄙视俚俗之作，在《碧鸡漫志》中说李清照的词“闾巷荒淫之语，肆意落笔，自古缙绅之家能文妇女，未见如此无顾忌也”[20]。这恰好从另一个角度说明了李清照词风格的特点。

和李清照一样，李煜也是用白描的手法，明白如话的语言，抒写他的生活感受，塑造了一系列生动感人的艺术形象。如“小楼昨夜又东风，故国不堪回首月明中”“梦里不知身是客，一晌贪欢”等句，都构成了画笔所不能到的意境，写出他国破家亡的感受。他还善于用贴切的比喻将抽象的感情形象化，如“恰似一江春水向东流”“流水落花春去也”等句，语气明净、优美，接近口语，进一步摆脱了花间词人镂金刻翠的风格。

对包括李煜词在内的唐五代词的批评，说法不一。前金陵女子学院国学系主任刘麟生说：“平心静气而论，唐五代词，有一种浑厚和雅之气。在北宋初年，尚可以看见，后来便没有了。就这个作风而说，唐五代词，固然是极峰。”[21]这个批评，就词的艺术风格来说，却是很中肯的。对李煜词的语言风格，古人有许多评价。清代常州派词论家周济在《介存斋论词杂著》中说："王嫱西施，天下美妇人也。严妆佳，淡妆亦佳，粗服乱头，不掩国色。飞卿，严妆也；端已，淡妆也；后主则粗服乱头矣。"[22]说明李煜的词，不用淡妆，也不用浓妆，就有一种本色美与自然美。王国维很欣赏李煜的词，高度评价说："温飞卿之词，句秀也；韦端已之词，骨秀也；李重光之词，神秀也。"[23]也说明李煜词的秀美，不像温庭筠全靠辞藻华丽取胜，韦庄以词的潜在的骨力见长，李煜的词却不假辞藻之美，不见着力之迹，全以奔放自然之笔写纯真任纵之情，自然表现出一种俊逸飞扬之神韵。

三、同中之异

李清照和李煜的词虽然有不少相似的地方，但同中有异。

第一，李清照在理论上确立了词体的独特地位，提出了词"别是一家"之说。她的《词论》使她的词在宋代能独树一帜，自成一家。这是李煜所不能及的。李清照的词论有三个内容：首论词的起源，从唐"乐府声诗"大盛，经五代，到宋，依次述说；次论北宋各家短长；再论词的声律标准，提出词"别是一家"的重要观点。词"别是一家"之说，是词坛的一声春雷，它引起历代词家的关注和研究兴趣。她不但提出词"别是一家"，还认为词对音乐性和节奏感有更独特的要求。它不仅像诗那样要分平仄，而且还要"分五音，又分五声，又分六律，又分清浊轻重"，[24]以便"协律""可歌"。否则，词就成了"句读不葺之诗"，而失却了词作本身的文体特性。词作只有保持自身独立的文体特性，才能不被诗所替代，在文学之林中占有独立地位。如果说苏轼是从诗词同源的渊源角度提高词体的地位，那么，"李清照则是从词的本体论出发，进一步确立了词体独立的文学地位"[25]。李清照对词的发展的贡献，这是李煜无法与之相提并论的。她还特别喜欢用双声、叠韵的字，渲染一种凄凉的气氛，这也是李煜所没有的。

但李煜词最突出的一个特点就是"真"。这位生于深宫之中、长于妇人之手，阅世甚浅的词人，始终保持较为纯真的性格。在词中一任真实情感倾泻，而较少有理性的节制。他后期的词写了亡国之痛，血泪至情；前期的词写宫廷享乐生活的感受，对自己的沉迷与陶醉，也不加掩饰。如《玉楼春》：

晓妆初了明肌雪，春殿嫔娥鱼贯列。笙箫吹断水云间，重按霓裳歌遍彻。

临风谁更飘香屑，醉拍栏干情味切。归时休放烛花红，待踏马蹄清夜月。

他因纯情而缺少理性节制。他在亡国后不曾冷静地自省，而是直悟人生苦难无常之悲哀："人生愁恨何能免""无奈朝来寒雨晚来风""自是人生长恨水长东"。他把自身所经历的一段破国亡家的惨痛遭遇泛化，获得一种广泛的形态与意义，通向对于宇宙人生悲剧性的体验与审视。王国维在《人间词话》中说："词至后主而眼界始大，感慨遂深，遂变伶工之词为士大夫之词。"正是由于李煜以其纯真，感受到了"人生长恨""往事已成空"那种深刻而又广泛的人世之悲，所以其言情的深广超过其他南唐词人。以纯真的性格作词，并在词作中突出表现出"真"，这是李煜较之李清照更为突出的地方。而扩大词的眼界，变伶工之词为士大夫之词，更可谓是李煜对词的发展的一个贡献。

第二，在创作上，李清照生动地展现了她的生命历程和情感历程。南渡前，李清照的生活应该说是幸福的。她18岁结婚，与丈夫赵明诚情投意合，婚后夫妇俩诗词和唱，共同收集整理金石文物，生活颇为舒心适意。闺房绣户是她的生活世界，而美满的婚姻便成为她主要的人生理想。随着赵明诚的出仕，夫妻暂别，生活出现了暂时的缺憾。李清照甜蜜宁静的心弦于是奏出一首略带苦涩的幽怨的望夫词：

香冷金猊，被翻红浪，起来慵自梳头。任宝奁尘满，日上帘钩。生怕离怀别苦，多少事、欲说还休。新来瘦，非干病酒，不是悲秋。

休休，这回去也，千万遍阳关，也则难留。念武陵人远，烟锁秦楼。惟有楼前流水，应念我、终日凝眸。凝眸处，从今又添，一段新愁。（《凤凰台上忆吹箫》）

这首轻盈精妙的相思曲，铭刻着女词人的情感历程。李清照与赵明诚的爱情既有婚姻来维系，又有深厚的感情基础。虽然分离，却互相惦念，一种离愁，由两人分担，“离怀别苦”也减轻了许多，更何况时时有传情锦书的慰藉。苦涩的离愁中含有夫妻双方心心相印和彼此眷恋的幸福感，是李清照词的一大特点。

李煜也有不少写离愁别恨的词，如《虞美人（春花秋月何时了）》和《浪淘沙（帘外雨潺潺）》等。但是他所表达的情感和李清照所表现的情感有本质的不同。首先，他作为一个皇帝，宫女嫔娥对他来说，只是一种摆设和玩物，不可能如李清照和赵明诚之间有真挚的夫妻感情，更不可能有忠贞不渝的爱情。其次，没有感情基础。皇帝对于宫女，总是喜新厌旧，始乱终弃。所以，李煜的词中所表现出来的一任沛然莫御的愁情，只不过是他对囚徒生活的不堪和无限的故国之思的哀叹，是不能与李清照同日而语、相提并论的。

第三，李清照描写女性，描写女性的阴柔美，在很大程度上作为作者自身形象、自身情意的直接外化，成功地凸现了抒情女主人公的自我形象。而李煜也写女性的阴柔美，但毕竟有“男子作闺音”之嫌。

第四，李清照从女性特有的视角和感受力出发，充分表现了女性情感细腻的特色，但李煜却无法做到。

还要提出的是李清照也常常流露出低沉凄苦的个人感情，但她这种感受是当时大多数士大夫共同的思想感受，表面上看，李清照的词中所表现出来的愁和恨，是她个人的生活体验，但实质上是有时代特征和社会意义的。而李煜的词中却找不到这种东西。

李清照和李煜被后人称为词坛“二李”，堪称我国词学史上的双子星座。清初学者沈谦在《填词杂说》中云：“男中李后主，女中李易安，极是当行本色。”[26]这是对他们的美誉，也是对他们的词的风格最恰当的评价。

参考文献

[1]黄载君．李清照集[J]．文学评论，1963(2).

[2][4][5][6][13][17]惠淇源．婉约词[M]．合肥：文艺出版社，1994.

[3][15]王仲闻．李清照集校注[M]北京：人民文学出版社，1979.

[7][23]叶嘉莹．王国维及其文学批评[M]．广州：广东人民出版社，1982.

[8][9][10][11][16][20][26]张葆全．中国古代诗话词话辞典[M]．桂林：广西师范大学

出版社,1997.

[12][18]俞平伯.唐宋词选前言[J].文学评论,1962(5).

[14]唐圭璋,潘君昭,曹济平.唐宋词选注[M].北京:北京出版社,1982.

[19][24]李清照词论[M]//张少康.中国历代文论精品.长春:时代文艺出版社,1995.

[21][22]刘麟生.中国文学八论[M].北京:北京市中国书店,1985.

[25]沈家庄.李清照"别是一家"说刍论[M]//孙崇思,傅淑芳.李清照研究论文集.济南:齐鲁书社,1991.

(本文发表于《北京科技大学学报》2003 年第 4 期)

19. 略论李煜李清照对婉约词的贡献

摘要:词发展到宋代,出现了百花争妍、千峰竞秀的盛况。婉约是其中一个流派,但它不同于花间词。李煜的贡献主要是扩大了词的眼界,其次是真诚心,本色语;李清照的贡献主要是提出了"词别是一家"的观点,确立了词在文学上的独立地位,使她成为宋词婉约派的代表。

关键词:李煜;李清照;婉约词;贡献

自晚唐五代以来直至近代,婉约词继承民歌的优良传统,不断推陈出新,形成自己的特色。正如清代画家查礼在《铜鼓书堂词话》中说:"情有文不能达,诗不能道者,而独于长短句中,可以委宛形容之。"[1]婉约词能发挥出"状难状之景,达难达之情,而出之自然"的艺术效果。可见婉约词在表情达意上较之诗、文的长处。

李煜和李清照都是婉约派词人,虽然他们出身和地位无法相比,一个是南唐皇帝,一个是北宋知识妇女,他们生活年代也不一样,两人相隔了 100 多年,但是相似的生活经历,相同的词风格,把他们连在了一起。词坛常称"二李"或"双子星座"。他们两人都对婉约词的发展做出了可贵的贡献。

词到了晚唐、五代,有了明显的发展,日趋成熟。今存唐、五代词约 1100 首。其中花间词人的作品约有 500 首。五代时赵崇祚编的《花间集》,以晚唐温庭筠为首,西蜀词人为主,形成了以"花间"为名的词派。作品多是文人学士酒边樽前的小唱,内容多为闺情离愁,反映面不广。花间词派的鼻祖温庭筠,是致力于填词的第一人,善写闺情,所写内容与南朝宫体诗相似;艺术上用曲折的笔调、华丽的辞藻,精雕细刻,蹙金结绣,自有独到之处。

在花间词以外还有南唐词，主要指冯延巳、李璟、李煜这三人的作品。南唐地处江南，他们的词风与花间词有所不同，特别是李煜，他降宋后所写的词感慨极深，并以白描取胜，艺术造诣很高，且富有个性特色。清代常州派词论家周济说："飞卿，严妆也，端己，淡妆也，后主，则粗服乱头矣。"[2]

李煜天资聪颖，好读书，又喜欢佛教。文章、诗词样样精通，还通晓音律，工诗善画，书法、音乐、舞蹈、无一不涉足，可以说是一个具有艺术灵性，才能广泛、成就卓著的文学艺术家。他自幼受儒家思想的教育与艺术熏陶，长大后又笃信佛教。在人生的态度上，他重视社会伦理，讲求真诚自然以及宽容不争的处世风范。他具有忠厚、重感情、真诚而无矫饰的性情。他把真诚写入自己词中，以君王身份，而不矫饰以自尊，不矜持以自饰，以本色语、真诚心，写尽了人间的悲欢离合。李煜写得最好的词，还是在他后期当了俘虏以后。由于他亲身遭受了被囚禁、被侮辱的巨大痛苦，经历了不是一般皇帝所能体会到的生活感受，因此他在这一时期所写的词，完全脱去了游乐的宫廷生活气息，而是充满了深沉的、不幸的悲伤。如他的最为人们所熟知的《虞美人》：

春花秋月何时了？往事知多少，小楼昨夜又东风，故国不堪回首月明中。　　雕栏玉砌应犹在，只是朱颜改。问君能有几多愁，恰似一江春水向东流。

这是李煜的真情吐露：感怀故国，悲愤已极；追忆往事，痛不欲生；满腔恨血，喷薄而出。一个自问，"吐露心中万斛愁恨，令人不可卒读。通首一气盘旋，曲折回荡，如怨如慕，如泣如诉"[3]。这简直是血泪之歌。

李煜的词何以写得如此明白如话，真切感人，令人百读不厌呢？加拿大籍华人学者叶嘉莹先生很欣赏李后主的词，她说："我们先从其阅世浅与不失赤子之心的一面来说，后主之为人与为词的最大的好处原来就在于他的真纯无伪饰。我尝以为中国历代诗人中最能以认真的态度与世人相见的，一个是陶渊明，另一个就是李后主。"[4]把自己的真情实感写入词中，披露于世人，这是他的词之所以感人的主要原因，也是他对婉约词的一个贡献。

李煜对词的另一个贡献，就是扩大了词的眼界。

婉约词是一种配乐歌唱的新体诗，从其诞生之日起，就跟音乐结下了不解之缘。天才的作家们既有文学素养，又都洞晓音律。每填一阕，往往锤字炼句，审音度曲，把如画的意境，精练的语言和美妙的音乐紧密结合起来，既表情达意，又悦耳动听，具有感人的艺术力量。婉约词便是在此基础上发展起来的。“一曲新词酒一杯”，这些温柔香艳之曲，怀人赠别之调，又多是歌伎舞女们在花间樽前轻歌曼舞时弹唱的。一曲之后，余音绕梁，沁人心脾。“杨柳岸，晓风残月”(柳永《雨霖铃》)便只合十七八岁女郎，执红牙板，浅斟低唱。这类“旖旎近情，铺叙展衍”的新曲，往往使闻者销魂。欧阳炯在《花间集序》中说：“……绮筵公子，绣幌佳人，递叶叶之花笺，文抽丽锦；举纤纤之玉手，拍按香檀。不无清绝之辞，用助娇娆之态。”两宋时期，婉约词空前繁荣，风靡全国。柳永的词，“凡有井水饮处”，即能歌之。可见当时传播之广。

自晚唐五代以来，词人们使词摆脱了长期在花间樽前曼声吟唱中形成的传统风格，而成为可以从多方面言怀述志的新体裁。而李煜的词，更以鲜明的形象，炽热的感情，借花月春风，抒写亡国之恨、身世之感，从而使婉约词从反映宫廷到反映社会，反映个人到反映国家，扩大了词的眼界。这不能不说是李煜的又一贡献。正如唐圭璋说的：“五代是小国割据的离乱之世，这时的文人词正处于渐趋成熟的转变阶段，其中不乏佳作，而无论是金碧满眼的花间词，还是明白如话的李煜词，都对宋词产生了极大的影响。”[5]

李清照是宋代最负盛名的女词人，一生从事学术研究和写作活动。她是我国文学史上有文采的作家，“她不仅写下了为人传诵的优秀作品，而且还创造了一种‘李易安体’。这种浅俗、清新而又有深意的词体，给词的语言、风格打开了一个新的局面”[6]。在前期，李清照是一个聪慧开朗、天真娇憨的少女，过着无忧无虑的生活。南渡后，国破家亡，丈夫病逝，她成了一个饱经忧患、孤独憔悴的嫠妇。这一时期的作品，代表了她一生文学创作的最高成就。

李清照对词的最大贡献，是她写了一篇著名的《词论》。是她的“词别是一家”的理论，确立了“词”这一特殊的体裁在文学上的独特地位。她的《词论》，也使她自己的词在宋代自成一家，独树一帜。李清照的《词论》内容有三：首论词的起源，从唐“乐府声诗”的大盛，经五代，到宋依次叙说；次论北宋各家短长；三论词的声律标准，提出词“别是一家”的重要观点。词“别是一家”之说，是词坛一声春雷，它引起历代词家的关注和研究兴趣。她提出词“别是一家”，还认为词对音乐性和节奏感有更独特的要求。它不仅像诗那样要分平仄，而且还要“分五音，又分五声，又分六律，又分清浊轻重”[7]，以便“协律”“可歌”。否则，词就成了“句读不葺之诗”，而失却了词作本身的文体特性。词作只有保持自身独立的文体特征，才能不被诗所替代，在文学之林中占有独立地位。这种对典雅美的追求，可以看作是李清照对词的语言方面的要求。但她自己的代表作品，却并不典重、故实，反以通俗白描手法见长。南渡以后，她的不少词作，能反映下层人民的生活，有一定的爱国思想，然而在语言音律上，却与她自己《词论》中的观点大相径庭。前期的作品，虽符合她的创作原则但大多局限于个人的哀感愁情，思想境界不高，可能正是她的这种观点在词的创作方面所起的局限和受其消极影响的结果。南宋王灼站在正统封建士大夫立场上，鄙视俚俗之作，在《碧鸡漫志》中说李清照的词“闾巷荒淫之语，肆意落笔，自古缙绅之家能文妇女，未见如此无顾忌也”[8]。这恰好从另一个角度说明了李清照的词的风格特点。如果说苏轼是从诗词同源的渊源角度来提高词体的地位的，那么，“李清照则是从词的本体论出发，进一步确立了词体独立的文学地位”[9]。

李清照的《词论》，为唐（北）宋词做了小结，她以协音律、重典雅来品评词人，仅周邦彦的词未受指责。从这里可以看出，北宋词虽经苏轼开辟蹊径，但数量远比豪放派词人多的婉约派词人却沿着花间、南唐的路子，以秦观为正宗，到周邦彦更直接从柳永词推进，兼采众长，加强音乐性，形成沉郁顿挫的词风，影响南宋姜夔、吴文英诸家。

在李清照之前，词中已形成了婉约和豪放两派。婉约派从温、韦开始，经李煜、二晏、欧阳修和秦观，确立了一个传统。李清照的词也写了这些前辈词人写过的某些题材，继承了婉约派特有的风格；由于时代的动乱和个人生活的大转变，她的词显然在内容上比前辈的更丰富，情感更深刻、更沉重。“她的成就是超过了二晏、欧阳和秦观的（晏殊、欧阳修假托‘闺情’写他们自己的感情，毕竟不及这位女作家自写‘闺情’；秦观有些词‘词语尘下’，像柳永的狭邪作品，并且颓废哀伤太甚，反不及这位女作家却有须眉气概）。这也见出即使是描写离开时代和政治斗争较远的题材的婉约派，社会的变乱仍然对它发生了深刻的影响。李清照词就反映了婉约派在时代激流影响下的变化和发展。在婉约派这一词派中，她的词应该说是成就最高的，她是整个北宋词中婉约词派最恰当的代表人。这是这位女作家在词史上的地位。”[10]

李清照词的艺术特色不只有“明白如话”这一点。她的名作，即使合了卷也听得懂它的语言美，听得懂它的声调美，加之有真实感情，句句都打动人心。“她和当时形式主义的作家是取对立的态度的，这对宋词发展有极良好的影响。这是她的作品在词史上的价值。”[11]

李清照还善用双声叠韵，如《声声慢》，这是南渡后一首震动词坛的名作。首句连下十四个叠字，形象地抒写了作者心情，这是空前绝后的。对此，历来评价很高。梁绍壬《两般秋雨庵随笔》说：“李易安词：‘寻寻觅觅，冷冷清清，凄凄惨惨戚戚’，连上十四叠字，则出奇制胜，真匪夷所思矣。”徐釚《词苑丛谈》也说：“首句连下十四个叠字，真似大珠小珠落玉盘也。”[12]李煜和李清照除了各自对婉约词所做的贡献外，他们词的共同特点：一是感情真切，发自肺腑，直抒胸臆，故感人至深；二是语言朴素，自然本色，全用白描手法，故明白如话。

参考文献

[1][4][8]张葆全. 中国古代诗话词话辞典[M]. 桂林：广西师范大学出版社，1997.

[2]刘麟生. 中国文学八论[M]. 北京：北京市中国书店，1985.

[3][12]惠淇源. 婉约词[M]. 合肥：安徽文艺出版社，1989.

[5]唐圭璋，潘君昭，曹济平. 唐宋词选注[M]. 北京：北京出版社，1982.

[6]黄载君. 李清照集[J]. 文学评论，1963(2).

[7]李清照. 李清照词论[M]//张少康. 中国历代文论精品. 长春：时代出版社，1995.

[9]沈家庄. 李清照“别是一家”刍论[M]//孙崇恩，傅淑芳. 李清照研究论文集. 济南：齐鲁书社，1991.

[10][11]夏承焘. 李清照词的艺术特色[J]. 文学评论，1961(4).

（本文发表在内蒙古师范大学《语文学刊》2004 年第 12 期）

20. 自铸伟词　字字本色

——谈关汉卿杂剧的语言特色

摘要：关汉卿为元杂剧代表作家，他创作的社会剧、爱情婚姻剧和历史剧独具语言特色：鲜亮活泼，明白如话，曲尽人情，字字本色。关汉卿如话本色的语言，缘于他不以倡优为耻，且长期生活在勾栏、行院和书会里，和下层人民生活在一起，成为名副其实的民间艺人，对下层艺人的活动、行为、语言都有着极丰富的感性经验，是真正的“梨园领袖”“编修师首”和“杂剧班头”。

关键词：杂剧；语言；本色；倡优；梨园

王国维在《元代戏剧考》“元剧之文章”一节中说：“元杂剧之为一代之绝作，元人未始知也。明之文人始激赏之，至有以关汉卿比司马子长者。”这是文学史上第一次把元杂剧代表作家关汉卿与有“史家之绝唱，无韵之离骚”美誉的《史记》的作者司马迁相提并论，这是近代著名学者王国维的一家之言。

关汉卿是我国古代杰出的戏曲家。元钟嗣成的《录鬼簿》说他是“大都人，太医院尹，号已斋叟”，明朱权的《太和正音谱》称他为“杂剧之始”，元贾仲明在《凌波仙》的挽词中说他“珠玑语唾自然流，金玉词源即便有，玲珑肺腑天生就。风月情，忒惯熟。姓名香，四大神洲。驱梨园领袖，总编修师首，捻杂剧班头”[1]。可以想见，撰写剧本，为词作曲，是他生活的主要内容。正如冯钟芸在《关汉卿》中说：“关汉卿不仅会编剧本，而且通晓音律，长于歌唱，甚至是‘躬践排场，面敷粉墨，以为我家生活，偶倡优而不辞’的名票。”[2]而关汉卿自己则说得更加明白具体，他的《不伏老・一枝花》说：“我玩的是梁园月，饮的是东京酒，赏的是洛阳花，折的是章台柳。我也会吟诗，会篆籀，会弹丝，会品竹；我也会唱鹧鸪，舞垂手，会打围，会蹴鞠，会围棋，会双陆。你便是落了我牙，歪了我口，瘸了我腿，折了我手。天与我这几般儿歹症候，尚兀自不肯休。只除是阎王亲令唤，神鬼自来勾。三魂归地府，七魄丧冥幽。那其间不向这烟花路儿上走。”[3]这一支曲子，是他全生活、全人生的写照。而且这一段话语言通俗，明白如话。

关汉卿是一个多产的作家，他一生写了约 66 种杂剧。[4]从流传下来的 18 个剧本的内容看，大致可分为三类：一是社会剧，如《窦娥冤》《鲁斋郎》等；二是爱情婚姻剧，如《救风尘》《拜月亭》《诈妮子》等；三是历史剧，如《单刀会》《西蜀梦》《蝴蝶梦》等。关汉卿的这些杂剧，除了较多地表现下层人民的生活和命运及作者有一种鲜明的执着于现实的人生态度这两大特点以外，还有一个最突出的特点，就是杂剧语言明白如话，字字皆本色。正如王国维在《元代戏剧考》中说的：“关汉卿一空依傍，自铸伟词，而其言曲尽人情，字字本色，故当为元人第一。以唐诗喻之，则汉卿似白乐天；以宋词喻之，则汉卿似柳耆卿。”这是王国维对关汉卿杂剧语言特色的高度概括和评价。

《窦娥冤》是关汉卿杂剧的代表作，也是他所创作的社会剧的典型。《窦娥冤》以它对社会的深刻批判，对人物的精湛刻画，以它强烈的反抗精神，动人的戏剧冲突，以它的全部艺术力量，感天动地，成为彪炳一代的悲剧杰作。正像王国维说的，关汉卿的《窦娥冤》，即使“列之世界大悲剧中亦无愧色”[5]。语言的鲜明生动，通俗易懂，本是元剧的共同特点，但不同的作家在把口语提炼成文学语言时，水平是有高低之分的，关汉卿作品中不少曲文充分表现了口语化文学语言的活泼生机。如《窦娥冤》第一折窦娥所唱的《寄生草》：

> 你道他匆匆喜，我替你倒细细愁。愁则愁兴阑珊咽不下交欢酒，愁则愁眼昏腾扭不上同心扣，愁则愁意朦胧睡不稳芙蓉褥。你待要笙歌引至画堂前，我道这姻缘散落在他人后。

这里用三个“愁则愁”来演化“细细愁”，内容上层次分明，节奏上顿挫起伏，颇有民歌风味。且分为饮酒、心态与失眠三个层次，层层递进，极写“愁”的不同形态。又如第二折中的张驴儿毒死亲父欲陷害窦娥时，窦娥唱的《斗虾嫲》一调：

空悲戚，没理会，人生死，是轮回。感着这般病疾，值着这般时势，可是风寒暑湿，或是饥饱劳役，各人证候自知。人命关天关地，别人怎生替得？寿数非干今世，相守三朝五夕，说甚一家一计。又无羊酒段匹，又无花红财礼，把手为活过日，撒手如同休弃。不是窦娥忤逆，生怕旁人论议。不如听咱劝你，认个自家晦气，割舍的一具棺材，停置几件布帛，收拾出了咱家门里，送入他家坟地。这不是你那从小儿年纪，指脚的夫妻，我其实不关亲，无半点凄惶泪。休得要心如醉，意似痴，便这等嗟嗟怨怨，哭哭啼啼！

苏雪林在《辽金之文学》一文中说窦娥这一大段唱词“此值似说白不似歌唱，一气转折而下，如三叠瀑泉之奔注，如夏雨打芭蕉，爽快无比”。这是《窦娥冤》中张老头被毒死以后，窦娥对她的婆婆所唱的。她的这些话听起来含有封建的贞节观，这当然难免，实际上却是她用来反抗强暴的思想武器。首先，这一大段唱词有三层意思：一是窦娥劝婆婆不要伤心，生死由命，别人是无法替代的，意为张老头的死，是张驴儿作恶的必然结果。二是劝婆婆面对现实，自认晦气，给他料理出门，做赔本生意算了。三是说婆婆和张老头不是结发夫妻，撒手如同休弃，劝婆婆不要为他啼哭流泪。这些话表明窦娥是个爱憎分明、疾恶如仇，在大事面前头脑清醒、处事老练的女子。这段唱词，真是明白如话，一点没有文雅之气。俚俗本色的言语，正好适合戏中人物的身份。因那戏中的人物，大多是恶汉和无知无识的人，因此全剧的文字，都是用最通俗的语言，而它的好处，也就在于这种本色与自然。王国维说：“元剧实于新文体中自由使用新言语，在我国文学中，于楚辞内典外，得此而三。”[6]于新文体中使用新言语，是元剧文学的一大特色，而这种新言语用得最广泛、最成熟的，无人比得上关汉卿。再如第三折中窦娥在临刑时唱的一支曲子《快活三》：

念窦娥葫芦提当罪愆，念窦娥身首不完全，念窦娥从前已往干家缘，婆婆也，你只看窦娥少爷无娘面。

这是窦娥嘱咐婆婆在她死后不要忘记祭奠她，连用三个“念窦娥”，最后一句“看窦娥”实际上也是“念窦娥”的意思。这四句在层次上比《寄生草》中的“愁则愁”更显得顶叠垛换，婉转跌宕。第一句写目前受冤，第二句写即将被杀，第三句更回溯过去，写她幼时被抵债时的苦况。萦纡牵结，凄楚呜咽。孟称舜说是“自然迸泪”。这种语言几无文饰，却是质朴感人。

关汉卿的爱情婚姻剧着重表现他对普通下层人民的颂扬和尊崇。在关汉卿的杂剧中，描写爱情婚姻和妇女的作品占相当大的比重。现存的主要有《救风尘》等。《救风尘》主角是一个智勇双全侠妓赵盼儿，她是个有远见、侠义心肠而又机智练达的漂亮女子。赵盼儿虽是不被人尊重的妓女，但她有完整的人格，她看穿浮华子弟的行径，憎恨市井流氓的卑鄙行为，本剧写她以智谋救友人宋引章于风尘之中的始末。剧中将浮华子弟的荒淫与无耻以及他们喜新厌旧、玩弄妇女的无赖性格暴露无遗，并对无知女子的崇尚虚荣、软弱无能做了有力的批判。关汉卿正面表扬了赵盼儿的行为，并对宋引章寄予深厚的同情。这个剧本暴露出商业社会里最典型的问题。对流氓周舍的处罚也是大快人心的。第一折赵盼儿劝宋引章的话：

【胜葫芦】你道这子弟情肠甜似蜜，但娶到他家里，多无半载周年相弃掷。早努牙突嘴，拳椎相踢，打得你哭啼啼。

【元和令】做丈夫的便做不得子弟，那做子弟的，他影儿里会虚脾，那做丈夫的，忒老实。那厮虽穿着几件蚱蜢皮，人伦事晓得甚的。

这些话说得异常透彻明白，揭露了周舍这个口是心非的情场老手始乱终弃的流氓本性。剧中一方面表现了妓女精神上深沉的悲苦和被人践踏的生活与心理方面的矛盾苦痛，另一方面还道出了她们嫁人的哲学。这些都表现得再深刻也没有了。这些道理，只有赵盼儿深深地懂得，这些话，只有从赵盼儿的口中说出，才更符合现实情况。如赵盼儿对宋引章说的话：

【油葫芦】姻缘簿全凭我共你，谁不待拣个称意的？她们都拣来拣去百千回。待嫁一个老实的，又怕尽世儿难成对；待嫁一个聪俊的，又怕半路里轻抛弃。遮莫向狗溺处藏，遮莫向牛屎里堆，忽地便吃了一个合扑地，那时节睁着眼怨他谁。

以上曲子，把宋引章的单纯幼稚、贪图富贵，赵盼儿的熟谙世事、侠义练达，周舍的喜新厌旧、玩弄妇女的形象刻画得非常具体、生动。

关汉卿的历史剧包括《单刀会》《双赴梦》《哭存孝》等。这些作品，通过对历史上英雄人物的歌颂，在表现拯物济世愿望的同时，折射出一种悲凉情绪。与他的社会剧、爱情剧不同，他的历史剧在反映客观世界时，更加高扬着作者的主体意识。《单刀会》第四折是全剧的高潮，关羽带着周仓，驾一叶小舟，到大江中流，面对滔滔江水，他唱道：

【双调·新水令】大江东去浪千叠，引着这数十人驾着这小舟一叶，又不比九重龙凤阙，可正是千丈虎狼穴。大丈夫心烈，我觑这单刀会似赛春社。(白)好一派江景也呵！

【驻马听】水涌山叠，年少周郎何处也？不觉的灰飞烟灭！可怜黄盖转伤嗟，破曹的樯橹一时绝，鏖兵的江水犹然热，好教我情惨切！(白)这也不是江水。(唱)二十年流不尽的英雄血！

从文辞来说，这两支凭今吊古、慷慨苍劲的曲子，是从苏东坡的《念奴娇》“大江东去，浪淘尽千古风流人物”蜕化出来的。但它的激情绝不亚于原词，其奥妙就在于，作者从剧情出发，把人物性格完全交融在环境描写里，形成一个情景交融的独特的艺术境界。而且音调的雄伟，气势的豪放，同那位英雄的关羽恰好相合。

关云长的唱段一开头，气派就很大。“大江东去浪千叠”，就是一幅十分壮美的画面，那波涛万顷，吞天浴月的大江景色，那浩浩渺渺气势磅礴的雄浑气魄，使我们的精神为之一振。接着是“水涌山叠，年少周郎何处也？”，从不同角度，以纵横自如的笔意，勾勒出赤壁遗迹——仰视是重峦叠嶂，俯视则惊涛拍岸，犹如一组蒙太奇的镜头，冲击着我们的感官。而在这千古历史长河里，该有多少可歌可泣的业绩？中华民族古往今来的风流人物又有多少？在无限广袤的时空里，在绚烂多姿的历史人物画廊里，凸现了剧中的主体人物——关云长。

这种怀古之情正是寄寓在一定的历史人物和历史事件之中的。整个自然环境与主人公精神的刻画完全交融在一起，构成了富有深意的境界。而“是二十年流不尽的英雄血”一句，王季烈称为“神来之笔，宜盛行于世，已六七百年之久也”[7]。这两支曲子，把关羽的魄力雄强、精神飞动的英勇气概同环抱的万山、汹涌的大江相辉映，自然的雄奇之美反衬人物内心之美。这种气吞山河、英勇豪迈的语言，把关羽对蜀汉的一片赤胆忠心和那光明磊落、坦荡无畏的胸怀，知难而进、百折不挠的精神表现得酣畅淋漓。只有英雄关羽才能说出这样的英雄语言。

关汉卿杂剧的语言之所以独特，有其更独特的原因，即其独特的人生经历。

关汉卿是金朝遗民，元朝建立后的一项重要措施是废除金、宋原来的科举取士的制度，因此“士失其业”。有的知识分子投靠了元朝，成为新贵，有的看不惯黑暗的现实，做了隐士，还有的投身于勾栏行院，为它们写剧本过日子。关汉卿就属于后者。这些不肯为封建统治阶级效忠的知识分子，遭受着残酷的迫害。“他们的社会地位次于妓女，仅比最下贱的乞丐高一等。”[8]当时，倡优（演员）备受压迫，社会地位低下，士大夫们认为他们的姓名“不得和名士并列”。[9]皇帝还下过命令，禁止倡优穿较好的衣服。然而，关汉卿却“偶倡优而不辞”[10]，甚至“躬践排场，面敷粉墨”[11]，自己做起倡优来。这在当时社会中，一个名士竟天天和倡优泡在一起，是要被人耻笑的。但是关汉卿就不怕，他把自己比作“蒸不烂、煮不熟、捶不扁、炒不爆、响当当一粒铜豌豆”。正是这种生活，为他日后的杂剧创作打下了扎实的生活基础。同时，由于他长期生活在勾栏（元时多作戏院）、行院（妓院，当时演戏的主要场所之一）和书会里，他和从事民间艺术的人们完全打成一片，久而久之，这位士大夫出身的人，不仅变成了民间艺人，而且还成为民间艺人的领袖。他被人尊为“梨园领袖”“编修师首”和“杂剧班头”。他以民间艺术为基础，和下层人民长期生活在一起，对于那一个圈子里的男男女女的生活性格以及言语情态，都体会得非常真切，所以他作品的语言，就显得质朴明白，不尚藻丽，也不做涂金饰翠的渲染，人物语言也更显得口语化和个性化。因为他有丰富的感性生活经验。凡读过关汉卿的散曲和杂剧的，都不难发现关汉卿是一个没有那种文人学士的保性全真的退隐之心的人。他同白朴、马致远是完全不同的一类人，马致远虽然也同伶人来往，合作编剧，然而在他的作品中，时时流露出一种读书人的失意的愤慨。而关汉卿没有这种影子，他是一个彻底的风流浪子、浪漫才子。他在这种环境中生活着，一面得着丰富的舞台经验，一面得着社会人事的体验与题材。因此他所写的，大都取材于现实的生活，或在传说中，找取民众熟知的故事，写成民众能了解的通俗戏曲。

曲文用本色体，为关汉卿的最高成就，对其杂剧的语言特色，近代不少名家都有评论。

刘大杰先生在《中国文学发展史》中说："这个剧本（指《窦娥冤》），曲辞都是明白如话，没有一点故作文雅雕琢的地方。对白也全是用纯粹的口语，对于每一个不同的人物能给以适合身份的语调。由那些美妙活泼的台词，把各种人物的性格和心理，表现得非常显明。由此看来，关汉卿确是一个人生社会的写实者，是一个民众通俗的剧作家了。"[12]

郑振铎在《插图本中国文学史》中说："汉卿所作，通俗者为多，如《谢天香》《金线池》《望江亭》《玉镜台》之类，诚未必高出于马致远、郑德辉诸作者，然如《救风尘》之结构完整，《窦娥冤》之充满悲剧气氛，《单刀会》之慷慨激昂，《拜月亭》之风光绮腻，则皆为时人所不及。其笔力之无施不可，比之马、白、王（实甫），实有余裕。即其套曲小令，亦温绮多姿，可喜之作殊多。"[13]

从上述所引，我们可以看出关汉卿的语言运用是浅近通俗，具体形象化，是切合剧中人的身份的。正如王国维所说，元剧为一代之绝作，可惜元人还不知道，直到明清以后，才有大量研究者，也有了新的挖掘，对其评价也越来越高。正如邵会祺在《元杂剧六大家略传》中说的："关汉卿是元剧开山大师，作品数量方面和剧本内容广博方面（从典雅的历史剧到诙谐的小喜剧无所不包），都为后人所不能及。所作如《单刀会》《救风尘》《拜月亭》《蝴蝶梦》《窦娥冤》等，都是上等作品。论结构都是很紧张，论曲文都以本色豪放为主，脱口而出，说出各人的心事，教台下一听就明白，决不借辞彩堆砌见长。"

参考文献

[1][8][9]王纲.关汉卿研究资料汇考[M].北京:中国戏剧出版社,1988.

[2][5][6][7][10][11][12][13]谭正璧.元曲六大家略传[M].上海:上海古典文学出版社,1957.

[3][4]邓绍基.元代文学史[M].北京:人民文学出版社,1988.

(本文发表于《台州师专学报》2002年1期)

21. 重读马致远《双调·夜行船·秋思》

摘要:马致远两篇同题作品《秋思》——小令《越调·天净沙·秋思》和套曲《双调·夜行船·秋思》在文学史上都有很高的评价。套曲《秋思》能以唯物的眼光评价历史人物,实属难能可贵。但作者对追求名利的讽刺和批判,是不现实的,这是历史的局限。

关键词:马致远;套曲;秋思;功名利禄;艺术魅力

马致远是著名的元曲作家。杨荫深的《中国文学家列传》云:“马致远,大都人。曾任江浙行省务官。其他事迹多不可考。致远为人潇洒,少时亦颇迷恋于功名事业,然所遇不遂,颇自抑郁。后乃退居山林,日与酒中仙,尘外客,林间友以蹉跎其‘剪裁冰雪,追陪风月’之生涯。自号东篱,盖即取意于此。”[1]刘大杰在《中国文学发展史》中说:“他有富豪公子的身世,怀才不遇的心情,中年过着‘酒中仙’‘风月主’的浪漫生活,晚年归于‘林间友’‘尘外客’的闲适心境。他这种生活与性格,使他在曲上得到最高的成。”[2]马致远在元代梨园声名很大,有“曲状元”之称。他既是当时名士,又从事杂剧、散曲创作,亦雅亦俗,备受四方人士钦羡。所作杂剧 15 种,现存 7 种。散曲作品被辑为《东篱乐府》传世。元贾仲明《凌波仙》词云:“万花丛里马神仙,百世集中说致远,四方海内皆谈羡。战文场,曲状元,姓名香贯满梨园。”[3]可见,在元代以后,马致远仍备受曲家重视。

一

悲秋，是中国古代诗歌的传统题材，而马致远有两首同题作品——《越调·天净沙·秋思》和《双调·夜行船·秋思》尤为人称道。前者是一首小令“枯藤老树昏鸦，小桥流水人家，古道西风瘦马。夕阳西下，断肠人在天涯。”仅28字就勾勒出一幅秋野夕照图，特别是首三句不以动词作中介，而连用9个名词勾绘出9组剪影，交相叠映，创造出苍凉萧瑟的意境，映衬出羁旅天涯茫然无依的孤独与彷徨。全曲景中含情，情自景生，情景交融，隽永含蓄，是千古传颂、脍炙人口的名篇，马致远的同时代人周德清赞誉它为“秋思之祖”。王国维《人间词话》说它“寥寥数语，深得唐人绝句妙境”，洵为确评。《双调·夜行船·秋思》是一首套曲，被誉为“万中无一”。

《双调·夜行船·秋思》由七支曲子组成，就思想内容而言，可分为四个层次。第一曲是引子，由秋来花谢想到人生的短暂虚幻，从而引发出下面对人生价值的思考及对痴迷者的批判。《乔木查》等三支曲子为第二层，分别描写了帝王、豪杰、富翁的富贵无常。

作者纵观历史，以三国时期的魏、蜀、吴三方的英雄人物都没有得到最后胜利为例，总结出“秦宫汉阙，都做了衰草牛羊野”，“多少豪杰”，都投入了“狐踪兔穴”这一历史必然的规律。中国古今都有不同的大家以不同的文学形式来加以证明。大诗人李白在他的《将进酒》中说：“钟鼓馔玉不足贵，但愿长醉不复醒。古来圣贤皆寂寞，惟有饮者留其名。”诗歌是从一个酒徒的角度去看历史上的英雄豪杰圣贤的，他们最终都销声匿迹了，早被历史风云吹得无影无踪，不留一丝痕迹。这是说对了。但“惟有饮者留其名”却言过其实，未免有些夸张与自我张扬。清代《红楼梦》作者曹雪芹在《好了歌》中说：“世人都说神仙好，唯有功名忘不了，古今将相在何方，荒冢一堆草没了。”《好了歌》注云：“陋室空堂，当年笏满床；衰草枯杨，曾为歌舞场。”这是一个哲人和智者对历史发展及人物命运的文学诠释和深刻总结。他的注虽然带有缩命的观点，但还是有它合理的成分。苏轼在《前赤壁赋》中道：“方其破荆州，下江陵，顺流而东也，舳舻千里，旌旗蔽空，酾酒临江，横槊赋诗，固一世之雄也，而今安在哉?”赋中所指“一世之雄”即曹操。郭沫若曾说曹操是个大英雄。确实，曹操曾经指挥若定，叱咤风云而不可一世。官渡一战而统一北方，挟天子以令诸侯，行使皇帝的权力，不是皇帝实为皇帝，但“而今安在哉?”? 毛泽东说得更透彻，他在《沁园春·雪》中说:“江山如此多娇，引无数英雄竞折腰。惜秦皇汉武，略输文采;唐宗宋祖，稍逊风骚。一代天骄，成吉思汗，只识弯弓射大雕。俱往矣，数风流人物，还看今朝。”毛泽东以革命家的胸怀和眼光，列举了中国古代历史上最有成就、最有作为的封建帝王，这些帝王在历史上都曾建功立业，功勋卓著而成为开国皇帝，在封建社会的历史上确实不多见。就在当今人们的心目中，还留有他们的光辉的名字和鲜活的形象。但是他们最终都被历史的潮流无情地淘汰。毛泽东用“俱往矣”三个字，对这些所谓英雄豪杰进行了诙谐的讽刺和无情的批判。《三国演义》卷头词说得好:“滚滚长江东逝水，浪花淘尽英雄。是非成败转头空。青山依旧在，几度夕阳红。”作者马致远能以一个散曲家的眼光，对历史和人物进行唯物的审视，这是难能可贵的。

二

《双调·夜行船·秋思》五、六两曲为第三层，写自己看破红尘、与世无争、自得其乐的人生态度。

最后一支曲子《离亭宴煞》是第四层，也是重点，总括上文，作者再次把名利之徒与山林高士的生活进行对比，表达了不为物役、自适其适的心志。

“蛩吟一觉方宁贴，鸡鸣万事无休歇。争名利，何年是彻? 密匝匝蚁排兵，乱纷纷蜂酿蜜，闹攘攘蝇争血。”这几句话说得形象而生动，把为名利而争的人们刻画得入木三分。但说的是谁? 正是马致远自己! 确切一点说是他早年的自己。因为他“少时亦颇迷恋功名事业，然所遇不遂，颇自抑郁。后乃退居山林”，可见他青年时追求功名，对“龙楼凤阁”抱有幻想;晚年则淡泊名利，以清风明月为伴，自称“东篱本是风月主，晚节园林趣”[4]。冯沅君《古剧四考·跋注》称:“从马致远的散曲，我们颇可看出他的身世。《蟾宫曲》道:‘东篱半世蹉跎。’

《哨遍》道：‘半世逢场作戏，险些儿误了终焉计。白发劝东篱，西村最好幽栖。’《黄钟尾》道：‘且念鲰生，自年幼，写诗曾献上龙楼。’……《青杏子》道：‘世事饱谙多，二十年漂泊生涯。’（参看《元人散曲三种》的《元四家散曲》之三）由此可推知马在少年确也是功名路上人。他为江浙行省务官，当在所谓‘二十年’。照常理论，他这‘漂泊生涯’的开始当在二十岁左右，到晓得‘西村最好幽栖’的时候，他已在四十上下，所以一则曰‘半世’，再则曰‘白发’。世路上碰了壁，他便退而为‘风月主’。元贞时在书会中与花李郎诸人厮混，集体的编剧，十之八九是后‘半世’的事。元贞始于一二九五年，先后只二年，由此上推，他应生于一二五〇年前后。”[5]说明马致远“在少年也是功名路上人”，为争名夺利，在“世路上碰了壁”而“漂泊生涯”，而他隐居山林，“退而为风月主”是在晚年，原因是仕途不遂，实出无奈。难道他追求功名利禄时没有如“蚁排兵”“蜂酿蜜”“蝇争血”吗？只不过他以失败告终而已。

再说，追求功名和利禄是人之常情，古今中外凡有上进心的人，凡想改变自己处境的人，无不如此。正如孔子说：“富与贵，是人之所欲也，不以其道得之，不处也。贫与贱，是人之所恶也，不以其道得之，不去也。”（《论语·里仁》）关键是用什么方法去追求名利。“密匝匝蚁排兵”，为能得到富贵和名利，像蚂蚁一样忙碌奔波，有何不可？“乱纷纷蜂酿蜜”，为能得到富贵和名利，如蜜蜂酿蜜一样勤奋辛劳，又有何可非议？至于“闹攘攘蝇争血”，则是说明了竞争是激烈和残酷的，甚至带有血腥味，这也符合有史以来名利场上竞争的实际情况。回看当今社会的竞争，不是有过之而无不及吗？“蛩吟一觉方宁贴，鸡鸣万事无休息。争名利，何年是彻？”作者是带着讽刺和批判的口吻说的。是的，争功名利禄路是没有尽头的。因为功名利禄是无止境的，追求也是无止境的。为了得到功名利禄，哪一个不是“蛩吟一觉方宁贴，鸡鸣万事无休息”？“君子爱财，取之有道”，这就是孔子说的“不以其道得之，不处也”中的“其道”，也就是成功要靠自己的聪明才智和辛勤劳动才能获得。假如不费吹灰之力就能得到，那就是孔夫子所说的“不以其道得之”。作者根本用不着去讽刺和批判他们，而应该肯定他们，赞扬他们，因为这是社会所逼，是人的本性，也是一种美德。

至于作者所爱的生活“和露摘黄花，带霜烹紫蟹，煮酒烧红叶”，当然是一种神仙般的生活，是一种牧歌式的生活，是一种富裕而浪漫的生活。但只有具备一定的财富、文化修养、社会地位的人才有条件享受。试问，又有几人能过上这种生活呢？即使作者确实过着这种生活，和陶渊明的“开荒南野际，守拙归园田”（《归园田居・其一》）、“时复墟曲中，披草共来往”（《归园田居・其二》）、“秉耒欢时务，解颜劝农人”（《癸卯岁始春怀古田舍》）相比，也大为逊色了，这是本质上的不同。因为陶渊明虽然隐居，过着悠闲、清静、恬淡的田园生活，但他是开荒种地，自食其力，盖房植树，丰衣足食，且与农人和谐相处。马致远虽十分崇尚陶渊明而号称“东篱”，但与“采菊东篱下，悠然见南山”的陶渊明相比，却有天壤之别。

三

尽管如此，这套曲子的艺术成就还是应该得到肯定的。这首套曲的艺术魅力突出表现在语言、形象与情趣三个方面。语言俗中透雅，既明快率直，又优美富有韵味。别致的设色字如“衰”“铁”“惹”“遮”“缺”等，精巧的鼎足对如“红尘不向门前惹，绿树偏宜屋角遮，青山正补墙头缺”“密匝匝蚁排兵，乱纷纷蜂酿蜜，闹攘攘蝇争血”“和露摘黄花，带霜烹紫蟹，煮酒烧红叶”，都见出作者驾驭语言的扎实功力。曲中意象准确而有代表性，如“衰草牛羊野”“荒坟横断碑”表现帝业成空，以“蚁排兵”“蜂酿蜜”“蝇争血”比喻名利场等，都给人留下深刻印象。在自我写照里，字里行间情趣盎然，如“青山正补墙头缺”的调侃意味，“道东篱醉了也”的潇洒任性，皆可令读者会心一笑。

历代文人对马致远曲子的艺术评价，历来很高。元周德清的《中原音韵》作词十法“定格”说：“此词乃东篱马致远先生所作也。此方是乐府，不重韵，无衬字，韵险语俊。谚云百中无一，余曰万中无一。看他用‘蝶’‘穴’‘杰’‘别’‘竭’‘绝’字，是入声作平声；‘阙’‘说’‘铁’‘雪’‘拙’‘缺’‘贴’‘歇’‘彻’‘血’‘节’字，是入声作上声；‘灭’‘月’‘叶’是入声作去声：无一字不妥。后辈学去！”[6]明王世贞的《曲藻》云：“马致远‘百岁光阴’，放逸宏丽，而不离本色，押韵尤妙。长句如‘红尘不向门前惹，绿树偏宜屋角遮，青山正补墙头缺’，又如‘和露摘黄花，带霜烹紫蟹，煮酒烧红叶’，俱入妙境。小语如‘上床与鞋履相别’，大是名言。结尤疏俊可咏。元人称为第一，真不虚也。”[7]吴梅的《中国戏曲概论》云：“马致远小令，以‘天净沙’为最，明人辄喜摹此词，而终无佳者，于此见元人力厚。其套曲以‘秋思’为最。‘天净沙’小令，纯是天籁，仿佛唐人绝句；秋思一套，则直似长歌矣，且通篇无重韵，尤较作诗为难。周德清评为元词之冠，洵定论也。”[8]这大概是对东篱曲子的最全面的评价了。

参考文献

[1][2][3][5][7][8]谭正璧.元曲六大家略论[M].上海：上海古典文学出版社，1957.

[4][5]袁行霈.中国文学史[M].北京：高等教育出版社，1999.

[6]徐中玉，齐森华.大学语文[M].上海：华东师范大学出版社，2001.

（本文发表于《名作欣赏》2006年第8期）

22. 论魏晋士人的人格美

摘要：刘义庆《世说新语》是魏晋南北朝文学新变的一个例子，此时的文学已进入了自觉的阶段，文学创作体现个性化。魏晋名士对个性的解放，对婚姻爱情的大胆追求，强烈反映出这一时期的文人对汉儒及其传统的封建礼教的抗争，同时对后代文学产生了深远的影响。

关键词：魏晋；世说新语；士人；风流；离经叛道；唯色至情；纵情越礼

在中国文学史上，魏晋南北朝文学是一个酝酿着新变的时期，许多新的文学现象透露出新的生机。此时的文学已进入了自觉的阶段，文学创作个性化明显，体现出其自身的文学魅力。《世说新语》的出现就是一个很好的例子。

《世说新语》上卷为"德行""言语""政事""文学"四门，这正是孔门四科的内容，说明此书有明显的崇儒的思想倾向。但是综观全书，多有谈玄论佛以及蔑视礼教的内容，其思想倾向并不单一。尤其是其下卷就复杂多了。其中不乏明显地反映魏晋名士对汉儒及其封建礼教的大胆否认和蔑视，如"汰侈""溺惑"更是如此。

《世说新语》的内容主要是记录魏晋名士的趣闻逸事和玄虚清谈，是一部魏晋风流的故事集。冯友兰先生说，风流是一种人格美，真风流必备的四个条件是玄心、洞见、妙赏、深情。[1] 袁行霈也说："真情的流露，也就是一种风流的表现，所以编撰者津津有味地加以叙述。"[2]

魏晋时代新的社会思潮，玄风炽煽，佛理妙语，熏染了一代士人，也改变着他们的人生追求、生活习俗和价值观念。儒家的道德教条和礼仪规范已失去原有的约束力，一种符合人类本性的、返归自然的生活，成为一种新的追求目标。

他们以一种新的眼光看待新的世界，以一种新的情趣体验新的人生，成为和汉儒不同的新一代。“这一种新人所追求的那种具有魅力和影响力的人格美，就是魏晋风流。”[3]这是玄的心灵世界的外现，也是那个乱世之下痛苦内心的折射。魏晋风流是在乱世的环境中对汉儒为人准则的一种否定，维系汉王朝统治的儒学随着汉王朝的崩溃而失去了昔日的控制力，在崇尚风流的魏晋士人看来，汉儒所提倡的名教是人身自由、个体解放的一大障碍。而魏晋风流就是要破除这一障碍，打开人生的新窗户，还自我以本来面目。

一、离经叛道、刑于东市——阮籍、嵇康的真性情真血性

魏晋时期，文人最引人注目的表现可谓名士派的形成。他们以其放荡不羁的言行举止自觉地向传统礼教开始了全面的反击。正始时期的文人集团——“竹林七贤”即以离经叛道、饮酒放浪称于世。

“竹林七贤”与曹操时期的邺下文人集团已不同。邺下文人紧紧围绕在统治者身边，与之同呼吸，共命运，在与统治权威的合作中体现自身的价值。而阮籍、嵇康是“竹林七贤”中最具代表性的人物，他们大多极有个性，不与统治者合作，是在其与黑暗政治的对抗中，在放诞无礼的言行中体现自我，体现久已丢失的人的尊严。如七贤之一的刘伶，不但醉酒裸身，还作《酒德颂》一篇，鼓吹老庄思想和放荡纵酒的生活，以此来表示对司马氏黑暗统治和虚伪礼教的不满和反抗，来否定传统的清规和伦理。阮籍更甚，作《大人先生传》，否定古今，怀疑鬼神。然而阮籍的蔑视礼法与刘伶不同，与嵇康的愤世嫉俗亦不完全相同。他是建安七子之一阮瑀的儿子。能长啸，善弹琴，博览群书，尤好老庄。他生活在魏晋易代之际，作为大名士，屈伸两难，故而纵酒谈玄，佯狂避祸。司马氏欲与其联姻，而他沉醉六十天未醒，司马氏只好作罢。阮籍虽未被司马氏所杀，却受到一班士大夫的嫉恨。尤其是他佯狂弄痴，行为怪诞，无视礼法，为世俗所不容。他的故事在《晋书》《世说新语》中多有记载，诸如“哭穷途”“青白眼”“丧母无礼”“叔嫂话别”“哭邻女”等等，皆以其独特的表现方式，放诞痴狂而坦荡淳真的个性行为来对抗人世间的黑暗、沉闷、虚伪和不自由。然而阮籍“虽不守礼法，而

内心实深得礼意。此正戴叔鸾所谓‘礼所以制情佚也，情苟不佚，何礼之！’之微旨，此等思想情感若非具高度之内心自觉，而敢于对一切游行之观念与习俗皆抱持批判之态度，即断不能有也”[4]。所以阮籍虽痴狂，却不愿儿子效仿他，诫其“不得复乐”！这一方面说明他潇洒放诞背后的痛苦，另一方面恐怕儿子唯效其表而难解其意——失却真精神、真道德、真血性。他的痛苦忧愁和理想追求以其行为狂放表于人间，又以文字隐含于诗文之中：

胸中怀汤火，变化故相招。万事无穷极，知谋苦不饶。但恐须臾间，魂气随风飘。终身履薄冰，谁知我心焦。

阮籍在 82 首咏怀诗中，一再把受到残酷迫害的恐惧哀伤和屈伸两难的矛盾痛苦委婉而又强烈地抒发出来。正如沈德潜所言：“阮公咏怀，反复零乱，兴寄无端，和愉哀怨，杂集其中。”于此之前，“大概从来没有人像阮籍写得这样深沉美丽。正是这一点，使所谓魏晋风度和人的主题具有了真正深刻的内容”。[5]

竹林七贤的另一中心人物嵇康，则以另一种姿态与世俗及黑暗现实抗争。魏末晋初，司马氏假借礼法之名阴谋夺权，对于心有不甘的异己，进行笼络欺骗或横加迫害，政治十分黑暗。为此，嵇康绝世不仕，纵酒呼啸于山林，以明不与统治者合作之志。鲁迅在《魏晋风度及文章与酒及药之关系》一文中说：“作为名士，嵇康论文，比阮籍更好，思想新颖，往往与古时旧说对反。”嵇康曾作《难自然好学论》，将矛头直指儒家经学：

推其原也，六经以抑引为主，人性以从欲为欢。抑引则违其愿，从欲则自然。然则自然之得，不由抑引之六经，全性之本，不须犯情之礼律。固知仁义务于理伪，非养真之要术；廉让生于争夺，非自然之所出。

余英时先生谓：“叔夜此论最能道出儒学鄙而道家转盛之症结所在，惟其旨意，盖由于重精神之自由也。”[6]特别是在《与山巨源绝交书》中承认自己是“刚肠疾恶，轻肆直言，遇事便发”，其性格刚直峻切，其本性是非分明。嵇康痛斥好友山涛举荐自己出仕，推崇老庄，强调任真，力言本性不堪出仕。而且信中非汤武而薄周孔，越名教而任自然，针对司马氏统治下的虚伪、残酷做了愤怒的揭露和批判，如此蔑视名教，离经叛道的行为，终于招致杀身之祸。后来其政敌钟会因此谗害嵇康，廷论其必诛之由，说："康上不臣天子，下不事王侯，轻时傲世，不为物用，无益于今，有败于俗，……今不诛康，无以清洁王道。"

《世说新语·雅量》如此描写了嵇康的死：

> 嵇康临刑东市，神气不变，索琴弹之，奏《广陵散》，曲终曰："袁孝尼尝请学此散，吾靳固不与，《广陵散》于今绝矣！"

《晋书》更记载了这位为司马氏集团、为世俗所嫉恨的"无道"文人受刑前后的情景：

> 康将刑于东市，太学生三千人，请以为师，弗许。……海内之士，莫不痛之。

可见嵇康精神代表了当时中国文化的新精神，他的才识、人品得到了广大知识分子的敬佩和同情。他是"在文化衰落时期替人类冒险争取真实人生、真实道德的殉道者。他们殉道时何等勇敢，从容而美丽"，"这是真性情、真血性和这虚伪的礼法不肯妥协的悲壮剧"。[7]

二、唯色至情、获讥于世——荀粲人性的率直任真

荀粲是魏晋正始清谈家之一。他宗奉《老子》《庄子》玄奥幽远的理论，用以指导自己的清谈"论议"，并用自己的勇敢行为对传统儒家思想进行了有力的批判。荀粲虽然英年早逝，年仅 29 岁即永辞人世，但他思想活跃，为人极富个性。

尤其是他对男女关系及婚姻爱情的认识，就充分体现了他的独特见解，深情地表达了他的思想感情，呈现出他率直本真的感情世界。虽然被世俗社会嘲

讽讥笑，也背悖了传统礼教，但他全然不顾，毅然行之，泰然处之，我行我素而心安理得，充分体现了他人格的率真美。《世说新语·惑溺》云：

> 荀奉倩与妇至笃，冬月妇病热，乃出中庭自取冷，还以身熨之。妇亡，奉倩后少时亦卒，以是获讥于世。奉倩曰："妇人德不足称，当以色为主。"裴令闻之，曰："此乃是兴到之事，悲盛德言，冀后人未昧此语。"

他对传统儒教都敢于公开抗辩，当然更不会在乎一般的俗世之讥了。封建社会要求妇女事夫首先是"德"，具体地说，即"三从四德"等。汉代以来，《礼记》《女诫》等规范准则，就是专"吃"女人的开篇。荀粲对于用礼法名教之"德"，作为评价女人之优劣的根本准则，嗤之以鼻，这在当时是一种公开对抗传统礼法的大胆挑战，所以难怪他要得罪名教之徒而"获讥于世"了。有关这一问题，我们还可以通过《荀粲传》来具体说明：

> 粲常以妇人才智不足论，自宜以色为主。骠骑将军曹洪女有色，粲于是聘焉。容服帷帐甚丽，专房燕婉。历年后，妇病亡。未殡，傅嘏往唁粲，粲不哭而神伤。嘏问曰："妇人才色并茂为难。子之聘也，遗才存色，非难遇也，何哀之甚？"粲曰："佳人难再得。顾逝者不能有倾城之异，然未可易遇也。"痛悼不能已，岁余亦亡，亡时年二十九。粲简贵，不与常人交接，所交者一时俊杰。至葬夕，赴期者裁十余人，悉同年相知名士也，哭之，感恸路人。粲虽褊隘，以燕婉自丧，然有识犹追惜其能言。

荀粲以为，"妇人才智不足论，自宜以色为主"。这是违反传统礼教的石破天惊之言，大胆狂妄之说。表面上看，这似乎是一种重视外貌之美而轻视内在之美的片面之言，同样具有歧视妇女的倾向。因为一个完美的人必须兼修内外，二者缺一则非完美。但是外貌妍丽，乃是天生，出于自然，难以强求，即使今天美容化妆之术，也只能改善一时；而内在之美，则可通过后天长期学习、修养而形成。所以无论古今，如果二者不可兼得，则社会舆论一般都有重内而轻外的倾向。当然，这也只是听其自言而已，如果认真细察其行，则言不由衷、男盗女娼者大有人在。这是由封建社会的虚伪本质所决定的。礼法名教本来就是封建统治者炮制的，它是束缚被统治者的准绳“规范”；而对炮制者——士大夫而言，则很少有什么制约作用。因为礼法中的“德”，主要是说给女人听的，而男人本身无须遵守实行。但是，看问题必须透过现象来剖析内在的本质。如果我们能思考故事发生的历史背景，考虑汉代以来封建礼教所给予妇女的如山重压，就会在荀粲的偏激言辞中听出其言外之意了，愤怒的批判与抗争的激情喷薄而出，这就必然刺痛了封建卫道者的神经，受到传统舆论的贬斥了。在男女关系的问题上，汉儒所称礼法名教，冠之以“德”，实是套在广大妇女脖子上的沉重的枷锁；男人是女人的主子，又怎会把这具枷锁转移到自己的身上呢？由此可见，表面称“德”，内实缺“德”。这种礼法规范下，男女不平等是明显的。为了不让女人觉悟，名教又宣扬什么“女子无才便是德”来加以欺骗和愚弄。只要求女人禁欲守节，而无视男人纵欲淫乱。这就是传统礼教所苛求于女人的“德”的具体内容，它并非真是指妇女的内在资质之美，而是强加于女人身上的一把杀人不见血的软刀子。因此在评价妇女时，封建卫道者的“唯德论”，和荀粲一类玄家名士的“唯色论”，在今人看来，二者各有其片面性；但若从历史的角度加以比较，则在魏晋时的“唯色论”，要比封建礼教的“唯德论”进步得多。“唯德论”者外表冠冕堂皇，内心却极其虚伪。反之，“唯色论”者外表违俗乖戾，但显现出内在的一颗毫无矫饰的自然真心。至少，它在一定程度上流露了对自己所爱女人的真情，表现出对妇女做人的权利有了某种程度的肯定和尊重。传统名教的“唯德论”和荀粲的“唯色论”，前者主张禁锢妇女，包括其身体和精神；而后者则要求身心相对的开放和自由，二者性质显然有别。

其实，男女之间，以情为主，从而组成一个个家庭。如果依照封建妇德而行，妇女完全丧失了自我个性，只是被动地成了男人泄欲和生儿育女的工具，夫妻之间还有什么感情交流和生活情趣可言呢？没有真情交流的阴阳和谐，当然也就不可能有什么爱情和幸福。相反，荀粲的“唯色论”，实际上并非否定一切的道德标准，而是以直率自然之心为基础来思考两性之间的关系的。荀粲本人对自己那美丽的妻子还是很有感情的，他是色动其外，而情动于中，他把“色”作为女人本性的一种表现来加以欣赏和肯定，这和今人所说的“爱美是女人的天性”意思相近。当妻子生病而高热不退之时，他想到了丈夫爱护妻子的责任，跑到冰天雪地的庭院中去挨冻取寒，然后用自己那冰冷的身体熨帖妻子，希望能为她降温祛热，驱逐病魔。其治疗虽然只能救急且并不科学，却从精神上给予妻子以爱的安慰，从感情上完成了男女两颗真心的交流，因而双方都获得了心理上的满足。荀粲对于妻子的一片痴情和爱心，是那些喜新厌旧的世俗之人做得到的吗？荀粲之所谓“色”，是与其至情真心之爱相联系的。当爱妻病故后，他悲恸欲绝，欲哭无泪而黯然神伤，虽然因此而获讥于世俗，但他全然不顾，终因悲伤过度，一年多后随爱西逝。如果他们夫妻之间缺乏深挚的真情交流，装得像吗？荀粲为真挚情爱献出了生命，他是当时士人才子中一个不折不扣的情种，犹如《红楼梦》中的贾宝玉。

今天有些人以为有了钱就能买到一切，腰缠万贯，酒食征逐，秦楼楚馆，渔猎女色，自以为是在享受人生，其与古昔情种荀粲相比，能无愧乎？

三、纵情越礼、禁锢仕途——阮仲容只为鲜卑婢的人格美

阮仲容，指阮咸(234—305)，“仲容”为其字。魏晋间陈留尉氏(今属河南)人，咸精通音律，纵酒率性，不拘礼法，故为名教中人所疾；官至散骑侍郎、始平太守。鲜卑是古代中国东胡中的一支，汉末一度强大，曾多次侵袭中国北方。遥集是阮孚之字。孚为咸子，其母为鲜卑婢。阮孚是混合血统，智商极高，妙语玄理，精赏文学，颇具政治预见性，其性格旷达而重感情。《世说新语・任诞》第十五则云：

> 阮仲容先幸姑家鲜卑婢。及居母丧，姑当远移，初云当留婢。既发，定将去。仲容借客驴，著重服，自追之，累骑而返，曰：“人种不可失！”即遥集之母也。

这则小说很生动，它发生在魏末时期，其主人公阮咸的言谈举止，常是不假思索的潜意识的爆发，也即是不计后果的率性行为。刘孝标引《竹林七贤论》曰：“咸既追婢，于是世议纷然。自魏末沉沦闾巷，逮晋咸宁中始登王途。”阮咸

是阮籍的侄子，他与其叔俱是竹林七贤之中的人物。陈留阮家，是当时的一个高门士族。祖父阮瑀，颇为曹操宠任，是文学史上著名的建安七子之一。咸父熙，即籍兄，武都太守。如阮咸这样的出身，在魏晋门阀时代，只要与最高统治者保持其政治上的一致，则高官任做，骏马任骑，金钱美女，应有尽有。但阮咸却偏是不屑于走这一条终南捷径。他受老庄思想的影响，"纵情越礼""任达不拘"，所以为当政的礼法之徒所忘。对于男女两性之间的关系及其感情生活，他有自己的理解而不为礼法名教所拘束。鲜卑婢出身奴仆，地位极低。试想，汉族出身的奴婢，已是奴隶工具了，更何况是少数民族出身的世代为奴的鲜卑婢呢！但是阮咸选择了这样的女人作为自己的终身伴侣，大出人们的意料，这是一种勇敢的越礼行为。如果说鲜卑婢在姑母家时，阮咸已和她发生了关系，开始有可能是一见钟情，被色所动而引发了性行为，但后来则日久生情，难舍难分了。在一个受封建道德管制世界中，肉麻的温情和真挚的激情之间的分界线常是模糊的，但阮咸实现了从前者到后者，即从低级到高级的感情转化。据《晋书》本传，阮咸"幸姑之婢"，其姑母不仅没有指责他的私情，而且开始还曾答应把鲜卑婢女留下来侍候侄儿。不过后来姑母突然变卦，个中原因，史无明言。但据理推之，当与亲友及世俗舆论的责难和压力有关，像她兄弟阮籍那样旷达识理的人，究竟属于少数。因为如果阮咸娶鲜卑婢，不仅将影响其个人前途，后来数十年仕途受阻的严重后果正证实了这一点，而且可能对整个阮氏家族的社会声望产生不良的影响。在家族和传统社会的压力下，姑母让步变卦，是可以理解的，但阮咸并没有因此而退却。其家寒素，缺乏车马一类当时先进的交通工具，他当时正接待客人，一听消息，遽然跃起，"借客驴追婢"，并且公然"累骑而返"，青年男女同骑一驴招摇过市，而没有给鲜卑婢另雇车轿以遮人耳目。因为他不想活得太累，认为违反礼教，小事一桩，根本不放在心上。但世俗社会的传统礼法偏不原谅他，在朝当政的礼法之士，"世议纷然"，不仅是一般的指责讥讽，而且采取了坚决的行政手段，对他实行了强制性的仕途禁锢，阮咸为此失去了数十年做官的富贵前程。在今天的市场经济社会，读书人不做官可以做生意办教育，仍有出路。但在古代中国，一个封建士人，失去了做官的资格，不仅是没有了政治前途，而且也断绝了优越的经济来源，动辄得咎，事业、理想将化为泡影，其后果代价，可谓大矣。作为一个当时的士人精英，阮咸心里当然明白。

但他毅然行之，我行我素，根本不把礼法名教的非议放在眼里，也根本没有考虑自己这样做的严重后果。这一方面，与其任自然而越名教，受老庄玄学思想的影响有关，另一方面，更与其重视与鲜卑婢的感情生活有关。阮咸因婢已怀孕，口称“人种不可失”，这在当时是一种冠冕堂皇的理由，因为在封建社会中，“不孝有三，无后为大”，重视子嗣，正是以家族血统为纽带的封建宗法社会的需要。但作为一个宗奉老庄而随顺自然的竹林名士，这话很可能是一种托词，意在卸去礼教施加的压力。他重视“人种”（即肚子里的婴儿），主要还是来自对孩子母亲的一片真情。像他这样一个名门出身的贵族青年，如与鲜卑婢只是戏要调情、毫无感情的话，那么他随时都可以把她一脚踢开，如弃敝屣，怎么还会去管她是否怀孕的问题呢！他正是二十几岁的青年，随时都可以找其他漂亮的女人来开心，但他没有这样做。他与鲜卑婢日久生情，真情挚爱，难舍难分，故用“人种”作为借口，以堵住礼教之士的嘴巴。不过，他的“借口”不现实，执政的礼法名士对他仍是不依不饶，因其不顾身份，“纵情越礼”，而对他大加挞伐，实行仕途禁锢。由此可见，阮咸也为其一腔真情做出了牺牲。但是，正是礼教的严重压制，引起了魏晋名士的愤世嫉俗，后来阮咸行为之“怪诞”，正是对传统礼教的蔑视和挑战。

参考文献

[1]冯友兰.三松堂学术文集[M].北京：北京大学出版社，1984.

[2][3]袁行霈.中国文学史：第二卷[M].北京：高等教育出版社，1999.

[4][6]余英时.士与中国文化[M].上海：上海人民出版社，1987.

[5]李泽厚.美的历程[M].北京：文物出版社，1981.

[7][8]宗白华.美学散步[M].上海：上海人民出版社，1981.

（本文发表于《黄河科技大学学报》2006 年第 4 期）

23. 波奇云诡　瑰丽奇谲

——论《庄子》语言的多义性、随意性与模糊性

摘要：先秦诸子中，人们对庄子语言——寓言、重言、卮言，向来有汪洋恣肆、波奇云诡、瑰丽奇谲、仪态万方之评。它能引发人们奇妙、深邃、超前的哲学思考。但是，庄子语言却有很强的多义性与模糊性。

关键词：庄子；语言；多义性；模糊性

先秦诸子的文章中，《庄子》仿佛是异峰突起，前不见古人，后不见来者。庄子是中国早期的哲学家，也是一个无拘无束、思想相当开阔的文学家，在先秦文学史上独树一帜。他不像某些学者那样一本正经侃侃而谈，而是海阔天空谈笑风生。他的文章，汪洋恣肆，仪态万方，妙趣横生，随口编几则故事，像是信手拈来，却又妙语如珠，几乎每个故事都寓意甚深，很有哲理韵味。俗话说，文如其人，只有心胸开阔、思想开放、思维敏捷、语言多变的文学家才会有这样的手笔。清刘熙载说："《庄子》之文，如空中捉鸟，捉不住则飞去。""意出尘外，怪生笔端。""寓真于诞，寓实于玄。"[1]高似孙评论《庄子》的语言风格时说："极天之荒，穷人之伪，放肆迤演，如长江大河，滚滚灌注，泛滥乎天下；又如万籁怒号，澎湃汹涌，声沉影灭，不可控搏。"[2]明显地道出了《庄子》语言具有气势磅礴、一泻千里之特点。但他的语言，除上述特点外，还具多义性和模糊性。

一

多义性、随意性与模糊性是庄子的语言风格与特点之一，其后学在《庄子·杂篇·天下》篇中概括得最好：

寂漠无形，变化无常，死与生与，天地并与，神明往与，芒乎何之，忽乎何适，万物毕罗，莫足以归，古之道术有在于是者，庄周闻其风而悦之。以谬悠之说，荒唐之言，无端崖之辞，时恣纵而不傥，不以觭见之也。以天下为沉浊，不可与庄语，以卮言为曼衍，以重言为真，以寓言为广，独与天地精神往来，而不敖倪于万物，不谴是非，以与世俗处。其书虽瓌玮而连犿无伤也，其辞虽参差而諔诡可观。彼其充实不可以已，上与造物者游，而下与外死生、无终始者为友。其与本也，宏大而辟，深闳而肆；其于宗也，可谓稠适而上遂矣。虽然，其应于化而解于物也，其理不竭，其来不蜕，芒乎昧乎，未之尽者。[3]

庄子在文章中大量运用那充满“谬悠（虚远）之说，荒唐之言，无端崖（不着边际）之辞”的“三言”——卮言、重言和寓言。这是庄子选用的理论思维传达中介，也是一种带有文学意味的媒介和载体。所谓“谬悠之说，荒唐之言，无端崖之辞”，指自己的言论奇特反常，漫无边际，虚无缥缈，语义多变，模糊不清。《庄子》确实与诸子之书不同，视野博大而不守常规，不引经据典寻求历史的依据。其中人物故事都为申述自己的观点服务，或者经过改造，或者纯属臆想，更不用说那些近于神话的浪漫幻想。

庄子以他特有的思维方式宣扬道家观点，即以寓言开拓思路，以重言阐明真谛，以卮言加以发挥。寓言以形象思维为主，重言以抽象思维为主，而卮言则是形象思维与抽象思维的巧妙结合。认真剖析庄子寓言、重言、卮言的内涵及其运用特点是探索庄子思维方式的根本途径，也是理解庄子思维特点的一把钥匙。

关于寓言、重言、卮言的具体意义，《寓言》篇中已经做了解释：

> 寓言十九，重言十七，卮言日出，和以天倪。寓言十九，藉外论之。亲父不为其子媒，亲父誉之，不若非其父者也。非吾罪也，人之罪也。与己同则应，不与己同则反；同于己为是之，异于己为非之。重言十七，所以已言也，是为耆艾。年先矣，而无以经纬本末以期年耆者，是非先也。人而无以先人，无人道也，人而无人道，是之谓陈人。卮言日出，和以天倪，因以曼衍，所以穷年。

寓言的意思，最明白，是指有寄托的话。“藉外”，便是假借他人之口，仿佛意见皆非己出，则自家不必卷入是非争论。重言，则是引证古代受世尊的话以取信于人。至于卮言，则指俯仰随物左右模棱两可甚至模糊的话。卮是一种酒器，《成玄英庄子疏》曰：“卮满则倾，卮空则仰，空满任物，倾仰随人。无心之言，则卮言也。”“卮言日出，和以天倪”，“表明这种无心之言是随机生发、层出不穷、日新月异，没有固定主旨，甚至也没有系统，其宗旨在于实现与天然相吻合的和谐”[4]，是比较随意的。

不过无论寓言还是重言，其运用本为当时写作的一般风气，并不为庄子所特有。而庄子之独擅，实在于“正言若反”（《释文·序录》），或者说，取义多在于“败其兴”（谭元春《遇庄·阅人间世》），其中任由庄子创作发挥的帝王故事、圣贤故事，可以算作比较明显的例子。然而这仍不是主要的。庄子语言的精髓更在于合寓言与重言而为卮言。可以再用《齐物论》中的话，即“注而不满，酌而不竭，而不知其我所由来”。而此又源于庄子的哲学。

“重言”中有长短不一的辩论或抽象论证，一般与“寓言”的文学性不能相比。“重言”的记叙中即使与名贤原来的个性和学术主张有某些联系，无论如何也是为阐明庄子的思想服务的。旧瓶装新酒、偷梁换柱和想当然的凭空杜撰比比皆是。比如《庄子·人间世》写孔子劝阻准备去卫国从政的颜回，讲述了与君主相处的艰难，在否定颜回用“端而虚、勉而一”“内直外曲”“成而比比”三法应付君主的可行性后，教之以“心斋”的方法。《庄子·大宗师》记孔子与子贡的谈话，他承认自己是“游方之内者”，却推崇“游方之外者”的生死观；其后一节，他又与颜回讨论达到“坐忘”境界的渐进过程。虽出自名贤之口，所言却是庄子想说的话，无疑运用了虚构的文学手法，但总显得有点随意与模糊。

二

文学比喻和象征的指向可以是较确切的，也可以是模糊或者是多向的。比如：

> 鹏之徙于南冥也，水击三千里，抟扶摇而上者九万里，去以六月息者也。……风之积也不厚，则其负大翼也无力。故九万里，则风斯在下矣。而后乃今培风，背负青天，而莫之夭阏者，而后乃将图南。蜩与学鸠笑之曰：我决起而飞，抢榆枋而止，而控于地而已矣，奚以之九万里而南为？适莽苍者，三餐而反，腹犹果然。适百里者，宿舂粮，适千里者三月聚粮。（《庄子·逍遥游》）

大鹏南飞，“水击三千里，抟扶摇而上者九万里”，似极壮伟，但是“风之积也不厚，则其负大翼也无力”，此乃不免有所待而无自足与自由。蜩与鸠仅飞于地面与小树之间，甚为低下，但其无须积风聚粮，其所待甚少，在自足性上又何欠于大鹏？在这一点上，郭象的注释实为精当：

> 苟足于其性，则虽大鹏无以自贵于小鸟，小鸟无羡于天池而荣愿有余矣。故小大虽殊，逍遥一也。[5]

此即谓：大鹏与蜩鸠在天然禀生的本性上，都是自足与自由的；它们之间之高下大小的区分，是在把它们纳入比较与对待关系中才发生的；但一旦纳入比较与对待关系中，则它们各自都不具自足性；唯消解种种比较与对待关系，才可以回复本性，才可以作逍遥游。郭象此注诚得庄子精髓。

《庄子·逍遥游》中蜩与学鸠嘲笑鲲鹏从北冥飞往南冥的寓言故事，其主旨是什么呢？可以说是“小知不及大知”：以蜩与学鸠的能耐、心胸、见识是不可能理解鲲鹏的行为和志趣的。然而，从“鷦鷯巢于深林不过一枝，鼹鼠饮河不过满腹”的观点看，不企慕“九万里的南为”的蜩与学鸠又有应该肯定的知足乐天的一面。何况庄子还有将大小、生死、是非都视为相对（乃至无差别）的认识。此外，“风之积也不厚，则其负大翼也无力”，鲲鹏飞赴南冥的壮举，得集聚九万里的大风于其下才能实现。从“无待”的追求上说，这种对大风的依赖远远达不到自由的至境。……也许还能做其他的解读。这些故事具有随意性、多义性和模糊性，但这就是寓言的妙处，也是文学表现的一种特殊优势。

道是什么？本是不能言说的。老子是用一连串的否定说明之：

道之出口，淡乎其无味，视之不足见，听之不足闻，用之不足既。（《老子·三十五章》）

明道若昧，进道若退，夷道若颣，上德若谷，大白若辱，广德若不足，建德若偷，质直若渝，大方无隅，大器晚成，大音希声，大象无形。（《老子·四十一章》）

而庄子也像老子一样，采用描写方法、象征手法而模糊言之：

夫道，有情有信，无为无形。可传而不可受，可得而不可见。自本自根，未有天地，自古以固存。神鬼神帝，生天生地。在太极之先而不为高，在六极之下而不为深，先天地生而不为久，长于上古而不为老。豨韦氏得之，以挈天地；伏戏氏即伏羲氏得之，以袭气母；维斗得之，终古不忒；日月得之，终古不息；堪坏得之，以袭昆仑；冯夷得之，以游大川；肩吾得之，以处大山；黄帝得之，以登云天；颛顼得之，以处玄宫；禺强得之，立乎北极；西王母得之，坐乎少广，莫知其始，莫知其终；彭祖得之，上及有虞，下及五伯；傅说得之，以相武丁，奄有天下，乘东维，骑箕尾，而比于列星。（《庄子·大宗师》）

文学性描述一般只能做模糊的传达，意蕴的界限不会明确。在理论组合和展示上，《庄子》各篇虽均有主旨，但多由几个若即若离的段落组成，故事议论相夹杂，开合张弛也很随意。

像这些纵横恣意的文字，都不是定义性的，而是描写性的；都没有存在的意义，而只有象征意义。人们不可以也不必用实证手段、语义分析方法，逐一弄清狶韦氏、伏戏氏、堪坏、冯夷、肩吾、黄帝等等确指的对象是什么，从而再去界定道包含了哪些确定的含义。恰恰相反，它要求人们突破、越出语言所确指的物事，在语言之外体悟道。人们只有不断越出语言所确指的物事，才能越出相对、有限，迫近绝对、无限、道本体。

庄子认为，道没有确定的规定性，所以它不同于任何一物，但道又可以任何规定性为规定性，所以又同于任何一物：

> 东郭子问庄子曰："所谓道，恶乎在？"庄子曰："无所不在。"东郭子曰："期而后可。"庄子曰："在蝼蚁。"曰："何其下邪？"曰："在稊稗。"曰："何其愈下邪？"曰："在瓦甓。"曰："何其愈甚邪？"曰："在屎溺。"东郭子不应。庄子曰："夫子之问也，固不及质。正获之问于监市履狶也，每下愈况。汝唯莫必，无乎逃物。至道若是，大言亦然。周遍咸三者，异名同实，其指一也。"（《庄子·知北游》）

道在蝼蚁、稗草、瓦甓、粪便之中，无物非道，无处无道，这表明它又是"有"。道既"无"又"有"，这二者是互为补充的。因为道原本并无任何规定性，所以才可以接受、容纳任何规定性；又因为可以接受任何规定性，才足以说明它原本并无任何规定性。看，这些话说得又随意又模糊，似乎胡说八道，不成体统。但他又能自圆其说，言之成理。

庄子哲学语言在语言使用上的多义性和模糊性，寓于它在道的追求上的这种特殊性。

"以谬悠之说，荒唐之言，无端之辞"和"以天下为沈浊，不可以庄语"，表明论者臆测为奇。这奇就是随意、超越、新变，就是违背常规，以荒诞不经的方式质疑乃至否定人们所习惯的思维模式，是非判断和审美标准。自言"其书虽瑰玮而连无伤也，其辞虽参差而諔诡可观”，说明他运用奇特瑰丽、纵逸变幻的表现方式是自觉的，甚至是自鸣得意的。而“瑰玮”和“諔诡可观”正是这种驰骋想象的笔触展示文学意象产生的效果。

庄子鄙夷世俗观念的平庸陈腐，又不得不向受平庸陈腐观念熏染的世人申述自己的观点。故事内容的离奇和荒诞无稽，展开方式的出人意料、汪洋恣肆，才能别开生面；大幅度调整的时空观念，生动而丰富的意象，才能活跃人们的思维；鲜明的对比才有强烈的反差，深刻中肯的质询才能形成强大的冲击力，去激活麻木的神经和惰性的思维，撼动固有的观念，改变习惯的思维方式。选择了三种特殊的“言”作为载体，很大程度上是试图借助艺术语言这个“魔杖”来引导人们，拓展人们的精神视野，改变习惯思维方式。

《庄子》采用了较分散的、随意性的、描述性的展示方式。寓言的故事和寓意偶有重复、交叉。这种情况的出现，很可能与后人整理结集时罗列来源不一的材料有关，也可能就是论者特有的一种随意。比如《庄子·逍遥游》两次叙及鲲鹏图南，一为《齐谐》所记，一为“汤之问棘”所道出。故事来源不一而大同小异，有助于提高其可信度。

三

《庄子·齐物论》有文势的转折起伏，也有句势的转折起伏。比喻、寓言，总是天外飞来，随意而出，比如：

> 劳神明为一，而不知其同也，谓之朝三。何谓朝三？狙公赋芧，曰：“朝三而暮四。”众狙皆怒。曰：“然则朝四而暮三。”众狙皆悦。名实未亏，而喜怒为用，亦因是也。是以圣人和之以是非而休乎天均，是之谓两行。
>
> 昔者庄周梦为胡蝶，栩栩然胡蝶也，自喻适志与，不知周也。俄然觉，则蘧蘧然周也，不知周之梦为胡蝶与，胡蝶之梦为周与？周与胡蝶则必有分矣，此之谓物化。

朝三暮四，本是用来齐名实。“天均”，郭象注：“莫之偏任，故付之自均而止也”，“两行”，“任天下之是非”。这是《庄子・齐物论》中的“庄语”，也是“齐物论”的境界，整个寓言故事就像信手拈来，随意编出，却把狙公赋芧夹喻其中用来吐露大化的真消息，似谐而实庄。

“胡蝶的比喻最奇妙。忽然现身一譬，自扫其迹：物论是迹，齐物论也是迹，于是一并洗发扫却。由声而起，最终至于万籁俱寂声影俱无的一片空明，思如捕风，言若镂尘，‘不但论者废然，即齐者亦瞿然自失矣’（钱澄之《庄子精释》），若说一起一结，出自庄子用心安排，却是不然。”[6]这是随造化而行，又入于造化，也属于随意编造出来的。

庄子哲学主要是人文和社会的哲学，与人文和社会相关的事物往往是情理兼有的。尽管理论的价值取决于它在真理性上对前人的超越，而真理性是客观的，但分散的、随意的、描述的展示方式以及论者思想倾向和主观情感性因素的渗入并非必然损害其理论固有的真理性。逻辑语言的表述固然有严谨、确切之长，模糊混沌的传达也不无优势。模糊的、浑融的把握和传达有时还是一种明智的选择，因为有的事物现象只宜于以模糊的方式进行把握。哲理高明与否并非只由表述话语的抽象和逻辑严密的程度来决定。先秦的哲学家，尤其是庄子，或许已经回答了这样的问题：哲学思维不应一概拒斥具象参与，不应该与情感和想象绝缘。

《庄子》的语言抽象难懂，常常不经意出之，是否就显得不精严，没有主旨而不讲究分寸了呢？完全不是这样。所以《寓言》说：“鸣而当律，言而当法。”《则阳》说：“道物之极，言默不足以载，非言非默，议有其极。”否则其思辨不可能精深，也不会产生强烈的震撼，获得广泛的认同，经受岁月的考验了。作为鄙夷世俗的批判家对世人进行棒喝，不用道理说教，而是以天外奇想拓展人们的思维空间，用反向思维通其思路，启发人们去体认、去感受，从寓言故事、形象比喻直接跃升到体察、洞悉事物的本质，人生的真谛。

《庄子》的语言不仅长于论辩，其嬉笑怒骂、冷嘲热讽的议论方式和生动活泼的描述构成一种情感充斥、笔触纵逸、夸张渲染、意象纷呈的话语。其“大而无当，往而不反”，无可验证、荒诞不经的叙述背后是对人生对社会严峻深邃的叩问，即令哲人也难以追随其思想的舞步。（《庄子》）向有汪洋恣肆、波奇云诡、瑰丽奇谲、仪态万方之评。冷酸尖刻的嘲讽有更大的警醒和刺激作用，促进人们的反向思维和对固有的观念、结论与规范的质疑。随意性、模糊性、多义性往往更能表达哲学思想。

《庄子》中的虚拟境域，有想当然的，也有凭空随意虚构的：《逍遥游》中"无何有之乡"只是一种存在于思维中的精神境界，诸如鲲鹏图南，长寿的冥灵、大椿，列御寇的御风而行，藐姑射山的神界，其创见篇章中的髑髅、社树托梦，河伯与海若相遇，混沌被凿七窍而死……都属于子虚乌有。此类描述凸显了精神活动的虚拟性特征，种种虚拟有时就是庄子对自己精神视野和思维过程的一种模拟，一种展示。它有最充分的创造和组合的自由，无须证实，无须现实依据，却能展示最为奇妙、深邃、超前的哲学思考。虚拟是人类思维的共同点，《庄子》这类描述能够唤起共鸣，启发和促使人们产生类似的联想。

又如关于凭空想像，随意虚构的手法，篇中共有三处论及：

> 《逍遥游》："藐姑射之山，有神人居焉，肌肤若冰雪，绰约若处子；不食五谷，吸风饮露；乘云气，御飞龙，而游乎四海外。其神凝，使物不疵疠而年谷熟。"
>
> 《齐物论》："至人神矣！大泽焚而不能热，河汉冱而不能寒，疾雷破而不能伤，飘风振海而不能惊。若然者，乘云气，骑日月，而游乎四海之外，死生无变于己，而况利害之端乎？"
>
> 《大宗师》："古之真人……若然者，登高不慄，入水不濡，入火不热。是知之能登假于道者也若此。"

《逍遥游》中"藐姑射之山"的"神人"是庄子想象出来的"绝对自由"的人物，而在《齐物论》中又提到他，只是语言词句稍有变换，"神人"写作"至人"，并且由于《齐物论》的主旨，又给加上不计是非的内容。《大宗师》中所述的"真人"也含有上述的意思，然却是从得"道"的角度来谈，而且又改称为"真人"了。于此亦可见"至人""神人""真人"以及"圣人"，都是同义语，时隔不久，或加以变换，是为了便于从不同的方面进行阐述，而并非有什么等次。可见其为文时的随意性。

《齐物论》一方面包括了庄子学说的精义，另一方面也代表庄子的语言风格。正如朱得之在《庄子通义·读庄评》中所说："随意出词，绝无结构，庄文也。"

参考文献

[1]刘熙载.艺概[M].上海:上海古籍出版社,1978.

[2]陆钦.庄子通义[M].长春:吉林人民出版社,1994.

[3]王先谦.庄子集解[M].西安:三秦出版社,1998.

[4]涂光社.独标一格的话语和理论形态[M]//闾勋初,叶子铭,钱中文.文学评论丛刊.南京:南京大学出版社,2002.

[5]冯达文.早期中国哲学略论[M].广州:广东人民出版社,1998.

[6]扬之水.先秦诗文史[M].沈阳:辽宁教育出版社,2002.

（本文发表于《绥化学院学报》2005年第6期）

24. 敢对皇帝说"不"的两篇至文

摘要：李斯的《谏逐客书》和李密的《陈情表》都敢对皇帝说"不"，并说服其收回成命。《谏逐客书》以理服人，陈说的是国家的根本利益，秦王统一天下的大道理，秦王看后醒悟。《陈情表》感情真挚，以情动人，而又言辞委婉恳切，字字发自肺腑，字里行间充满了孝心与忠心，终使皇帝动了恻隐之心。两文的陈述方法和抒情手段各有异同。

关键词：李斯；谏逐客书；说理；李密；陈情表；抒情

在中国几千年的封建社会中，君权高于一切，皇帝的话就是圣旨，即使是他身边最亲近的大臣也只有唯命是从，不敢说半个"不"字。然而，在中国文学史上，就有这么两个"胆大妄为"之人，竟敢对皇帝的圣旨说"不"，并以其深刻的说理和真挚的感情打动皇帝，使皇帝欣然收回成命，改变初衷。这在世界帝王史上亦属罕见。这就是李斯的《谏逐客书》和李密的《陈情表》。

一

李斯的《谏逐客书》写于秦王嬴政十年（前 237）。在此之前，韩国为迎合秦国大事建设的需要，派了一个名叫郑国的水工入秦，劝秦王修筑一条灌溉渠，企图以浩大的工程消耗秦国的财力，使秦国不能东征。不久，秦国发觉了这一阴谋。于是，宗室大臣建议秦王下逐客令，把客卿统统赶走。李斯也是客卿，当然在被逐之列。于是他毅然上书，劝阻秦王逐客。秦王读了这份奏章，立即取消了逐客令，还派人追回早已上路的李斯，并恢复了他的官职。

嬴政是中国历史上有名的暴君，要以言辞打动他，不是一件容易的事。李斯是秦王身边的臣子。但俗话说，伴君如伴虎。而现在，秦王这只猛虎正在气头上，在满朝文武一片“逐客”的叫喊声中，李斯稍有不慎，势必招来杀身之祸。虽然凶多吉少，但李斯早已把这些置之度外，因为他胜券在握，有充足的理由能制服这头原本凶恶的猛虎。

《史记》记载：“李斯者，楚上蔡人也。年少时，为郡小吏，见吏舍厕中鼠食不洁，近人犬，数惊恐之。斯入仓，观仓中鼠，食积粟，居大庑之下，不见人犬之忧。于是李斯乃叹曰：‘人之贤不肖譬如鼠矣，在所自处耳！’”[1]这令人触目惊心的画面，使这位年轻的小吏醒悟：人生就有如老鼠，只是所生存的环境和地位的不同而已。因此，他要改变自己的生活环境，要得到如“仓中鼠”的好处所。这就是他一生坚定不移的追求目标，也是他人生的价值观。

后来他与韩非一起跟荀况学习“帝王之术”。李斯不但学到了“帝王之术”，更重要的是他还学到了“帝王心理学”，而且在以后的实践中，运用得心应手。正如他自己说：“度楚王不足事，而六国皆弱，无可为建功者，欲西入秦，辞于荀卿曰：‘斯闻得时无怠，今万乘方争时，游者主事。今秦王欲吞天下，称帝而治，此布衣之驰骛之时而游说者之秋也。”[2]足见李斯深谙帝王之心理：楚国虽大，但楚王是一个没有主见，太听信谗言，不足成事之人；而六国都是弱小国家，不足以成气候，要想成就霸业，统一中国，谈何容易！因此他毅然决定游说秦王。他对各国的综合国力，国王的称霸心理和能力，做过一番细致的分析。更为难得的是他居然对秦王称帝的心理分析得深而又透，洞若观火，他说：“今秦王欲吞天下，称帝而治。”这无疑是他心理分析的成功。而且他审时度势，成功地把握机会，认为在这样的国际形势下，“此布衣驰骛之时而游说者之秋也”，这是他对历史的选择，对机遇的把握，是他取得成功的重要一步。

李斯极力鼓动秦王尽快称霸，他说：“夫以秦之强，大王之贤，由灶上骚除，足以灭诸侯，成帝业，为天下一统，此万世之一时也。今怠而不急就，诸侯复强，相聚约从，虽有黄帝之贤，不能并也。”[3]此番游说，正合秦王称霸称帝的野心。李斯先给秦王戴上高帽子，称他有“大王之贤”“有黄帝之贤”，正中秦王下怀。同时李斯还分析了春秋五霸之一的秦穆公无法并吞六国的原因是“诸侯尚众，周德未衰，故五伯迭兴，更尊周室”，而秦孝公得以强大的原因则是“周室卑微，诸侯相兼，关东为六国，秦之乘胜役诸侯，益六世矣”[4]。这些理由的分析，对秦王都有很强的说服力。

无独有偶，在秦的历史上，曾经有人以同样的道理劝说秦惠王，但没有成功。这就是苏秦。苏秦以“连横”游说秦惠王。他为秦惠王具体分析了秦国优越的地理环境、强大的国力，说：“以大王之贤，士民之众，车骑之用，兵法之教，可以并诸侯，吞天下，称帝而治。愿大王少留意，臣请奏其效！”[5]可惜归于失败。究其原因，不是秦不具备统一六国的形势和国力，最主要的是苏秦没有分析透秦惠王的心理。秦惠王当时认为：“毛羽不丰满者，不可以高飞；文章不成者，不可以诛罚；道德不厚者，不可以使民；政教不顺者，不可以烦大臣。今先生俨然不远千里而庭教之，愿以异日。”予以婉拒。苏秦没有迎合秦惠王的需要，更没有掌握他此时的心理。因为当时秦惠王刚杀了变法维新的商鞅，反对一切客卿的献策。但具有戏剧性的是，苏秦在秦碰壁后游说六国“合纵”成功，使秦15年不敢东突以窥函谷关，秦王又用了张仪的“连横”计谋破了六国的联合。可见，要游说成功，必须掌握当时的国际形势，更要掌握君王的心理。

听了李斯这一番话，秦王可说是佩服得五体投地，立即“拜斯为长史，听其计”，可谓言听计从。同时按李斯策略去实施，“阴遣谋士赍持金玉游说诸侯。诸侯名士可下以财者，厚遗结之；不肯者，利剑刺之，离其君臣之计，秦王乃使良将随其后”。后来就出现了这种现象：“秦人开关延敌，九国之师，逡巡遁逃而不敢进。秦无亡矢遗镞之费，而天下诸侯已困矣。”“于是从散约解，流血漂橹。因利乘便，宰割天下，分裂河山，强国请服，弱国入朝。”[6]这不能不说是李斯的功劳。于是秦王又拜他为客卿。

综上所述，李斯的成功，主要有4个原因：

第一是他有坚定的信念，要改变自己所处的环境，穷则思变，这是他“观仓中鼠”和“厕中鼠”所得到的启示，他相信通过自己的不懈努力，定能达到目的；

第二是他学习并掌握了“帝王之术”尤其是“帝王心理学”，对帝王的分析可谓深刻入微，竟使秦王言听计从；

第三是他游说秦王时以事实为依据，说理深刻而透彻，竟使秦王听而信之，崇而拜之；

第四，也是最重要的，是他在说理时时时处处把秦国的利益放在首位，以秦国的强大、秦王的霸业为出发点，使秦王听而信之。

《谏逐客书》从正面来说，首先顺应历史发展的趋势，迎合了秦王急于称霸称帝的心理，李斯列举了秦王先祖依靠历代客卿“以客之功”而强国的事实：穆公得“五子”，孝公“用商鞅之法”，惠王用“张仪之计”，昭王“得范雎”。这些都是秦历史上的客观事实，秦王当然了解。然后李斯做一小结：“由此观之，客何负于秦哉！”而且还加上一句假设：“向使却客而不内，疏士而不用，是使国无富利之实，而秦无强大之名也。”这不得不使秦王陷入深思！

假如这还属于理性认识的话，那么李斯又举了秦王身边的事实，让其有感性的认识：秦宫里的一切，身边的一切，即声色犬马，珠宝玩好，矿产锦绣，皆非秦之所有，而秦王却好之用之。这增强了感性认识。再以两句“必秦国之所生而后用”“必出于秦然后可”，使其感悟到所说的与所做的竟是如此的矛盾。李斯立即把这一命题引向纵深，即取物如此，而“今取人则不然，不问可否，不论曲直，非秦者去，为客者逐。然则是所重者在乎色、乐、珠宝，而所轻者在乎民人也”。至此，可以说，李斯基本上成功了，秦王在陷入沉思后经李斯进一步地点拨，幡然醒悟，李斯目的也达到了。

我们再从反面来看。李斯整个陈说全在理上，丝毫没有奴颜婢膝，也没有谄媚阿谀之态，而是理直气壮，大有“此处不留爷，自有留爷处”的丈夫硬气。不是吗？他呈上逐客书旋即扬长而去，丝毫没有留恋。

文章一开头，李斯就给秦王当头棒喝：“臣闻吏议逐客，窃以为过矣。”义正词严地告诉秦王：你这种做法是绝对错误的！语气十分坚决，态度非常强硬。在回顾秦王历史上“四君者，皆以客之功”而成帝业后，又以一句反问（实质上是责问）的话：“由此观之，客何负于秦哉?”有如泰山压顶之势，使秦王抬不起头来，处境十分尴尬难受。接着又做了一个假设：“向使四君却客而不内，疏士而不用，是使国无富利之实，而秦无强大之名也。”虽是假设，但颇有讽刺揶揄之意。

假如秦王受了李斯这些棒喝、责问、讽刺、揶揄之后，认为这都是自己祖上的人做的，和自己不相干，却被李斯责难，可能会勃然大怒，暴跳如雷，恨不得立诛之而后快。可惜李斯此时已在千里之外，秦王只得硬着头皮看下去。当他看到李斯说的都是自己身边的事，想的都是自己的江山社稷，举的都是自己日常生活所离不开的宝物与女人，他终于静下心来，觉得李斯说得在理，完全正确。所以当李斯提出“必秦国之所生然后可”“必出于秦然后可”的责备时，他终于接受了。然而这还是停留在物质的层面，还没有涉及人。因此李斯又把这问题引申到人。这时李斯已抓住秦王的心理，基本降服了这只猛虎，已经胜券在握。所以他口气十分严肃，极尽讽刺、批判之能事，曰：“今则取人则不然，不问可否，不论曲直，非秦者去，为客者逐。然则是所重者在乎色、乐、珠宝，而所轻者在乎民人也。”“今乃弃黔首以资敌国，却宾客以业诸侯，使天下之士退而不敢西向，裹足不入秦。”又说：“今逐客以资敌国，损民以益仇。”这样做，李斯认为“此非所以跨海内、制诸侯之术也”，而且明确指出，这样的严重后果是“藉寇兵而赍盗粮者也”，“内自虚而外树怨于诸侯”，“求国无危，不可得也”。

二

李密的《陈情表》是李密不肯应诏，写给晋武帝司马炎的奏表，请求终养祖母，暂缓赴京任职。表，是古代一种文体，属于奏议一类，是臣民对君王有所陈情的一种文书。李密父早亡，母改嫁，由祖母刘氏抚养成人。晋武帝征他为太子洗马，他即上此表，说明他之所以不肯应诏，是由于祖母年迈多病，奉养无人，并不是自矜名节，另有所希望。但这是表面理由，实际上是他当时不愿事晋。

李密侍奉祖母，以孝谨闻名，祖母有病，“则涕泣侧息，未尚解衣，饮膳汤药，必先尝后进”（《晋书·李密传》）。近人吴曾祺说：“盖天下固有一种之文，非情至者不能作。而深于情者，则往往不求工而自工。……诸葛孔明之《出师表》、李令伯之《陈情表》，虽庸人读之，尤为感动。然二公固非深于文者。即此二篇，亦不见其惨淡经营之迹，应手而成，遂为千古绝作。”[7]忠孝观念是中国封建社会宗法伦理观念的核心，李密高举“圣朝以孝治天下”的旗号，并在自己不得不尽孝的困苦境遇上大做文章，巧妙地提出先尽孝、后尽忠的两全办法，这就使终养祖母的请求立于有理、有利、有节的不败之地，最终获得晋武帝的谅解而同意他的请求。晋武帝看后赞叹说：“士之有名，不虚然哉！”[8]

李密陈情的“直据实情”表现在：一是出生才六个月，父亲就亡故；二是四岁那年，由于家贫，舅父逼母改嫁；三是本人由年老的祖母养育；四是年少时体弱多病，九岁还不会走路；五是没有叔伯兄弟，门庭不兴，人丁不旺；六是年老得子，没有福分；七是外无亲戚可依靠，内无看门之童仆；八是祖母年老多病，天天要服侍吃药。

这些家庭不幸，成为他不得不照顾祖母而婉拒诏命的原因。侍养祖母本合乎孝道，但只陈实情，还不一定能叫人同情，所以叙事之后他又做分析，并反复抒写其"孝亲忠君"之情：

一是祖母刘氏病重，"朝不虑夕"，难以远离，古云"父母在，不远游"，但顺私情，则势又不能，所以他"进退实为狼狈"，表现了"忠""孝"难以两全的苦衷。二是以孝治天下，"臣孤苦，尤为特甚"。这一来侍养祖母就成为不可逃避的责任，显示了其势不能不以孝为重。三是现在成了"亡国贱夫"，反而得到拔擢，君恩至重，所以不立即应诏，只为祖母命危，而祖孙又相依为命。四是自己只有44岁，祖母刘氏已经96岁了，侍亲日短，侍君日长。李密在这样的比较分析下，解决了忠孝难全的难题：先报亲恩后报君恩，请求准予在家终养祖母。公的私的，忠的孝的，在文中都坦率地说了出来。俗话说："感人心者，莫先乎情，莫始乎言，莫切乎声，莫深乎义。"[9]这就是《陈情表》的抒情特点，也是自然真挚动人之处。

反复说明并渲染无法解脱的困境，以诚挚真切的感情打动人心，是本文最主要的特色。写祖孙相依为命的实情，细腻详尽；写自身进退两难的境况，铺排淋漓；写"不矜名节"的心意，委婉隐曲；写"天地共鉴"的辛苦，信誓旦旦。这些陈述，无不情溢言外，酸楚悲恻。尽管每段都说到祖母的病情，但并不感到重复，主要原因就是其中所倾注的这一人之常情十分真挚动人。

为了自己的请求能实现，作者还不断地给晋武帝戴高帽子，前面说"逮奉圣朝，沐浴清化"，后面又说"圣朝以孝治天下，凡在故老，犹蒙矜育"。同时，作者还一再地贬低自己，说："臣少仕伪朝，历职郎署，本图宦达，不矜名节。今臣亡国贱夫，至微至陋，过蒙拔擢，宠命优渥，岂敢盘桓，有所希冀！"这也许是打动皇帝的其中一个原因吧。

这篇文章，运语遣词，用心良苦。作者李密在三国时代已负盛名，声望甚高。蜀汉亡后，晋武帝慕李密之名，下令征诏。不过，这种征诏，与其说是出于爱才，毋宁说是在示威，因为以李密的高名望，而诏任的不过是"东宫洗马"的微职，这分明是把他视为亡国大夫，对他轻视贱踏，颐指气使。其目的，首先是在摧毁他的名节，其次才是利用他的才能。李密在这个时候，一方面因为祖母病笃，不忍离弃，另一方面，也未尝不是自惜羽毛，不愿屈服，但在晋武帝的威权之前，他又怕被疑为“义不臣晋”，招来杀身之祸，所以便写成这一个表章，婉辞谢绝。他当时的内心感情，相当凄楚。有之于中，发之于外，所以这篇文章，就以感情深厚著名。此文被后世推为抒情佳作，前人评说它“直据实情，声泪俱下”，是篇真挚动人的文章，至今传诵。

三

这两篇奏文，有不少相同的地方：首先，所谏的对象都是皇帝，而且他们都敢对所谏者说“不”；虽然口气有硬的，也有软的，所谏的也是不同朝代的皇帝，但其结果都使皇帝收回成命，废除圣旨，达到了各自的目的。其次，在说理的技巧上，都是先给对方戴上高帽子，取得对方的好感，然后再进一步摆事实，讲道理。再次，两人都没有谈到自己，给人印象是时时为对方着想，处处为国家着想，及尽歌功颂德之能事，唯独没有自己。

但两文亦有不同之处。李斯的《谏逐客书》重在说理，而李密的《陈情表》则重在谈情。李斯是以理服人，所以他言辞慷慨，理直气壮，柔中有硬，绵里藏针，句句铮铮，掷地有声，大有凌驾于帝王之上之势，因为他胜券在握。他回顾历史，以历代秦王依靠客卿建功立业的事实为依据，他列举秦王的所用玩好为外国美女宝物，指出其逐客的无理与偏见，并从国家利益的高度，揭示其逐客的严重后果与危害，具有极强的针对性和说服力。文章的立足点相当巧妙，作者处处以秦国的利益为着眼点，为秦王的统一大业着想，但又始终不谈客卿的利益，纯粹是从秦国的危亡着眼，无怪乎秦王看后幡然醒悟，立即收回了成命。正如明归有光《文章指南》云：“李斯《谏逐客书》，借人扬己，以小喻大，另是一种巧思。能打破此等关窍，下笔自惊世骇俗矣。”[10]文章在写法上，作者往往以正面陈说为主，以反面推论为辅，正反对比，利害并举，使得事理明白，是非昭然，增强了文章的说服力。文章多用排比与对偶句，语汇丰富，颇有文采，有战国时期纵横家善于雄辩的风格。

李斯的文章除了《谏逐客书》有较高的价值外，其他如《泰山刻石文》、《琅邪台刻石文》等，都是"颂秦德"之作，他给二世的《论督责书》，更是阿谀取容文字，不足取。

李密的《陈情表》是以情动人，他说话委婉，情感真挚，字里行间流露出真情，充满了孝心与忠心。字字带孝，句句含忠。"忠孝"是封建政权赖以巩固和延续的最高伦理准则。作者在忠君、孝亲二者暂时不能兼顾的矛盾中上表请求"矜愍"。这篇奏章因为处处从封建道德观念出发，而又言辞恳切，娓娓道来，字字发自肺腑，所以终于打动了君心，也赢得了后世人们的赞誉。正如宋真德秀《文章正宗》指出的："按伯令之表，反复谆笃，出于真诚。至今读之，犹足使人感动，况当时之君乎！"[11]又如清林云铭《古文析义》云："纯是一片至性语，不事雕饰，惟见天真烂漫。"[12]又清吴楚材云："历叙情事，俱从天真写出，无一字虚言驾饰。至性之言，自尔悲恻动人。"[13]

在写法上，骈散相间、文笔流畅是本文的一大特色。四字句联翩，简洁清丽；对偶句迭出，情意酣畅；长短句交错，朗朗上口。文情、语意、辞气、音韵浑然天成，巧夺天工。

李密的《陈情表》虽是一篇至文，但与李斯的《谏逐客书》相比，字里行间流露出淡淡的阿谀之色，远不如《谏逐客书》显得硬气。

参考文献

[1][2][3][4]司马迁. 史记[M]. 北京：台海出版社，2002.

[5][6]王锡荣，韩峥嵘. 战国策注译[M]. 长春：吉林文史出版社，1998.

[7][8]上海教育学院. 中国古代文学读本：第二册[M]. 上海：上海教育出版社，1981.

[9]白居易. 与元九书[M]//郭绍虞. 中国历代文论选：第二册. 上海：上海古籍出版社，1979.

[10][11][12]徐中玉. 大学语文[M]. 上海：华东师范大学出版社，2001.

[13]吴楚材. 古文观止[M]. 北京：中华书局，1959.

25. 论阿宝感情变化的合理性逻辑及其蛇足

摘要：粤西名士孙子楚向娟丽无双的阿宝求婚，阿宝瞧不起手有枝指的孙子楚，并多次揶揄戏弄他，还称其为“孙痴”，然孙子楚大智若愚，果断勇敢，痴情不渝，甚至灵魂出窍，舍身为鸟。孙子楚的真诚和痴情终于感动了阿宝，她从“高其位置”，逐渐转变为誓死相从，两人终成眷属。阿宝的感情变化有其自身的轨迹，是合情合理的。

关键词：阿宝；孙子楚；感情；蛇足

《聊斋志异》中有许多优秀作品，它们深刻地反映了现实生活，提出许多重要的社会问题，表现了作者鲜明的政治态度。“它们或者揭露封建统治的黑暗，或者抨击科举制度的腐朽，或者反抗封建礼教的束缚，具有丰富深刻的思想内容。”在作者的笔下，复杂的社会，多彩的人生，得到了生动的展示。这里有强暴者的蛮横，软弱者的呐喊，正义者的凛凛，不仁者的猥琐，痴情者的耿耿，刚烈者的铮铮，复仇者的愤怒……小说给我们提供的确实是一个人生大舞台。在这个大舞台上，净丑旦末，牛鬼蛇神，光怪陆离，曲尽世态。爱情是《聊斋志异》的主题之一，佳作甚多，而且爱情的内涵十分丰富。痴情的男子形象在全书的爱情故事中是比较突出的，然而《聊斋志异》更大的贡献是塑造了一系列可爱的女性形象。其中有的憨态可掬，有的弱态生娇，有的爽朗豪迈而天真烂漫，有的不囿礼教而矢志不渝。而反抗封建礼教，追求自主婚姻的故事尤其多。

《阿宝》是《聊斋志异》中的名篇，在诸多爱情故事中，它卓然异色。人物形象生动，富有个性，故事情节离奇，又多曲折。孙子楚虽是名士，却“性迂讷，人诳之，辄为真”，“见有歌妓，则必遥望而走”，“妓逼狎之，则赪颜彻颈，汗珠珠下滴”，是典型的书呆子，有名的“孙痴”。但是，他自始至终爱着阿宝，千方百计接近她，使尽浑身解数想得到她，是一个真正的“情痴”。阿宝出身大贾巨富，长得娟丽无双，但由于从小娇生惯养，生得任性，个性很强。她多次戏弄、揶揄孙子楚，面对孙子楚不懈的追求，由开始的冷淡高傲，到后来感到又奇怪又害怕，最后发展到非孙子楚不嫁，誓死相从，感动冥王，终成眷属。两个人对爱情的忠贞，相得益彰，殊途同归。

一、孙子楚的不懈追求是阿宝感情变化的起点和内因

大智若愚——“孙痴”不痴。孙子楚是一位名士，因其性迂讷，不近女色，书生气十足，故称“孙痴”。但他是一个非常正直、单纯、办事认真执着的书生。当阿宝戏言“去其枝指”实现后，又“戏请再去其痴”时，孙子楚“闻而哗辩，自谓不痴”。后知道受阿宝揶揄遂放弃念头，“转念阿宝未必美如天仙，何遂高自位置如此？由是曩念顿冷”。可见孙子楚是一个头脑冷静，正视现实，讲究实际的人，他一点也不痴。孙子楚追随阿宝变为鹦鹉，直过宝所，阿宝喜而扑之，锁其肘，饲以麻子。但鹦鹉不食不睡，坐卧相随，如是三日，打动了阿宝恻隐之心。她第二次说：“君能复为人，当誓死相从。”这时变为鹦鹉的孙子楚老练多了，为了不再上当受骗，乃说“诳我！”，使得阿宝“乃自矢”，然后又趁其不备，“衔履而去”。而且以此作为阿宝的信物，又逼其说“不忘金诺”。孙子楚真诚而执着，机智而老练，最终使得阿宝及其父母同意了这门亲事。由此看来，孙子楚不但不痴，而且是一个非常聪明有心计的人。他大智若愚，果断勇敢，真不愧为粤西名士也。

果去枝指，灵魂出窍——孙子楚痴情不渝。孙子楚托媒人向阿宝求婚，想不到阿宝戏曰：“渠去其枝指，当归之。”一句玩笑，轻松随意，漫不经心。说者无心，听者有意，孙子楚竟奉之为“圣言”。“不难”两字掷地有声，铿锵有力，豪爽干脆！而且立即付诸行动，“以斧断其指，痛彻心扉，血益倾注，滨死”。

古人云十指连心，这是一个多么果敢而讲诚信的人！他对爱情的追求又是多么的执着。清明日，当孙子楚看到“娟丽无双”的阿宝，第一次“魂随阿宝去”，

以致“直卧床上，终日不起，冥如醉，唤之不醒，竟卧三日，气休休若将澌灭”。浴佛节这天，为再睹阿宝芳容，孙子楚竟“早旦往候道左，目眩睛劳”，一直等到中午才见到阿宝在车中，而且匆匆离去。为与阿宝朝夕相处，竟不惜变为鹦鹉伴随左右。孙子楚没有过分的要求，只要“得近芳泽，于愿足矣”，如是三日，从没有非分之想，越轨之举。为了得到阿宝的爱情，孙子楚忍痛砍断自己手指，又两次灵魂出窍，他诚实得多么可爱！追求得多么痴情！

孙子楚的痴情不渝，不懈追求，为阿宝的感情变化做了铺垫。阿宝的感情转变有其合理的轨迹。

二、阿宝张扬不羁的性格是感情变化的内因和动力

两次“戏言”——阿宝的冷淡与高傲。阿宝出身大贾巨富家庭，从小娇生惯养，浑身充满着任性与傲慢。在别人的怂恿下，孙子楚“殊不自揣，果从其教”，托媒人向阿宝求婚。阿宝第一次戏言“去其枝指”。在阿宝的眼里，孙子楚是不可能去枝指的，因为十指连心，常人是做不到的。但当媒人告诉她孙子楚已真的“去其枝指”时，阿宝第二次“戏请去其痴”。这两个“戏”字，充分说明阿宝态度非常冷淡，而且蛮不讲理，完全不把孙子楚的求婚放在心里。如果说第一次阿宝的戏言是很随意的话，那么第二次戏言就是故意刁难。因为第一次戏言成真后，“女亦奇之”，阿宝已经知道孙子楚非比寻常，况且孙子楚又没有真痴。在这种情况下，她再设难题，提出“去其痴”的无理要求，说明她是完全无意于这门婚事。因为她心里明白，“去其枝指”尚能做到，那“去其痴”就无法做到了，这样，就达到了她两次戏言的目的——拒绝这门婚事。

三次“骇”——阿宝感情变化的转折与升华。孙子楚第一次魂随阿宝去，在其家三日，“夜辄与狎”。阿宝每夜“梦与人交”。当她得知梦中情人就是孙子楚时，“心异之，而不可以告人”。至此，阿宝已经感到奇怪，并开始转变了她对孙子楚的看法。这是她感情变化的转折点，而三次“骇”则是阿宝对孙子楚感情转变的继续与升华。第一次“骇极”是在孙子楚第一次魂随阿宝去时。在阿宝家，孙子楚的魂与阿宝坐卧与狎，甚相得。对阿宝来说，每天晚上在梦中与一个陌

生男人睡在一起，已感到十分奇怪；后来知道他就是孙子楚，况且巫师还说孙子楚的魂魄就在阿宝的闺房里面时，作为一个大姑娘，怎能不“骇极”呢？

第二次“益骇”是孙子楚家人到阿宝闺房招魂成功，孙子楚既醒，他对阿宝闺房的“香奁什物，何色何名，历言不爽”，阿宝听后“益骇”，而且“阴感其情之深”。这是阿宝感情变化的关键转折。如果说第一次“骇极”是因为感到事情奇怪，那么这一次“益骇”则是心有灵犀。在阿宝的心底里已经萌发了一种对孙子楚的敬仰之情。

第三次“大骇”是孙子楚第二次灵魂出窍，舍身变为鹦鹉，竟在阿宝面前大呼：“姐姐勿锁，我孙子楚也。”这时的阿宝，已经知道孙子楚为了自己，不惜变为鸟。而且两人已成了梦中夫妻。她不但不为这件奇事感到惊奇，而且为孙子楚竟有这样的痴情壮举感到大骇，故解其缚。实际上阿宝已经开始接受孙子楚的感情。

两次“祝曰”——阿宝誓死相从的见证。如果说三次“骇”是阿宝感情变化的转折点和升华，那么两次“祝曰”则是阿宝感情转变的结果。

第一次“祝曰”是在孙子楚变为鹦鹉被锁，大呼“姐姐勿锁，我孙子楚也”时，阿宝解其缚，但鸟不去，这时阿宝“祝曰：深情已篆心中，今已人禽异类，姻好何可复圆?”。前半句话已经非常明确：你的深情已经铭刻在我的心中。后半句话是阿宝下定决心后的担心：人和禽（指鹦鹉）怎能成亲呢？假如还认为这句话是阿宝的推托之词的话，那么阿宝第二次“祝曰”则说明她已铁了心了。孙子楚化为鹦鹉相伴阿宝身边三天了，且唯阿宝喂食才吃。阿宝很怜爱它。她暗地里派人到孙家看孙子楚，知道他已身绝三日，只是心口还是热的。阿宝这才知道孙子楚一切都是为了自己，故又“祝曰：君若能复为人，当誓死相从”。当孙子楚还不相信时，“女乃自矢”。到此，阿宝对孙子楚的感情转变已经完成了，而且有了一个圆满的结果。阿宝是一个很有个性的奇女子。当她看不上孙子楚时，对他多次揶揄，百般戏弄。然而她一旦爱上了孙子楚，便爱得情真意切，爱得轰轰烈烈，爱得死去活来，而且表“矢不他”。她还是一个有心计、懂世情的好姑娘。父母原先嫌孙子楚穷不同意，现在同意了这门亲事，父亲还打算让孙子楚，“赘诸家”招为东床，阿宝却语出惊人：“婿不可久处岳家。况郎又贫，久益为人贱。儿既诺之，处蓬茅而甘藜藿，不怨也。”这时的阿宝早把父母之命、媒妁之言置之不理。什么门当户对，什么夫贵妻荣，早已抛到九霄云外。她想的是自主的婚姻、恩爱的生活。可见她对孙子楚的爱情是多么的坚贞和纯洁，也显示了她的练达和成熟。

综上所述，阿宝对孙子楚从多次揶揄到誓死相从，其过程虽曲折离奇，却是合乎情理的。因为在一般的现实主义作品中，情节发展中的突变往往是渐变积累的结果，突变中包含着生活的必然逻辑。

三、孙子楚的起死回生、科举夺魁是故事的蛇足

阿宝和孙子楚蔑视封建礼教，追求自主婚姻的形象已经确立，阿宝感情变化也圆满完成，故事到这里本来已经可以结束，这符合传统的大团圆的心理要求。但是作者却又生出另一个故事。孙子楚与阿宝成亲后三年，“家益富”。但好景不长，孙子楚不幸患了糖尿病而去世。阿宝哭干了眼泪，不吃不眠，劝之不听，在一个晚上竟上吊自尽，幸被婢女救起，忽闻棺材里有呻吟声。原来孙子楚已复活了。因为冥王被阿宝的节义感动，所以赐孙子楚再生。本来，故事到此，也可以收场。但作者还要生出另一故事：孙子楚参加三年一度的乡试大比，邑中少年设计捉弄他，“共拟隐僻之题七，引生僻处与语：此某家关节，敬秘相授”，正直的孙子楚信以为真，并“尽夜揣摩，制成七艺”。真是“痴人天佑”：“题纸下，七艺皆符”，“生以是抡魁。明年，举进士，授词林”。最后皇帝召见了孙子楚，而且“上大嘉悦”，皇后也“召见阿宝，赏赉有加”。

笔者认为，这故事后的故事，实属蛇足。它宣扬的是一种生死由命、痴人天佑的封建思想。虽说这是对八股取士的科举制度滑稽可笑的讽刺和对其罪恶的揭露，但就故事本身来说，这个蛇足冲淡了反封建礼教的主题。若没有这两段文字，文章更显紧凑，阿宝的形象也更加突出生动，个性也更为鲜活亮丽。《文心雕龙·定势》说：“旧练之才，则执正以驭奇；新学之锐，则逐奇而失正。”蒲松龄根据人物性格和表现主题的需要驰骋想象，以虚幻的情节来表现主题，塑造人物形象。但这故事后的故事，不是“执正以驭奇”，而是有“逐奇而失正”之嫌。

（本文发表于《台州学院学报》2003 年第 2 期）

26. 试谈三仙姑的心理轨迹

摘要:三仙姑是《小二黑结婚》中的重要人物,其他人物和事件无不与她发生关系。从心理学角度对三仙姑的心理进行探讨,分析她的心理轨迹,即补偿心理→嫉妒心理→心理调适,对理解这个人物和小说的内在意蕴都是很有意义的。

关键词:

《小二黑结婚》是赵树理的代表作,写成于1943年5月。小说讲述的是两个青年男女的恋爱、受阻,到最终结婚的过程。但作者在构思和处理这一题材时,没有生动曲折的故事情节和高大完美的人物形象,也没有把叙事的焦点仅仅放在主人翁身上,却用很大篇幅叙述了三仙姑、二诸葛、金旺等人的情事,似乎显得喧宾夺主,也有走题之嫌。然而,这恰恰是《小二黑结婚》的一大特色。其实,《小二黑结婚》的主题并非简单地通过主人公形象和故事情节来显示的。在那些平淡的故事情节的深层,在与“结婚”有关人物的背后,潜隐着一个浓得化不开的性情结和一张错综复杂的性情网,是它们构成了这篇小说的实际情节和发展主线,维系着小说内在意蕴的完整性和统一性。这个性情结和这张性情网就是作品中有关人物行为的心理依据。如果说小二黑和小芹是这张性情网上的“纲”,那么三仙姑、二诸葛、金旺等人就是这张网上的“结”,而三仙姑则是最大的一个“结”。笔者试图从性心理方面对三仙姑做一剖析。

一、三仙姑的性补偿心理

作者告诉我们，三仙姑 15 岁出嫁时，是“前后庄上第一个俊俏媳妇”，可以想象是一个漂亮、活泼、多情、好动而有魅力的姑娘。她对自己的婚姻充满憧憬。可是，事与愿违，她的丈夫于福却是一个“不多说一句话，只会在地里死受”的木讷人。虽然小说没有明确写，但我们知道，年轻时的三仙姑对这桩婚姻是极不满意的。面对这种现实，生活中的人们往往采取三种手段：一是反抗。这一般是刚烈女子所为，但是在这样的社会，反抗是无力的，她们只好成为封建礼教的牺牲品。二是认命。这是大部分女子所采取的办法，在“嫁鸡随鸡，嫁狗随狗”的年代里，她们只好认命，一辈子压抑自己。三是宣泄。不肯认命，也不安分守己。三仙姑正是这一种人。她对自己的婚姻不满意，但又无法挣脱或改变，因此，她只好表面上维持这种婚姻现状，暗地里采取不道德的手段来弥补自己不幸的婚姻。

三仙姑嫁到于福家后，感到生活“太孤单”，“不几天就集合了一大群，每天嘻嘻哈哈，十分哄伙”，但是这种纯补偿行为仍遭到挫折，于是她很伤心，趁机设了香案当起“神仙”来了。从此，她衣服穿得更新鲜，头发梳得更光滑，首饰擦得更明，宫粉搽得更匀，结果是“不由青年们不跟她转来转去”。三仙姑就用这种方法，满足了自己的补偿心理。

30 年后的三仙姑虽然 45 岁了，却偏爱当个老来俏，小鞋上仍要绣花，裤腿上仍要镶边，顶头上的头发脱落光了，用黑手帕盖起来。但毕竟这时的三仙姑已是半老徐娘，所以“老相好都不来了，几个老光棍不能叫三仙姑满意，三仙姑又团结了一伙孩子，比当年的老相好更多，更俏皮”。似乎只有这样，三仙姑不幸的婚姻、空虚的心灵，才能得到补偿。

但是，“三仙姑有什么本领能团结这伙青年呢?”，三仙姑起先还以为自己仍有勾引青年的本领，日子长了，青年们并不真正跟她接近，她才慢慢看出门道来，才知道人家是为小芹而来。三仙姑遂生嫉妒心理。

二、三仙姑的性嫉妒心理

嫉妒之心，人皆有之。但三仙姑对女儿小芹的嫉妒，却是一种性嫉妒，而且超出了母女之亲情，是一种极端的自私的畸形的心理。正如培根所说:“嫉妒也是最卑劣最堕落的情欲。”莫罗阿在他的《人生五大问题》(傅雷译)一书中说:“母女之间，情形便略有不同了，有时能结成永久的友谊，女儿们，即使结了婚，亦离不开她们的母亲，天天继续去看她，和她一起生活。有时是相反，母女之间发生了一种女人与女人的竞争，或是因为一个年轻而美貌的母亲嫉妒她娇艳的女儿长大成人，或是那个尚未成长的女儿嫉妒她的母亲。”三仙姑就是第二种情形中的前者。小说写道:“她跟小芹虽是母女，近几年来却不对劲。”特别是“斗争会”上，小二黑与小芹的关系公开之后，三仙姑的嫉妒意识更明显了。

性嫉妒使三仙姑特殊的性心理发生畸变，30 年后，她似乎有些违背常情地把自己的婚姻感受与女儿的婚事联系在一起。她极力反对自己女儿与小二黑的婚事，完全超出母女的正常关系，有其不可告人之目的，这同样是潜意识的性嫉妒在起作用。“三仙姑爱的是青年们，青年们爱的是小芹”，“小二黑这个孩子，在三仙姑看来好像鲜果，可惜多一个小芹，就没了自己的份”。出于嫉妒，三仙姑不与小芹商量就把她许给了退职军官吴先生。三仙姑迫不及待地要把小芹嫁出去，并非贪图钱财(虽按民俗收了礼帖)，而是为了反对、阻挠小芹与小二黑的婚事，以逃避一种可能到来的针对自己的心理伤害，给自己畸形的性心理找一个安全的空间。这样，三仙姑在性爱问题上就把自己推到了与女儿小芹对立的立场上，充当了一个别的女人(女儿)爱情实现过程中的妒忌角色。

小说还讲到，金旺、兴旺、金旺老婆都因碰过小芹的钉子，都想设法报一报仇。在这性嫉妒、性纠葛的背后，这些人联合起来对小芹和小二黑进行攻击。从公看，这是封建邪恶势力向新生革命政权的反攻;从私看，这是性嫉妒者对婚姻自主的摧残，是对人格尊严的亵渎。作为小芹的母亲，理应站出来，维护女儿的合法权利和人格尊严而与金旺之流进行斗争。但是，出于对女儿的嫉妒，三仙姑非但不这样做，反而幸灾乐祸，认为“小芹吃一吃亏她很高兴”。这时的三仙姑毫无舐犊之情，她完全被嫉妒心理支配着，忘了母女亲情。正如司汤达所说："嫉妒是诸恶德里面最大的恶德。"

三、三仙姑的心理调适

三仙姑在作品中是被揭露、被讽刺和被鞭笞的人物。她的不道德行为，遭到政府、群众、女儿、亲家的反对，他们从不同角度对其进行揭露批评、帮助和教育，从心理上使她对自己的丑恶行为产生厌恶，促使她进行心理调适，最后使她"弄得像个当长辈的样子"。这种因素是多方面、多角度的。

第一，表现在三仙姑与小芹争夺小青年上。30年前，"邻居们端上碗"，不远来回一里路到三仙姑家，一睹她的芳容。30年后的三仙姑起先还以为自己仍有勾引青年的本领，后来才知道人家是为小芹而来，这才大梦初醒，开始意识到自己已是半老徐娘。小说虽未进一步挑明，但读者想象得到，三仙姑的性意识是受到压抑的，她失宠被弃，心情也是痛苦的。这对三仙姑来说是一次沉重的打击。

第二，小芹的抗婚。三仙姑出于性嫉妒，把小芹"找个婆家推出门去"，以后可与"鲜果"一样的小二黑说说笑笑。但是"小芹跟她娘闹起来，把吴先生送来的首饰绸缎扔了一地"，并掷下一句话："谁收了人家的东西谁跟人家去！"这对三仙姑来说，又是一次打击，因此她"愁住了"。

第三，三仙姑与二诸葛家的矛盾。"后庄上有人愿意给小二黑跟小芹做媒人"，但二诸葛不愿意，其中一个重要的原因是"三仙姑名声不好"。无疑，这是对三仙姑人格上最大的刺激，她不会不知道。后来，三仙姑到二诸葛家索人时，又遭二诸葛老婆一顿抢白："你母女两个好生生把我个孩子勾引坏，你倒有脸来找我！"此时的三仙姑，由于自己名声狼藉，既害了自己，又害了女儿，在她的心底不会没有涟漪。

第四，区长的批评教育和群众的舆论压力。三仙姑由于反对小芹与小二黑的婚事被要求去区长那儿，区长问了她一些情况，又看她这身打扮，当即批评了她。因此招来了一大群看热闹的群众，他们对此议论纷纷。这强大的舆论，对三仙姑的震动是破天荒的,因此她“恨不得一头碰死”。

小说第十一节“看看仙姑”是一个高潮,预示着故事的圆满结局。区长的批评,女儿小芹对包办婚姻的强烈反对,尤其是群众对她尖锐无情的讽刺,促使三仙姑对自己的行为产生了强烈的厌恶心理,从而进行心理调适。故事最后对三仙姑的调适结果也做了交代:“这才下了决心,把自己的打扮从头到底换了一遍,弄得像个当长辈人的样子。”至此,三仙姑的心理调适也完成了。

(本文发表于《台州师专学报》1995 年第 5 期)

27. 论三仙姑和蘩漪的性爱错位

摘要：蘩漪是《雷雨》中的主人公，三仙姑是《小二黑结婚》中的主要人物，她们在对待性爱的问题上，有相同的心理轨迹：性压抑心理、性补偿心理、性嫉妒心理。在心理上和行为上都是不健康、不道德的。但造成这一心理和行为的主观和客观因素是不同的，因此，读者对她们的评价也不一样。

关键词：三仙姑；蘩漪；性压抑；性补偿；性嫉妒

三仙姑和蘩漪分别是《小二黑结婚》和《雷雨》中的主要人物。《小二黑结婚》完成于1943年5月，反映的是当年解放区农民政权和封建势力的斗争。作者赵树理被周扬称为人民作家，是写农村生活的“铁笔”“圣手”“当代语言艺术大师之一”。[1]《雷雨》完成于1933年，描写国民党统治下的城市，封建大家族的灭亡。作者曹禺也被周扬称为“当代语言艺术大师”。[2]两位语言艺术大师尽管家庭出身和生活经历迥然不同，作品的形式也不一样，但作品中的人物在性爱问题上有着相同的心理轨迹：性渴望心理、性补偿心理和性嫉妒心理。

《小二黑结婚》向人们叙述的是两个青年男女恋爱、受阻，到最终结婚的过程。作者在构思和处理这一题材时，没有生动曲折的故事情节和高大完美的人物形象，也没有把叙事的焦点仅仅放在主人公身上，却用很大篇幅叙述了三仙姑、二诸葛、金旺等人的“情事”，似乎显得喧宾夺主，也有走题之嫌。其实，《小二黑结婚》的主题并非简单地通过主人公形象和故事情节来显示的，在那些平淡的故事情节的深层，在与“结婚”有关人物的背后，潜隐着一个浓得化不开的性情结和一张错综复杂的性情网，是它们构成了这篇小说的实际情节和发展主线，维系着小说内在意蕴的完整性和统一性。这个性情结和这张性情网就是作品中有关人物行为的心理依据。如果说小二黑和小芹是这张性情网的“纲”，那么三仙姑、二诸葛、金旺夫妇等都是这张网上的“结”，而三仙姑则是最大的一个“结”。

话剧《雷雨》讲的是一个封建家庭的悲剧。故事发生在周、鲁两家，周姓四人，鲁姓四人。鲁姓有两个人和周家人有血缘关系，其余两人也和周家有这样那样的关联。所以弊端丛生。周公馆的“秘事”向人们透露出那个社会的上流社会内部已经烂透了，必将无可挽回的败落的消息。

从第一场鲁贵的谈话中观众就知道了四凤和大少爷周萍难以公开的性爱关系，由于老爷周朴园和太太蘩漪在年龄上的悬殊和感情的不睦，使蘩漪和周朴园的前妻之子周萍也有着一段隐晦的性爱关系，周朴园和鲁侍萍、繁漪的关系更不必说，就连周冲和四凤也有一种纯洁的单相思关系……正如沈明德先生在《谈谈〈雷雨〉的几个场面》一文中说：“《雷雨》中有着一局相当复杂和紧张的三角恋爱的纠葛。”[3]这个性情结和这张性情网就是戏剧有关人物行为的心理依据。如果说周朴园和蘩漪是这张性情网的“纲”，那么侍萍、周萍、四凤、周冲等都是这张性情网上的“结”。

一、性压抑心理

三仙姑是旧时代的农村妇女，她爱打扮，不爱劳动，而且有着装神弄鬼来骗人的落后封建意识和行为。“三仙姑从思想意识到行为品性受封建思想毒害很深，她装神弄鬼是为阻止小芹和小二黑的恋爱，是因为小芹妨碍了她和青年后生们的调情、鬼混，甚至出于妒忌地带有报复意味地把小芹卖给一个退职的老军官。”[4]可以看出来，三仙姑是不支持小芹和小二黑恋爱的。繁漪是大都市里受过一定教育的中国旧式妇女。作者在她出场时介绍她的文弱、她的宁静，她爱好诗文，但有更原始的野性。正如王嘉良所说：“她死死抓住周萍不放，甘心走上一条‘母亲不像母亲，情妇不像情妇的路’，是她追求爱情和自由的表现，是对封建礼教和封建秩序的蔑视和反叛。”[5]“她反驳周萍：‘我不后悔，我的良心不叫我这样看。’可见，作者要肯定的，不是乱伦，而是蘩漪的个性解放要求与反叛封建道德的勇气”[6]，而对性爱的渴望，是这勇气的直接动力。

蘩漪自从嫁入周家后，便受到周朴园对她的“为人妻、为人母”的压制及无爱婚姻的困扰。不可否认，这场婚姻是无爱的，正如她自己所控诉的：“你父亲对不起我，他用同样的手段把我骗到你们家来，我逃不开，生了冲儿。”而在生下冲儿后，周朴园对她的本无爱的感情更演变为对她的压制，十几年来的凶狠把她“渐渐地磨成了石头样的死人”。无爱的婚姻、凶狠的压制、寂寞枯燥的生活、沉重窒息的空气，使蘩漪这株艳丽的奇花渐渐枯死，了无生气。周朴园多次逼她吃药，她总是说：“我没有病。”“若是有病，也不是医生治得好的。”言外之意，她这种病只有爱情，只有性爱才治得好。蘩漪在周家受到双重的压抑，一是周朴园对她的“为人妻、为人母”的精神压抑，二是周萍对她的心灵上肉体上的压抑，即周萍对她的始乱终弃。其实，周萍并非蘩漪要爱的人，而只是蘩漪在除了周朴园尽是男仆人的这种环境里退而求其次的选择，只是一种性爱的需求。如前文所述，她是一株艳丽的奇花，是一个美丽热烈多情的女性，她被闭锁在一个男权主导的阴暗的宅院里渐渐枯死，这时周萍带着大自然的气息从乡间跑来，他用那潮水般涌上来的热情滋润了蘩漪即将枯死的灵魂，使她在变态的情欲中得到滋养，重新焕发生机。而周萍毕竟不是蘩漪渴望的人，他犹豫怯懦，胆小怕事，就像曹禺先生所说的“阉鸡”一样，没有真正男子汉那种结实的身体和阳刚的性格。当她知道周萍连一点性爱也不能满足她的时候，她被逼到了最后一步了，她发出了宣言：“你不要把一个失望的女人逼得太狠了，她是什么事都做得出来的。”她望着窗外，准备着呼风唤雨：“小心，现在风暴就要起来了！”她最后一次求周萍时说：“现在我求你可怜可怜我，这家我再也忍受不住了。”“不，不，你带我走，带我离开这儿。日后，甚至你把四凤接来一块住，我都可以，只要你不离开我。”她显得多么可怜，多么无助。但是她毕竟是一个乖戾的女人，她自己得不到就要毁灭它。当她认为一切都无法挽回时，报复的时刻便来了。在最后一幕也就是最后一次交锋时，她疯狂地抛下她自己的身份，承认了和周萍的关系：“现在我不是你的母亲，她是见着周萍又活了的女人。”“就只有他才要了我整个的人。”她把自己对性爱的渴望和得不到的懊恼与愤怒发泄得淋漓尽致。

叔本华说：“性欲和其他欲望的性质截然不同，就动机强而言，它是最强烈的，就表达的情形而言，它的力量最强猛。它构成了人类最本质的欲望。它直接是生命冲动的本身，它所激起的压抑能量也是最大的，心理扭曲程度与压抑力量成正比。”[7]尽管三仙姑和蘩漪出身和所受的教育不同，所处的时代不同，但是她们追求性的欲望的方式却是惊人的相似的：都是强烈的、不道德的，甚至是畸形的！

二、性补偿心理

《小二黑结婚》的作者告诉我们，三仙姑15岁出嫁时，是“前后庄上第一个俊俏媳妇”。开始，她对自己的婚姻充满憧憬，可是，她的丈夫于福却是一个“不多说一句话，只会在地里死受”的木讷后生。年轻的三仙姑对这桩婚事是极不满意的。但在那个时代，大部分女人只好认命，“嫁鸡随鸡，嫁狗随狗”。但三仙姑偏不认命，也不安分守己。她只好表面上维持这种婚姻现状，暗地里采取不道德的行为来弥补自己婚姻的不幸。

三仙姑嫁到于福家后，感到生活“太孤单”，“不几天就集合了一大群，每天嘻嘻哈哈，十分哄伙”，但是这纯补偿行为仍遭到挫折，于是她很伤心，趁机设了香案当起“神仙”来了。从此，她衣服穿得更新鲜，头发梳得更光滑，首饰擦得更明，宫粉擦得更匀，结果是“不由得青年们不跟她转来转去”。三仙姑就用这种方法，使自己空虚的心理得到了补偿。

30年后的三仙姑45岁了，却偏爱当个老来俏。小鞋上偏要绣花，裤腿上仍要镶边，顶头上的头发脱落了，用黑手帕盖起来。但毕竟已是半老徐娘，所以“老相好都不来了，几个老光棍不能叫三仙姑满意，三仙姑又团结了一伙孩子，比当年的老相好更多，更俏皮”。似乎只有这样，三仙姑不幸的婚姻、空虚的心灵，才能得到补偿。

但是三仙姑有什么本领能团结这伙青年呢？三仙姑起先还以为自己仍有勾引青年的本领，日子长了，青年们并不真正跟她接近，她才慢慢看出门道来，才知道人家是为小芹而来。三仙姑遂生嫉妒之心。

《雷雨》中的繁漪，嫁给比自己大20多岁的老头周朴园，但35岁的她正当年富力强。这朵已经开放的艳丽奇花正渴望着热烈的性爱雨露来滋润，而周朴园已过天命之年，且每天忙于矿上的事务，正如四凤说："老爷还是那样，除了会客，出门，在家里一句话也没有说。"蘩漪自己也说："他在外头一去就是两年不回家，这屋子里的死气他是不知道的。"况且，周朴园还有严重的封建家长意识和行为。可想而知，老夫少妻，性爱生活是不和谐的。正如曹禺先生自己在《〈雷雨〉序》中说："这类的女人许多有着美丽的心灵，然为着不正常的发展和环境的窒息，她们变为乖戾，成为人所不能了解的。受着人的嫉恶，社会的压制，这样抑郁终身，呼吸不着一口自由的空气的女人在我们这个社会里不知有多少。"[8]这不正常的发展和窒息的环境指什么呢？笔者认为就是指家庭生活的环境和夫妻感情、生理上的要求得不到满足时所发生的一些行为。在蘩漪第一次出场时，作者就对其做了具体的描述，从这些具体的描述中透出一种信息：她是忧郁的，是一个充满失望后带有痛苦与哀怨的年轻妇女，在感情上是一个受压抑的人，但她更有一点原始的野性。她爱起你来像一团火，那样热烈，恨起你来也会像一团火，把你烧毁。然而她的外形是沉静的、忧烦的，她像秋天傍晚的树叶轻轻落在你的身旁。长期的窒息和生理上的煎熬，使得她觉得自己的夏天已经过去，生命的晚霞早暗下来了。我们可以想象，像蘩漪这样一个人孤单地住在小楼，她的感情生活和夫妻生活欲望是无法得到满足的，她既然无法从周朴园身上得到满足，因此急需一种精神上、感情上和生理上的补偿。她已经离不开周萍了。戏剧第二幕蘩漪对周萍说："萍，我盼望你还是从前那样诚恳的人。顶好不要学着现在那种玩世不恭的态度。你知道我没有你在我面前，我已经很苦了。"在第一幕中作者就对周家的大少爷周萍，做了生动的介绍：他二十八九，年轻英俊，面目清秀，甚至于可说很美。当一个新的冲动来时，他的热情，他的欲望，整个又如潮水似的冲上来，淹没了她。处在感情荒漠中的繁漪自然把他看成是沙漠中的绿洲，是一根救命稻草。一定要紧紧抓住他，以其来补偿自己感情和生理上的空虚，得到从周朴园身上得不到的东西。周朴园经常不在家，家里就只有蘩漪、周萍和单纯不懂事的周冲。这样的环境，就难免会出事情。正如干柴遇烈火，自然会烧得非常猛烈。钱谷融在《〈雷雨〉人物谈》中说："蘩漪在剧中的贯串动作，她的种种作为的直接目的，虽然是在于想留住周萍，但其结果，却往往是对周朴园的一种揭露。"[9]而留住周萍的直接目的又是什么呢？就是为了得到可怜的性补偿。请看：

蘩　怎么这两天没见着大少爷?

四　大概是很忙。

蘩　听说他也要到矿上去,是么?

四　我不知道。

蘩　你没有听见说么?

四　没有,倒是伺候大少爷的张奶奶这两天尽忙着给他捡衣裳。

蘩　你父亲干什么呢?

四　不知道。……他说,他问太太的病。

蘩　他倒是惦记着我。(停一下,忽然)他现在还没有起来么?

四　谁?

蘩　(没有想到四凤这样问,忙收敛一下)嗯……大少爷。

四　我不知道。

蘩　(看了她一眼)嗯?

四　我没看见大少爷。

蘩　他昨天晚上什么时候回来的?

四　(红脸)我每天晚上总是回家睡觉,我不知道。

蘩　(不自主地)哦,你每天晚上回家睡!(觉得失言)老爷回来,家里没有人侍候他,你怎么天天要回家呢?

四　太太,不是您吩咐过,叫我回家睡么?

蘩　那是老爷不在家。

四　我怕老爷念经吃素,不喜欢我们伺候他。

蘩　哦,(忽而抬起头来)这么说,他在这几天就走,究竟到什么地方去呢?

四　(胆怯地)您是说大少爷?

蘩　(注视四凤)嗯!

四　我没听见。(嗫嚅地)他,他总是两三点钟回家,我早晨像是听我父亲说下半夜给他开的门来着。

蘩　他又喝醉了么?

从这一段对话中至少可以看出：第一，蘩漪心里一直想着周萍，连说话也忘掉了主语；第二，蘩漪每天都离不开周萍，一日不见，如隔三秋。经常追问四凤，了解周萍的去向；第三，为了能和周萍在一起，蘩漪竟在周朴园不在家时，迫不及待地打发四凤回家睡觉。而现在，周萍又在晚上两三点钟才回家，她就更加寂寞了。

但此时周萍已觉醒，感到自己严重违反天伦，铸成大错，感到这种可怜的关系见不得人，也不能长久，他毅然抛弃她而把情欲的魔爪伸向四凤。这时，蘩漪就把女人特有的嫉妒眼光投向了四凤。她以为是四凤夺走了她的爱，夺走了周萍赐给她的可怜的感情。

三、性嫉妒心理

嫉妒之心，人皆有之。三仙姑对女儿小芹的嫉妒、繁漪对四凤的嫉妒，都是一种性嫉妒，是一种极端自私的畸形的心理。正如培根所说："嫉妒也是最卑劣最堕落的情欲。"[10]莫罗阿在他的《人生五大问题》（傅雷译）一文中也提到："母女之间，情形便略有不同了，有时能结成永久的友谊，女儿们，即使结了婚，亦离不开她们的母亲，天天继续去看她，和她一起生活。有时是相反，母女之间发生了一种女人与女人的竞争，或者是因为一个年轻美丽的母亲嫉妒她娇艳的女儿长大成人，或者是那个尚未成长的女儿嫉妒她的母亲。"三仙姑就是第二种情况的前者。小说《小二黑结婚》写道："她跟小芹虽是母女，近几年来却不对劲。"特别是"斗争会"上，小二黑与小芹的关系公开之后，三仙姑的嫉妒意识更明显了。

嫉妒使三仙姑特殊的性心理发生畸变，30年后，她似乎有些违背常情地把自己的婚姻感受与女儿的婚事联系在一起。她极力反对自己女儿与小二黑的婚事，完全超出母女的正常关系，有其不可告人之目的，这同样是潜意识的性嫉妒在起作用。"三仙姑爱的是青年们，青年们爱的是小芹"，"小二黑这个孩子，在三仙姑看来好像鲜果，可惜多了个小芹，就没了自己的份"。出于嫉妒，三仙姑不与小芹商量就把她嫁给了退职军官吴先生。三仙姑迫不及待地要把小芹嫁出去并非贪图钱财（虽按民俗收了礼帖），而是为了反对、阻挠小芹与小二黑的婚事，以逃避一种可能到来的针对自己的心理伤害，想给自己畸形的性心理找一个安全的空间。这样，三仙姑在性爱的问题上就把自己推到了与女儿小芹对立的立场上，充当了一个在别的女人实现爱情过程中妒忌他人的角色。

小说还讲到，金旺、兴旺、金旺老婆等因为碰过小芹的钉子，都想方设法报仇。在这性嫉妒、性纠葛的背后，这些人联合起来对小芹和小二黑进行攻击。这件事，从公看，这是封建邪恶势力向新生的革命政权的反攻；从私看，这是性嫉妒者对婚姻自主的摧残，是对人格尊严的亵渎。作为小芹的母亲，理应站出来，维护女儿的合法权益和人格尊严而与金旺之流展开斗争。但是，出于对女儿的嫉妒，三仙姑非但不这样做，反而幸灾乐祸，认为“小芹吃一吃亏她很高兴”。这时的三仙姑毫无舐犊之情，她完全被嫉妒心理支配着，忘了母女亲情。正如司汤达所说：“嫉妒是诸恶德里面最大的恶德。”瓦西列夫曾说：“性欲是一股强大的力量，如果失去控制，它可能成为灾难。不应该把精神和肉体分开，把梦想和现实分开。这会导致人的本质的变态，导致扼杀生命。原因变成了结果，而结果变成了原因。”[12]三仙姑就因为自己的心理和行为“失去了控制”而给自己的家庭和女儿小芹的婚姻和幸福带来了灾难，还差点“扼杀”了小芹和小二黑的生命。

蘩漪也一样，她被软禁在这个仿佛与世隔绝的周公馆里已经 18 年了。寂寞寡淡的生活，沉重窒息的空气，把她闷得气都透不过来，本来她已经不存在什么希望，只想安安静静等待死亡的到来。忽然，3 年前，周萍从乡间跑来了，他对她表示了爱慕。这虽是一株苍白无力、弱不禁风的小草，但因为他如今是出现在荒凉而阴冷的周公馆里，又是刚从乡间来，身上还保留着一些年轻人应有的纯朴清新之气，而且，这个人他有时也会燃烧、发光，正如作者在他出场介绍中写的，当他冲动起来的时候，他的热情、他的欲望，也会像潮水般地涌上来。就是在他这种热情奔涌的时候，他赢得了蘩漪的心。而蘩漪犹如一株行将枯死的奇花，得到了点滴的滋润，又逐渐有了些生气。然而当周萍觉醒后，要千方百计摆脱她、离开她时，她却视周萍为救命稻草紧紧抓住不放，极尽利诱胁逼之能事。当她觉察到周萍对四凤有意时，她又把自己的一腔醋劲、全部的嫉妒，泼向四凤，用尽各种方法逼走四凤。她特地把四凤的母亲鲁侍萍请到家里来，逼侍萍把四凤带回去。明眼人一下子看出来，蘩漪极力主张鲁妈带走四凤，并非她真正关心爱护四凤，也并非怕周冲娶她这样的女子，最主要的是四凤走了，她才可以割断周萍与四凤的情丝，才有可能把这根救命稻草——周萍拉到自己的身边来。她明明知道周冲不可能，她也不同意娶四凤，但出于对四凤的嫉妒，她还是叫周冲在雨夜以送钱为借口，去和四凤约会。让周冲充当周萍的情敌而挑起他们兄弟间的矛盾。最后一幕，当周冲知道周萍爱着四凤时，蘩漪的表现又是怎样的呢？请看：

萍 （向四凤）不，你告诉他们！（指蘩漪）讲，说你就要嫁我！

冲 （略惊）四凤，你……

蘩 （向周冲）现在你明白了。

（周冲低头）

萍 （突向蘩漪，刻毒地）你真没有一点心肝！你以为他会替……会破坏么？冲弟弟，你说，你现在有什么意思，你说，你预备对我怎么样？你说吧。

（周冲望蘩漪，又望四凤，自己低头。）

蘩 冲儿，说呀！（半晌，急促）冲儿，你为什么不说话呀？你为什么不问？为什么不问你哥哥？（又顿）

（众人俱看周冲，周冲不语。）

蘩 冲儿，你说呀，怎么，难道你是个死人？哑巴？是个糊涂孩子？你难道看见这样的事情还不会吭一声么？

冲 （抬头，羊羔似的）不，妈！（又望四凤，低头）只要四凤愿意，我没有什么。

萍 （走到周冲面前）弟弟，我的明白弟弟！

冲 （疑惑地）不，我忽然发现……我觉得……我好像我并不是真爱四凤。（渺渺茫茫地）以前……我……大概是胡闹。（望着周萍热烈的神色，退缩地）不，你把她带走，只要你好好地待她！

蘩 （幻灭）哦，你呀！（忽然气愤）你不是我的儿子，（昏乱地）你真没有点男人气，我要是你，（对四凤）我就打了她，烧了她，杀了她。你真是糊涂虫，一点生气也没有。我看错你了——你不是我的，不是我的儿子。

冲 （难过地）您怎么啦？

蘩 （向周冲，半疯狂地）你不要以为我是你的母亲，（高声）你的母亲早死了，早叫你父亲压死我了，闷死了。（揩眼泪哀痛地）我忍了多少年了，我在这个死地方，监狱似的周公馆，陪着一个阎王十八年了，我的心并没有死，你的父亲只叫我生了冲儿，然而我的心，我这个人不是我的。（指周萍）就只有他才要了我整个的人，可是他现在不要我，又不要我了。

此时的蘩漪，已经忘乎所以，快要疯狂了。为了自己的所谓性爱，她把自己亲生的儿子骂得狗血喷头。“为了达到她的目的可以不择手段，最后甚至把自己儿子拉出来借以破坏周萍和四凤的结合。”[11]还把自己与周萍的丑恶关系公之于众。这和三仙姑为了自己能和青年胡闹鬼混，完全不顾小芹的死活的做法有什么两样？两人的性嫉妒心理如出一辙。

三仙姑和蘩漪在性心理的发展和行为上有相同的轨迹，但是人们对她两人的看法和评价却大相径庭。这是为什么呢？

三仙姑是作者笔下讽刺和批判的对象。从“米烂了”到“看看仙姑”等一系列事件中表现出她的滑稽小丑般的性格。她是一个老不正经的人，年轻时就不爱劳动，只好打扮，到老了还是如此。如果这不算问题的话，那么为了放荡，她装神弄鬼来骗人，为了与人鬼混，竟不顾女儿的死活，这就不能容忍了。

蘩漪，作者对她就不一样了。在作者的笔下，她是一个值得同情甚至赞美的人物。正如作者所说：“有一个朋友告诉我：他迷上了蘩漪。他说她的可爱不在她的‘可爱’处，而在她的‘不可爱’处。诚然，如若以寻常的尺衡量她，她实在没有几分赢人的地方，不过聚许多所谓‘可爱的’女人在一起，便可鉴别出她是最富于魅惑性的。这种魅惑不易为人解悟，正如爱嚼姜片的才道得出辛辣的好处。”[12]从蘩漪和三仙姑的故事，表面上来看，似乎蘩漪比三仙姑更坏（与周萍乱伦），问题更严重，但为什么读者反而会这么喜欢她呢？笔者认为：第一，她嫁给了一个比自己大20多岁的老头，没有了爱情，没有了性爱，没有了幸福，同时，被窒息了整整18年，这样的婚姻，这样的处境，怎能不叫人同情呢？第二，她美丽，受过良好的教育，她有个性，热情奔放，而且有理想。第三，她有雷雨般的性格。她本来是一个文静、爱好诗文书画的女人，但是当愤怒积累到一定的程度，她的雷雨性格便暴发了。她爱起来爱得死去活来，恨起来恨得天翻地覆。第四，她身上有一股反封建的精神。她要求自由，渴慕爱情，有火炽的热情，一颗强悍的心，她敢于冲破一切桎梏，有反抗封建专制、追求个性解放的强烈欲望。在她的身上，已经有了时代新女性的影子。

参考文献

[1]复旦大学中文系赵树理研究资料编辑组.赵树理研究专集[M].福州：福建人民出版社，1981.

[2][7][8][12]王兴平，陆文璧.曹禺研究专集[M].福州：海峡文艺出版社，1985.

[3][4][5]王嘉良.中国现代文学史[M].天津：天津人民出版社.

[6]杨东平.城市季风：北京和上海的文化精神[M].上海：东方出版社，1994.

[9][11]钱国融.《雷雨》人物谈[M].北京：人民文学出版社，1962.

[10]培根.培根论文集[M].北京：商务印书馆，1958.

（本文发表于《名作欣赏》2006年第6期）

28.《小二黑结婚》人物行为心理初探

《小二黑结婚》是赵树理的成名作、代表作，写成于1943年5月。小说的主题是反封建迷信，揭露农村中封建残余的恶霸势力，歌颂小芹和小二黑为争取婚姻自由而斗争的精神。尽管小说写成至今已过去半个世纪，但是小说所反映的主题及其当时的积极影响和轰动效应是不容否定的，更不能以今天的眼光和审美要求去衡量50年前的作品，也不能离开当时的时代背景从另一个角度来探讨作品中人物行为产生的心理依据。

小说题为《小二黑结婚》，但作品并不是在写一个"结婚"故事，如果那样，三仙姑、二诸葛、金旺等人的情节叙述便显得有些枝蔓和累赘。小说潜在的注意力放在了"结婚"这类问题上，描写的是"结婚"行为可能引起的一系列社会反应。在小说所展示的视野里，主人公及其相关人物都占据着确定不移的位置，他们的行为心理既代表他们自己，具有独特的个性，同时又代表着某类人。

大家知道，在现代社会里，"结婚"是男女性爱实现的基本方式，在此之前的独身男女，可以爱任何人，也可以被任何人爱。一个人一旦选定了自己的终身伴侣，那么同时也就意味着要拒绝其他许多异性的"爱"。一桩婚事的成功，或多或少会让一些相关人员羡慕或失望，给别人造成无意识的伤害和痛苦。小二黑和小芹是一对优秀青年，他们都有众多的追求者，他俩的婚事势必会让更多人心理紧张。作品中三仙姑、二诸葛、金旺、金旺媳妇等对小二黑、小芹"结婚"持不同态度，都有着这个因素。在正常情况下，受千百年人类文明演化程度制约，人们可以把这种心理内容寄托在大众认同的"结婚"仪式上，含而不露。在特殊情况下，一些感情纠葛中卷入更深的人，会冲破社会规范的禁忌，导演出一幕幕人类性爱的悲喜剧来。尽管他们披着各式各样的外衣，浸透着不同的文化色彩，根源却都来自此。《小二黑结婚》在人们津津乐道的通俗风格中，触到了人类这根敏感的神经。

小说向人们叙述的是两个青年男女从恋爱、受阻，到最终结婚的过程。但作者在构思和处理这一题材时，没有生动曲折的故事情节和高大完美的人物形象，也没有把叙事焦点仅仅放在主人公身上，却用很大篇幅叙述了三仙姑、二诸葛、金旺等人的言行，显得有些喧宾夺主，而对主人公小二黑和小芹自身的描写并不多，尤其是写他俩"结婚"情节的文字更是寥寥无几，"结婚"这一主题也似有跑题之嫌。然而，这恰恰是《小二黑结婚》的一大特色。它以主人公"结婚"为话题，旁涉他顾了与这一事件有关的人物的行为和心理。否则，为什么人们在读这篇小说时往往忽略了这一点，丝毫不去挑剔？其实，《小二黑结婚》的主题并非由主人公人物的形象和故事情节来显示的。在那些简单平淡的故事情节中，在与"结婚"有关人物的背后，潜隐着一条又长又粗一以贯之的性情线索和一张错综复杂的性情网，是它构成了这篇小说的实际情节发展的主线，维系着小说内在意蕴的高度完整性和统一性。其实，这条性情线和这张性情网就是作品中有关人物行为产生的心理依据。

三仙姑，是作者着力刻画的一个人物，也是写得最成功的典型形象。"三仙姑"几乎成了自私、不道德，和女儿争风吃醋这一类人的代名词。作者对三仙姑的刻画，主要从两方面进行。一方面，对三仙姑穿着打扮的描写。一般说，赵树理不会刻意去描写人物的穿着打扮，但在三仙姑身上，有三次刻意的描述。先是写她刚变成"神仙"时，"衣服穿着更新鲜，头发梳得更光滑，首饰擦得更明，宫粉搽得更匀"，这四个"更"字惟妙惟肖地写出了她以下神为幌子来吸引青年的心理活动，结果是"不由青年们不跟着她转来转去"。这里潜隐着明显的性意识和性引诱。第二次描写是：过了三十年后，"虽然四十五岁，却偏爱当个老来俏，小鞋上仍要绣花，裤腿上仍要镶边，顶门上的头发脱落光了，用黑手帕盖起来"。四十五岁的三仙姑已是半老徐娘，所以"老相好都不来了，几个老光棍不能叫三仙姑满意，三仙姑又团结了一伙孩子，比当年的老相好更多，更俏皮"。虽然这本身并非三仙姑的打扮吸引了青年人，而是因为小芹。但三仙姑身上潜在的性意识却已暴露无遗了。第三次是到区里时，"换上新衣服、新手帕、绣花鞋、镶边裤，又擦了一次粉，加了几件首饰"。三仙姑不但在平时十分注意打扮自己，体现自己的异性特点，就是在区里叫她去一趟的时候也不忘精心修饰自己，这不是强烈的性意识在支配她又是什么呢？

另一方面，三仙姑极力反对自己女儿的婚事，完全超出母女的正常关系，有其不可告人之目的，这同样是性意识在起作用。作品告诉我们，三仙姑十五岁出嫁时，本是“前后庄上第一个俊俏媳妇”，可是她所嫁的丈夫于福是个“不多说一句话，只会在地里死受”的“老实后生”。虽然小说没有明确写出，但我们可以知道年轻漂亮而又不安分守己的三仙姑对这桩婚姻并不满意，婚后生活也并不美满，这对三仙姑来说，她的性意识是受压抑的。但在“嫁鸡随鸡，嫁狗随狗”的年代里，她又能怎样呢？正如恩格斯所说的：“如果说只有以爱情为基础的婚姻才是合乎道德的，那么也只有继续保持爱情的婚姻才合乎道德。”正是由于于福和三仙姑的那种不道德的婚姻，衍生出了三仙姑那些不道德的行为。不得已，她只有借“下神”的机会与要好的青年们眉来眼去，打情骂俏，来满足受压抑的性心理。这样，就使三仙姑特殊的性心理发生畸变，甚至四十五岁时还要当“老来俏”，想“一伙孩子”。更有甚者，她似乎有些违背常情地把自己的婚姻感受与女儿的婚事联系在一起，结果二者产生了矛盾和冲突：小二黑这个孩子，在三仙姑看来好像鲜果，可惜多一个小芹，“风言风语都说小二黑要跟小芹自由结婚，她想要真是那样的话，以后想跟小二黑说句笑话都不能了，那是多么可惜的事，因此托东家求西家要给小芹找婆家”，甚至在金旺媳妇斗争小芹时，她心里还在想“其实让小芹吃一吃亏她很高兴”。三仙姑私自把小芹许给年老而富有的退职旅长吴先生。她之所以迫不及待地许下这门亲事，并非贪图钱财（虽然按民俗收了礼帖），而是为了反对、阻止另一门亲事——小芹与小二黑的婚事，以逃避一种可能到来的针对自己的心理伤害，给自己畸形的性心理找到一个安全的空间。这样，三仙姑把自己推到了与女儿小芹对立的立场上，充当了一个在别的女人爱情实现过程中的妒忌角色。这就是三仙姑性心理畸变的具体表现，也是她上述行为产生的心理依据。

二诸葛反对小芹与小二黑这桩婚事，主要是封建迷信思想在起作用。“恐怕火克金”，小芹又生在“犯月”，看起来与性意识没有关系，其实不然。二诸葛死硬反对、阻止这门亲事，其中一个很重要的理由是“三仙姑声名不好”，这本身就是性意识在他头脑中的反映。中国传统的道德伦理规范是以男性为中心构建起来的，对女性常有“女人祸水”“女人不是人”之谓。因此，好打扮，勤修饰，宣扬自己的性别美，也几乎成了女人的罪状。虽然三仙姑的情形与此不完全相同，但在作品中，除了写她四十五岁了还“穿花鞋”“涂宫粉”以外，我们还看不出她有别的什么越轨行为。关于她的“声名”问题，最大的可能还是由于人们的议论而生。长期以来形成的社会性道德意识，在二诸葛的头脑里，占有一定的位置。小二黑是他亲儿子，媳妇已经命相不对，再加亲家“声名”又不好，使他难以忍受。父子之情越深，他越要考虑三仙姑的声名。这是社会性伦理意识让他死硬反对这门亲事。

如果说三仙姑、二诸葛作为家长，在反对自己儿女的婚事上，还多少有些社会的、家庭方面的考虑，那么，金旺、兴旺、金旺媳妇等人反对这桩婚事，就赤裸裸地暴露了自己的性纠缠、性干扰和性嫉妒。金旺和兴旺是农村封建恶霸残余势力的代表，他们的爹本来就是“刘家峻一只虎”，金旺兄弟子承父业，从小就是他爹的好帮手，打人、绑票、勒索、奸淫妇女无恶不作，尤其对待小芹与小二黑的婚事上，更有其不可告人之目的。当金旺等人发现小芹和小二黑在大窑里密谈之后，迫不及待地嚷道：“拿双拿双。”这完全是对小芹欲施无礼时遭到拒绝的报复。他还布置兴旺斗争小二黑，理由是他“被小芹勾引住了”。兴旺这时也大叫：“捉住捉住！……给你操了好几天心了！”因为兴旺“从前也碰过小芹一回钉子”，什么“钉子”，自然可想而知。金旺老婆也“因为金旺好到小芹那里去，早就恨得小芹了不得了……丢下活计，马上就去布置”。这些人之所以有这些行为，或者因为他们的性阴谋不能得逞，或者就是赤裸裸的性嫉妒。

最后，对小芹和小二黑，作者主要采用具有跳跃性的穿插描写和烘托手法进行刻画的，使人们在深刻感受到他们外在形态美的同时，更深刻地感受到他们性格内涵的美。小芹和小二黑的结合过程，完全是性爱的实现过程。作者较多地写了小芹和小二黑的外表美，说小芹“比她娘年轻时候好得多……小芹去洗衣服，马上青年们也都去洗，小芹上树采野菜，马上青年们也都去采”，甚至在吃饭时，邻居们不怕来回一里路之遥，端上饭碗上三仙姑家，目的是去看小芹。说到小二黑的“漂亮”，“那不只在刘家峻有名，每年正月扮故事，不论到哪一村，妇女们的眼睛都跟着他转”。当然，作者也写了他们的内心美、人格美。如小芹作风正派，“表面上跟大家说说笑笑，实际上却不跟人乱来”。金旺图谋不轨，被她严词斥责,撵了出来。她还大胆泼辣地与三仙姑正面抗婚,敢拉着妇救会主席金旺媳妇找村长评理。小二黑敢在封建恶霸势力代表金旺面前“嘴硬到底”,还利用法律与他们斗争。小芹和小二黑的婚姻,完全是建立在真挚的爱情基础上的,二人倾心相爱,“好像是一天不见面也不行”。这完全是人类纯洁的性爱。作者对二人婚姻的描写,丝毫没有夹杂政治、经济或其他的因素。他俩的一系列行动,也完全是为了实现自己的性爱所做的努力。

从以上这些情节中可以看出,从性的方面去探求小说人物行为的产生依据,是小说构思的一大特色。《小二黑结婚》之所以形成我们看到的这样一种面貌,并非作者的初衷,小说意象的形成也并非完全是作者有意为之。作家对自己所写的人和事,有时往往并不完全清楚,而需要读者去挖掘和发挥。但这毕竟是作者艺术情趣在起作用,是他长期的农村生活体验,使他自觉地用“结婚”行为来表现心中只可意会不可言传的某种情感。

(本文发表于浙江师范大学《成人高等教育》1995 年第 6 期)

29. 且化彩笔赋东海

——《不曾沉没的小舟》造型工程赏析

海洋碧波万顷，一望无垠，可谓至大至深。但是，维克多·雨果却说：有一种比海洋更大的景象，是天空；还有一种比天空更大的景象，那就是人的内心世界。钱国丹的中篇小说《不曾沉没的小舟》（刊于《钟山》1985年第3期。以下简称《小舟》）写了大海的咆哮，社会的饥馑，人心的躁动，其造型工程之浩大，超越她此前的小说。它是历史的镜子，那挣扎于饥馑线上的芸芸众生，不就是"三年严重困难"时期的观照？它是现实的象征，那惊涛骇浪中的一叶扁舟，不就是人性不可泯灭的象征？

《小舟》是一部现实主义与象征主义结晶的中篇小说，它以一种富有美感的、寓意的形象——在浊浪排天的大海中奋进的一叶扁舟，通过暗示、对比、渲染和联想等艺术造型工程，即艾略特所谓追求"思想和客观对应物"和庞德所谓建立"情绪通感方程式"等艺术技巧或表现手段，以达到作家所寄寓的崇高目的：真、善、美必将战胜假、恶、丑。由于以"象征—现实"基因进行创造，作品就具有一种令人遐思不已、回味无穷的艺术效果。钱国丹的《小舟》有点类似安特莱夫《黯淡的烟霭里》的基调。这就是"使象征印象主义与写实主义相调和……消融了内面世界与外面世界之差，而出现灵肉一致的境地……虽然很有象征印象气息，而仍然不失其现实性的"。（鲁迅：《〈黯淡的烟霭里〉译者附记》）那大海，那狂风，那小舟，那青蟹，那红背心，等等，象征气息弥漫于字里行间；那饥馑的岁月像苦涩的海水，涌进那苦难的心灵；那求生的欲念，像与狂风恶浪搏斗的小舟，在善良与邪恶的浪峰中颠簸。这些"思想的客观对应物"或"情绪通感方程式"就构成了作品富有象征形态和现实意蕴的基调。

艺术创造工程的一个侧面，就是给自己的作品配上相应的基调。无论是人物的心境、创作的意境，抑或客观的环境，都与作品的基调合而为一。作品的基调还可以从另一个侧面，理解为创作主体——作者、作品与受者的“契合点”。因为作者赋予基调，作品拥有基调，受者鉴赏基调。三者契合为一体，方可进行“对话”，产生艺术魅力的同位效应。钱国丹的创作思维之一是以象征印象形态表现社会现实为坐标，她的《小舟》无疑也向着这一坐标定向航行。显然，作为读者也需循此而沿波讨源，披文入情。

当我们开卷阅读《小舟》，劈头盖脸而来的是“饥馑的六二年春”。这是荧屏中赫然出现的序幕！这是尘世中一座苦难重重的碑！这是作家“意识到历史的内容”（恩格斯语）的标志！作家的造型工程除了上文所谓给自己的作品敷陈基本色调以外，还应该赋予作品以相应的历史内容，使作品具有深厚的历史感。要使作品富于历史深度，有两种工程设计方案：一种是正面刻画历史背景。对“三年严重困难”时期进行正面的艺术反映，佼佼之作可推《犯人李铜钟》；另一种是侧面衬托历史背景。《小舟》可谓对“三年严重困难”时期的景象，以氛围、心态作侧面的艺术反映的一部优秀之作。笔者对后一种造型工程较为欣赏。我们不妨设想：如果能从人物一言一行、一颦一笑、一举手一投足中，窥视到他（她）们是如何背负历史的十字架的，那岂不更具历史的质感吗？祥林嫂不是死于鲁四老爷的皮鞭下，而是死于他那“这个然……而……”“可恶”等话语中，那历史的罪孽，不是益加深重吗？钱国丹学习鲁迅的艺术表现技巧，淡化历史痕迹，强化人物心态的手法，创造了康德所说的“第二自然”。钱国丹运用象征主义的造型工程，并没有描写饥馑的实景，而是推出东海的特定镜头，作为苦难尘寰的象征。象征手法的魔术，把大海化为“不堪重负的胸膛”与“灰黄色的天空”连成一片。而寻觅生计的一叶扁舟，恰似嗷嗷待哺的婴儿在母亲干瘪的乳房中吸吮奶汁一样，在大海的胸膛中掠取求生的苦汁……作家给我们描绘了一幅凄凉悲怆的图画。我们不由联想到列宾的《伏尔加河上的纤夫》。虽然都以饥肠辘辘的农民为创作为主体，但不同的时代气质、社会制度给作品注入的历史内涵，仍然是历历分明的：《伏尔加河上的纤夫》是受尽奴役的农奴拉着航船在伏尔加河边缓慢行进，他们是苦不堪言的；《小舟》是暂遭灾荒的人们撑着航船在东海破浪前进，他们是奋力抗争的。这种抗争，在他们返航途中，更具有历史意识了。小舟"河里溜"其实是阿歧、满仓、阿雄和阿兰的化身，是大海儿女的象征。它在与狂风恶浪生死搏斗以后，终于"像一匹腾蹄扬鬃的烈马，箭一般地朝灯光射去……"。由此可见，作家只要意识到作品的历史内容，运用象征主义的造型工程，就能创造出一种云谲波诡的艺术境界。

作者要使自己有意识地去挖掘历史内容，塑造历史的主宰者——大写的人之形态、动态和心态，甚至是人的变态。因为在历史的长河中，人际关系总是复杂而微妙的。他们的分离合作，他们的互助肉搏，他们的死亡生存，构成了历史的不尽序列。恩格斯认为："历史是这样创造的：最终的结果总是从许多单个的意志的相互冲突中产生出来的，而其中每一个意志，又是由于许多特殊的生活条件，才成为它所成为的那样。"(《致约・布洛赫》)作家尽管不熟悉这句话，但仍然自觉地以这一原则进行艺术的造型工程的。这就是说，一个有历史意识感、社会责任感和艺术审美修养的作家，不管是写实、浪漫、象征或现代派，都应明确创作主体是"人"以及为何创造各种复杂矛盾的"人"。英国作家 A. 特罗洛普认为："如何掌握他的人物，已经变成了作家的一个深刻的良心问题。"这个问题，其实是作家以某种擅长的造型工程——写作技巧，艺术地掌握作品的人物常态或变态问题。那么，他是如何处理这个问题的呢？他在《论小说及其技巧》中如此写道：

> 我能够把自己完全浸透在我笔下的人物里，我在山石与树林中独自游荡，为他们的悲哀而哭泣，嘲笑他们的荒唐，尽情享受他们的快乐。我浸透在我自己创造的人物中，直到我唯一的兴奋就是手执笔坐下来，把我这队人马在我眼前赶出来，以这样快的速度，就好像我能叫他们飞驰一样。

钱国丹虽然没有阅读 A. 特罗洛普的创作经验谈，但是照样能够驾驶自己笔下的人物，让他们一个个"飞驰"出来。《小舟》的人物活动场地，从没有回旋余地的"河里溜"到有所活动余地的鹿儿岛，特别是在狭窄的船舱里，空间很小，角色调度确是颇难的。如同王蒙的《春之声》在一节列车车厢中，超越时空限制表现人物大跨度的历史变奏与生活节奏，钱国丹也在有限的小舱空间里，描写了超限的人物经历、肖像形态、性格特征。她适当地掌握表现的“艺术度”，动用或静态介绍，或动态描述，或意识流动，或时空交错，或幻觉闪念，以巧妙的艺术结构，像A.特罗洛普那样，“把我这队人马在我眼前赶出来”。当然，也在接受者心目中亮相。

钱国丹推出18岁的姑娘阿兰，先进行静态造型，笔墨极为经济，仅仅抓住饥馑的形和麻木的心，两笔三画，就勾勒出受侮辱受损的东海维纳斯的形象，进而多角度描绘阿兰的多侧面美：首先，借鉴《陌上桑》从第三者视角描写秦罗敷美貌的方式，反复描写阿兰的形貌美；其次，以衬托手法，从穿着其他女子不合身的着装中，观照阿兰那种清水出芙蓉、天然去雕饰的自然美；再次，以对比手法，描述理想与现实、生存与死亡、人性与兽性、女性与男性、真阿雄与假阿雄（以阿四的替身出现的）等等犬牙交错的灵肉搏斗，迸发出阿兰那颗善良纯洁的心灵美的火花；最后，交替使用写实工笔、写意象征及心理感觉的多元手法，写出阿兰那颗由麻木而复苏、由狐疑而信赖、由逃婚而抗婚的灵魂。作家对阿兰的造型工程，意图避免静态介绍或泛泛描写，力求以传神之笔，于动态流向中，浓缩、内聚地刻画阿兰的气质特征——忍辱负重、孤傲高洁。

镜头从阿兰摇向阿岐，推出了40岁的“浪头飞”阿岐：他“高高站在船尾”，“光光的脚趾勾勾着，像鸬鹚般稳稳牢牢地站在船尾上”。静态介绍，寥寥数笔，大海的儿子——渔夫的形象挺立在我们眼前。接着作家从阿兰的视角对“浪头飞”进行造型，描写他是怎样一个“游神野鬼”式的汉子。在鹿儿岛捕鱼的场景中，对阿岐其人其事的描绘，改浮雕式造型为描绘其动作神态：他剖墨鱼的动作之利索犹如庖丁解牛；他斗酒不醉，其量如海，见出豪气满怀；他抢救阿兰，临危不慌，见出指挥若定；他严惩阿四抢婚，认阿兰为义女，以保护神自诩，痛快淋漓，智勇双全，见出大义凛然；他返航回家，遇上狂风恶浪，那“瘦长的身子，绷得像桅杆，敞开的衣襟，像面兜满风的小帆……威风凛凛地鹤立在左舷上”。这不像一位远征边关凯旋的虎将吗？钱国丹就以如此多层次、多侧面的造型工程，让一位粗犷耿直的大海的儿子的形象，跃然纸上了。

钱国丹巧妙地借阿兰的视角将镜头从阿岐转向满仓，推出了满仓那“身板像牛一般壮实”的外形，与满仓那苦难的家世、受伤的心灵做了鲜明的对比，把他的沉默寡言与颇有心计（如识破假信、识破阿四的抢婚阴谋）做了强烈对照，把满仓的内向型性格与阿歧的外向型性格做了生动的反衬。这种艺术对比的造型工程，恩格斯是颇为称道的。他在给斐·拉萨尔的信中认为，"如果把各个人物描绘得更加鲜明些，把他们对比得更加突出些，对作品的基本内容不会受到损害"。我想，还会相得益彰呢。钱国丹塑造满仓形象，不单用了"艺术对比"这一手法，还借鉴詹姆斯的意识流、弗洛伊德的精神分析研究学，把人物表层的动态与深层的心态交叉描绘，把往事的意念与现实的境况交错刻画，不仅如此，她还用了一个象征手法，织补破网，犹如织补苦难生活之网、织补受伤心灵之网。而当情节发展到高潮时，她又用浪漫主义的理想的灵光圈赋予满仓：把衣服、积蓄馈赠阿兰，祝福阿兰有个可供其温饱的"家"，不重蹈他母亲的覆辙：为了减轻"河里溜"的负荷，保住其他患难至交的生命，他纵身跳入大海，以自己"那小牛般壮实的身躯""随时调整着船身的平衡"。这一笔力抵千钧，就把一颗富于自我牺牲精神的火热的心，拨得熊熊发火了。

（本文发表于《浙江师范大学学报》1994 年第 5 期）

后　记

当过近10年中学民办教师，当过13年师范教师，当过13年普通高校教师，一辈子与书打交道，读的、教的都是别人写的书。现在退休了，梦想出一本自己写的书。所以就把以前写的文章，集中起来，付梓出版。虽非洋洋大观，也是自己的笨拙积累，心血所凝，就算敝帚自珍吧。现在当作习作，不计工拙，亦不怕贻笑大方。

撰写学术论文，从事教学研究，是在临海师范并入台州师专之后的事。虽然这之前也曾经在高校学报上发表过几篇文章，但都是零星的。1988年在台州师专进修部评上讲师，1988年底调入临海师范，2000年并入台州学院。高校教师的主要任务就是教书育人、科学研究。学校明确要求，教师每年必须要发表一定数量和级别的学术论文，完成一定数量的科研项目。

我的这些文章都是在台州学院教师教育学院教学之余撰写的。教过《大学语文》《古代文学》，主要是先秦文学《诗经》的教学任务。第一次为小教专业本科生上这门课，感到压力很大。为了教这一门课，我专门买了袁梅的《诗经译注》，通读了300多篇诗歌、评论、注释考证。也翻阅了关于《诗经》研究的相关文章，特别是朱熹、孔颖达、顾颉刚等古今大师的研究资料。

《诗经》是中国最早的诗歌总集，是五六百年间不同阶级的文学作品的集合。《诗经》305篇，精华是《国风》。其中有较多描写古代劳动人民对爱情幸福的追求，以及对歧视、遗弃妇女现象的批判。《国风》中还有不少描写战争的诗篇，研究相对较少，因此就从这里切入，从不同的角度研究先人对战争的态度。我的30多篇文章中就有一半是关于学习《诗经》的心得。

能出这本书，我要衷心感谢夏崇德老师、胡正武老师和王天民老师。夏老师是原台州师专党委书记，也是我的文学老师。一直帮助我，鼓励我，并就本书的篇目排列、内容增删提出宝贵意见。胡老师是台州学院人文学院教授、台州市政协委员、中国民主促进会台州市委会委员、台州学院学报副主编、浙江省语言学会常务理事、中国训诂学会会员、天台山文化研究会常务理事。胡老师是我的挚友，曾和我与夏老师三人一起编纂校志，度过了难忘的时光，建立了深厚的友谊。胡老师也多次鼓励我，为我的书稿提出整体构思，并为我联系出版社。两位老师都为我写了序言。王天民老师是台州学院艺术学院书画教授，曾任中国人民大学画院王天民书法与写意山水工作室导师、清华大学美术学院中国书画艺术名家创作专项课题王天民画法写意山水高研班导师、八大山人研究学会理事、安徽省现代书画研究会会长。他热情地为拙作题写书名。

辱承奖掖，备感荣幸，以上三位老师的热情帮助，在此深表谢意。

章可敦

2019 年 8 月 10 日